grafit

Chemnitzer Str. 31, D-44139 Dortmund
Internet: http://www.grafit.de
E-Mail: info@grafit.de

Umschlagillustration: Peter Bucker
Druck und Bindearbeiten: GGP Media, Pößneck
ISBN 3-89425-290-1
1. 2. 3. 4. 5. / 2006 2005 2004

Gabriella Wollenhaupt

Grappa und der Tod aus Venedig

Kriminalroman

grafit

Die Autorin

Gabriella Wollenhaupt, Jahrgang 1952, arbeitet als Fernsehredakteurin in Dortmund. Als Kriminalschriftstellerin debütierte sie im Frühjahr 1993 mit *Grappas Versuchung.* Es folgten *Grappas Treibjagd* (1993), *Grappa macht Theater* (1994), *Grappa dreht durch* (1994), *Grappa fängt Feuer* (1995), *Grappa und der Wolf* (1996), *Killt Grappa!* (1996), *Grappa und die Fantastischen Fünf* (1997), *Grappa-Baby* (1998), *Zu bunt für Grappa* (1999), *Grappa und das große Rennen* (2000), *Flieg, Grappa, flieg!* (2001), *Grappa und die acht Todsünden* (2002) und *Grappa im Netz* (2003).

Mehr Informationen im Internet: http://www.gabriella-wollenhaupt.de.

Personen

Michelangelo Baci .... ein Mann mit Möglichkeiten

Betty Blue .... ist schlauer als jeder Mann

Anton Brinkhoff .... ein Mann mit Moral

Kati Fidibus .... Mann muss sie mögen

Veronica Franco .... liebt Männer und Musik

Maria Grappa .... liebt Mann und das Melodram

Ansgar Hunze .... ein Mann mit Macken

Lotte Hunze .... vermisst keinen Mann

To Dinh Huong .... will keinen Mann

Puppa und Rosi Ischenko .... brauchen Männer mit Geld

Peter Jansen .... ein Mann, der Fakten sehen will

Karl Krawottki .... sollte Mann wirklich nicht lesen

Bob Rabatt .... eher Macho als Mann

Anneliese Schmitz .... backt sich ihren Mann

Ben Wiesengrundel .... ein Mann in verklärten Nächten

Sie werden bezahlen.

aus: Thomas Mann *Der Tod in Venedig*

Maybe I didn't treat you
Quite as good as I should have
Maybe I didn't love you
Quite as often as I could have
Little things I should have said and done
I just never took the time
You were always on my mind

gesungen von Elvis Presley

Frauengespräche

»Weißt du, Grappa«, sagte Kati, »du hättest nicht Journalistin, sondern Psychologin werden sollen.«

»Ach was?«, wunderte ich mich. Dass mir jemand Einfühlungsvermögen unterstellte, passierte nicht oft. »Wie kommst du denn da drauf?«

»Du bist eine, die um die Ecke denken und sich mit Gestörten voll identifizieren kann, weil sie ihnen geistig nahe ist.«

»Herzlichen Dank«, meinte ich eingeschnappt. »Schön, dass ich endlich mal erfahre, dass du mich für bekloppt hältst.«

»Tu ich doch nicht! Aber neurotisch bist du schon ein bisschen.«

»Meine Neurosen machen das Leben bunt.« Ich griff zum Wein. »Zumindest meins.«

Kati hob das Glas und prostete mir zu. Ich hatte italienisch gekocht und das passende Getränk besorgt: einen leichten Rosé aus dem ›sonnendurchfluteten‹ Friaul – so stand es wenigstens auf dem Etikett. Sonnendurchflutet wäre jetzt schön gewesen – draußen goss es in Strömen.

»Ich mag dich jedenfalls.«

»Hast du nicht schon eine Mutter?«, muffelte ich.

»Klar, aber die versteht mich nicht.«

»Und ich verstehe dich?« Rührung stieg in mir auf und ich schob ihr die Schüssel mit dem Nachtisch hinüber.

»Irgendwie schon. Du gehst prima auf mich ein und nimmst mich ernst.«

»Du stellst mein psychologisches Können allerdings oft auf eine harte Probe. Und meine Geduld. Kann mir gut vorstellen, dass deine Mutter sich mit dir schwer tut. Allein deine vielen Männergeschichten! Die halten ja sogar mich ordentlich auf Trab!«

»Jeder Mensch muss jemanden haben, dem er sich anvertrauen kann und der ihm gute Ratschläge gibt. Und ich hab dafür dich.«

Jetzt hatte mich die Rührung tatsächlich vollständig im Griff. »Mach ich doch gern«, behauptete ich. »Aber im Ernst: Wenn jemand psychologisch betreut werden muss, dann sind es deine abgelegten Lover.«

»Echt?« Kati tat überrascht. »Soll ich sie zu dir in die Sprechstunde schicken?«, grinste sie.

»Ich glaube nicht, dass ich die wieder alltagstauglich recyceln kann«, entgegnete ich. »Aber ich geb's zu: Die letzten neuneinhalb Wochen waren wirklich prickelnd. Du solltest einen Roman drüber schreiben!«

»Den schreibst du«, erklärte Kati und löffelte sich das Tiramisu mit einer affenartigen Geschwindigkeit in den Mund. »Ich mache einfach weiter, erzähl dir alles und du machst einen tollen Sex-Roman daraus. So einen ähnlichen wie diesen Schocker aus Frankreich. Von der Millet – oder wie die Mutter heißt. Sie hatte manchmal fünfzehn Männer am Tag und ...«

»Die kann dem Weihnachtsmann erzählen, dass sie Spaß dabei hatte«, unterbrach ich Kati.

»Mit dem hat sie es bestimmt auch getrieben«, kicherte sie.

»Die Frau mochte keine Männer mit Bart«, sagte ich – ohne es wirklich zu wissen. »Und ein Buch schreibe ich über dein Sexualleben bestimmt nicht. Schriftsteller sollten nur über das schreiben, was sie selbst erlebt haben – habe ich mal irgendwo gelesen. Nur dann wird es richtig gut.«

»Dann wirst du wohl nie einen erotischen Roman zu Stande bringen, Grappa!«

»Könnte sein«, stimmte ich milde zu. »In meinem Alter schreiben die Frauen eher Kochbücher oder fangen mit dem Sammeln von Insel-Büchern an.«

»Stimmt!« Kati deutete auf das kleine Regal, in dem ich meine ›Schätze‹ aufbewahrte. »Hast du die Schinken wenigstens durchnummeriert?«

»Brauche ich nicht. Die haben schon fortlaufende Nummern.«

»Apropos Nummer! Wann warst du eigentlich das letzte Mal verliebt?«

»Das ist schon Lichtjahre her.«

»Was ist eigentlich Liebe?«

O je, immer diese Sinnfragen!

»Keine Ahnung«, gab ich zu. »Ich denke, dass man Liebe schon merkt. Bis dahin ist Erotik ja auch sehr schön.«

»Also Sex!«

»Pass mal auf, Kati.« Ich nahm noch einen Schluck Rosé. »Ich will dir mal den Unterschied zwischen plattem Sex und erstklassiger Erotik erklären. Sex ist die Rein-raus-Nummer und Erotik ist ...« Ich suchte nach den passenden Worten.

»Nicht die Rein-raus-Nummer?«, fragte sie scheinheilig.

»Erotische Anziehung hat nicht unbedingt etwas mit der Lust auf einen Koitus zu tun. Den bringt ja nun fast jeder Mann auf die Reihe, wenn er körperlich einigermaßen fit ist. Bei Erotik geht es um eine Geschichte zwischen zwei Menschen. Er sieht ihren Nacken, in dem sich eine Locke kringelt, und wird sofort hart. Oder er sieht, wie sie den Tropfen ableckt, der an einem Weinglas herunterläuft, und stellt sich ihre Zunge woanders vor. Oder sie sieht seine Hände den Hals eines Pferdes streicheln und würde ihr Leben dafür geben, wenn seine Hände an oder in ihr wären ... So in etwa. Kapiert?«

»Ich hab noch nie einen Mann getroffen, der ein Pferd dabeihatte.«

»Du kannst das Pferd auch gegen einen Porsche tauschen«, lachte ich. »Dann streichelt er eben das Armaturenbrett. Vorgestern hab ich zufällig an einer Tankstelle neben einem attraktiven Mann gestanden, der den Tankkolben sehr elegant in den Einfüllstutzen seines Wagens senkte. Wir sahen uns voll in die Augen und dachten beide dasselbe.«

»Und?«

»Was ›und‹?«

»Wie ging's aus?«

»Wir lächelten uns an und zogen unserer Wege.«

»Und das ist für dich Erotik?« Kati schaute mich erstaunt an.

»Ja. Weniger erotisch war allerdings, dass ich nach dem Tanken das Bezahlen vergaß und es erst merkte, als ich schon wieder ein paar hundert Meter gefahren war. Der Tankwart war gerade dabei, der Polizei meine Autonummer durchzugeben, aber ich konnte die Sache noch hinbiegen.«

»Hört sich eher nach Alzheimer an. Stell dir mal vor, der Typ wäre dir gefolgt ... oder du ihm!«

»Genau. Und unsere Stoßstangen hätten sich zärtlich berührt ... bei hundertzwanzig Stundenkilometern«, ließ ich mich mitreißen.

»Und plötzlich das!« Kati sprang auf, riss die Arme auseinander und klatschte laut in die Hände: »Piff, paff! Eure Tanks fangen Feuer, er rettet dich in letzter Sekunde aus dem brennenden Wrack ...«

»Ach, Kati«, seufzte ich. »Er hätte wohl eher seinen Laptop oder den Aktenkoffer gerettet als mich. Wenn's drauf ankommt, bleibt bei Männern die Romantik als Erstes auf der Strecke! Außerdem gibt's schon genug Unfälle und Staus auf der A 1.«

Doch so schnell gab Kati nicht auf. »Okay. Dann eben kein Unfall. Vielleicht wäre er dir bis zum nächsten Parkplatz gefolgt ... und dann hättet ihr euch die Kleider vom Leib gerissen.«

»Bei dem Wetter? Es regnet seit Tagen.«

»Und während ihr es treibt, kommen im Radio die Verkehrsmeldungen«, kicherte sie, meinen pragmatischen Einwand ignorierend. »Und dann kommt ihr beide.«

»Als Erstes käme die Autobahnpolizei. Und zwar vorbei.«

»Ich mach mal eben einen Espresso«, kündigte Kati an, rülpste ein wenig, stand auf und ging in die Küche. Ich sah ihr nach. Sie belegte seit über zwei Monaten mein Gästezimmer. Sie war noch keine dreißig, die Tochter einer Freundin und für ein paar Monate in Bierstadt. Sie studierte Jura und machte zurzeit ein Praktikum bei der Staatsanwaltschaft.

In der Küche fauchte die Espressomaschine. Dann hörte ich Geklapper von Geschirr und Katis Schritte. Sie hatte die Angewohnheit, mit dem ganzen Fuß aufzutreten, das Geräusch ihrer Fortbewegung hatte mit dem affektierten Trippeln weiblicher Stöckelbeine nichts zu tun. Auch sonst war sie eher der herbe Frauentyp, was ihren Erfolg bei Männern jedoch nicht beeinträchtigte. Sie nannte die Art Männer, die auf sie flogen, frech ›Warmduscher‹ und stellte ihnen gern mal ihre starke Frauenschulter zum Anlehnen zur Verfügung.

»Was ist das eigentlich für ein komischer Napf im Schrank?«, fragte Kati, während sie die kleinen Tässchen auf den Tisch stellte. »Lässt du deine Lover den Champagner aus einem Hundenapf trinken?«

»Ich hatte mal einen Kater«, klärte ich sie auf. »Er hieß Eberhard, aß sein Futter immer aus Glasschälchen und trank sein Wasser aus genau diesem Napf.«

»Was ist mit ihm?«, fragte sie. »Unters Auto gekommen?«

»Er ist an die Mosel gezogen und bringt verklemmten Weinbergschnecken das Fliegen bei.«

»Alles klar!« Kati sah mich an, als hätte ich sie nicht alle. »Und meine Mutter macht zusammen mit dem Papst eine Herrenboutique in Wuppertal auf!«

Wir lachten sogar über diesen Uralt-Gag. Dann gähnte sie: »Lass uns ins Bett gehen, ja?«

»Ich muss noch aufräumen.«

»Okay, dann geh ich schon mal vor dir ins Bad.«

Na prima, dachte ich. Auf die Idee, sich an den Arbeiten zu beteiligen, war Kati noch nie gekommen.

Aber das Geschirr und die Gläser waren schnell zusammengestellt und in die Küche gebracht, die Krümel ließen sich ganz leicht vom Parkett fegen, dann stellte ich noch Katis Schuhe in den Flur und räumte die Spülmaschine ein.

»Fertig!«, rief Kati. Sie bezog das wohl auf ihre Toilette in meinem Badezimmer. »Gute Nacht, Grappa, schlaf schön.«

Ich wünschte ihr das Gleiche, schraubte im Bad die Zahnpastatube zu, entfernte ihre blonden Haare aus meiner Bürste und legte den Deckel meiner Nachtcreme wieder auf den Tiegel.

Bleib ruhig, Grappa, sagte ich mir, Gastfreundschaft ist eine der schönsten und edelsten menschlichen Tugenden. Auf dem Weg in mein Schlafzimmer stolperte ich im schlecht beleuchteten Flur über Katis Rucksack und konnte gerade noch die Balance behalten.

Nur zwei kleine Schnitte

Ja, der Kater war weg und ich schwache Frau musste wieder allein mit mir und den Widrigkeiten des Lebens klarkommen. Nicht wirklich ein Problem, denn durch meine Arbeit beim *Bierstädter Tageblatt,* der liebenswerten Familienzeitung am Rande des Reviers, hatte ich zu viel um die Ohren, um mich depressiven Stimmungen lange hingeben zu können.

Seit über zehn Jahren war ich die Polizei- und Skandalreporterin des Blattes, schrieb über alles, was mir vor die ›Flinte lief‹, was mir wichtig war und was meinen Jagdinstinkt befriedigte.

Leider wurde das Wild, das sich zu erlegen lohnte, immer spärlicher und Erfolgserlebnisse blieben immer häufiger auf der Strecke. Es lag bestimmt nicht an meiner Arbeit, dass Feld und Flur bereinigt schienen, war die Welt doch auch weiterhin schlecht, waren die Menschen egoistisch und herzlos und die Politiker korrupt und skrupellos.

Hatte ich mich nicht schon lange mit der real existierenden Situation arrangiert? Kati würde sagen: Das geht dir inzwischen alles am Arsch vorbei – und sie hätte damit Recht. Die Zeiten, in denen ich zu Friedensmärschen aufbrach, mir die Hände mit dem Wachs von Lichterketten verklebte oder nächtens auf Feldern wachte, um den Bau von Flugzeugstartbahnen zu verhindern, waren für immer perdu.

Du wirst alt, Grappa, dachte ich, und zwar im Galopp. Du streichelst heute schon ungebeten jede Katze, die deine Laufbahn kreuzt, und kriegst feuchte Augen beim Blick in fremde Kinderwagen. Auch das kleine Mädchen, das neulich im Supermarkt – meiner angesichtig – seinen Vater fragte: »Papa, ist das eine alte Frau?«, hatte wohl das richtige Gespür für Zeitläufte. Tiefe Seufzer entrangen sich meiner Brust.

»Was machst du denn für ein Gesicht?«, fragte Peter Jansen. Er war in mein Zimmer gekommen, ohne dass ich es bemerkt hatte.

»Ich werde alt«, jammerte ich. »Meine Kräfte lassen nach, mein Körper verändert sich, alles fällt der Erdanziehung zum Opfer und ab und zu krieg ich schon die eine oder andere Hitzewelle. Meinst du, ich sollte Hormone nehmen?«

»Bloß nicht«, meinte mein Chef. »Dann kriegst du vielleicht Haare auf der Brust oder dir wächst ein Penis.«

»Ich kann mir auch erst mal das Gesicht straffen lassen«, schlug ich vor.

»Hast du doch nicht nötig, Grappa-Baby«, log er. »Nennt man dich nicht auch Pfirsichblüte? Oder war's Kullerpfirsich?«

»Guck mal«, forderte ich ihn auf und zog mit zwei Fingern die Haut meiner Wangen nach oben. »Nur zwei kleine Schnitte und ich sehe zehn Jahre jünger aus.«

»Siehst du nicht«, widersprach er. »Schlitzaugen stehen dir nicht. Du bist Grappa und nicht Suzie Wong. Also hör auf mit dem Blödsinn.«

»Ich könnte mich ausschütten vor Lachen«, motzte ich. »Und die Hitzewellen?«

»Dreh die Heizung runter, mach das Fenster auf und such dir einen jungen Liebhaber. Oder mehrere.«

»Ich habe keine Lust mehr auf eine Welpenspielgruppe«, wehrte ich seinen Vorschlag ab. »Das Schlimme ist, dass die manchmal mit mir reden wollen. Wenigstens dazwischen. Und jetzt sag mir noch was Nettes, bitte!«

»Was denn?«

»Die nächsten Lottozahlen!«

Wir lachten und es ging mir gleich etwas besser. Jansen schaffte es doch immer wieder, mich auf den Teppich zurückzuholen und depressive Wolken zu verscheuchen.

»Wie wär's mit einem Mandelhörnchen?«, fragte er.

»Verführer! Zu viele Kalorien.«

»Warum, glaubst du, bin ich in dein Zimmer gekommen?«

»Hast du etwa ...?«

»Klar. Heute ist Montag.«

»Du bist extra für mich in der Konditorei gewesen?« Wärme stieg in mir auf und das Wasser lief mir im Mund zusammen.

Feierlich reichte mir Jansen eine weiße Papiertüte. »Meine Sekretärin macht gerade frischen Kaffee. Ich dachte mir, dass die Woche für dich harmonisch und lecker beginnen sollte. Also, Grappa, iss und trink und fang dann endlich an zu arbeiten.«

»Ich bin gerührt!«

»Was tut man als Chef nicht alles für ein gutes Arbeitsklima.« Damit trottete er aus meinem Zimmer.

Endlich war die Tür zu und ich konnte über das erste Hörnchen herfallen. Eigentlich mochte ich Süßes nicht besonders gern, aber den gebogenen Dingern vermochte ich nicht zu widerstehen. Ihre goldbraune Farbe erhielten sie durch feingehobelte, geröstete Mandeln auf der Außenhaut und ihr weiches und leicht zähes Inneres konnte wahlweise gelutscht oder gekaut werden. Der Höhepunkt war für mich allerdings die späte Attacke auf die beiden in Bitterschokolade getauchten Enden. Erst aß ich die Mitte weg, bis nur noch die schwarzbraun überzogenen Stücke übrig waren; die blieben dann eine Weile liegen und ich schlich um sie herum – sie ständig beobachtend –, manchmal vertilgte ich sie erst Stunden später, meist kombiniert mit einer starken Tasse Kaffee. Die Art der Hörnchenbehandlung hatte manchmal orgiastische Züge und war so spannend, wie einen schnuckeligen Mann von seiner Kleidung zu befreien – nur dass ich da meist viel zügiger zu Werke ging.

Bevor ich mich weiter in unpassenden Gedanken ergehen konnte, klingelte mein Handy. Kati, verriet mir das Display.

»Hier Grappa«, sagte ich kurz.

»Drei Tote«, teilte sie mir mit. Sie nannte einen Namen und eine Adresse in der Innenstadt und legte den Hörer auf.

Ich stopfte mir die Reste des hellen Hörnchenteils in den Mund, ließ sonst alles stehen und liegen – auch die beiden Schoko-Enden – und lief in Jansens Büro. Der hatte gerade den Telefonhörer in der Hand und sprach mit jemandem. Er sah mich, wusste sofort, dass etwas Wichtiges passiert war, und verabschiedete sich von seinem Gesprächspartner.

»Alarm«, verkündete ich. »Drei Leichen. Im DGB-Haus!«

»Beim Gewerkschaftsbund?«, wiederholte er. »Ist der Tipp sicher?«

»Klar. Meine Quelle sitzt an der Quelle.«

»Die Kleine bei der Staatsanwaltschaft?«

»Genau die«, bestätigte ich.

»Gut! Die ist ja fixer als die Bluthunde«, freute sich sein Journalistenherz.

Das Telefon meldete sich wieder, diesmal waren es bestimmt die Blaulichtreporter. Jansen hob ab und sagte: »Danke, wir haben es schon mitgekriegt. Grappa ist gleich da.« Und zu mir: »Du kriegst hundert Zeilen auf der Eins. Welchen Knipser willst du?«

Kopfloser DGB

Das Haus des Deutschen Gewerkschaftsbundes lag mitten in der City, war ein schlichter Plattenbau mit gelblichem Anstrich und mit alten und neuen Graffiti verziert. Ich war schon oft hier gewesen, hatte an zahlreichen Pressekonferenzen teilgenommen, in denen es um Tarifautonomie, Arbeitnehmerrechte, Warnstreiks und die nächsten Protestaktionen gegen Sozialabbau oder Ausländerfeindlichkeit gegangen war.

Im Erdgeschoss befand sich der Laden der *Büchergilde Gutenberg,* daneben das Reisebüro des DGB und eine chemische Reinigung. Darüber thronten die *ver.di*-Leute und ganz oben die Metaller und der DGB. Und dort mussten wohl gerade drei Tote herumliegen.

Ich wartete auf der gegenüberliegenden Straßenseite auf den Fotografen und versuchte, mich unauffällig zu verhalten. Es war nur eine Frage der Zeit, wann es hier vor Kamerateams und Kollegen wimmeln würde.

Ein Blick zur Tür sagte mir, dass niemand das Haus betreten oder verlassen konnte. Zwei Mitglieder der Staatsmacht hatten sich vor den Eingang gestellt und würden alles aufhalten, was sich ihnen näherte – egal aus welcher Richtung.

Ich überquerte die Fahrbahn, ein Auto bog genau in dem Augenblick um die Ecke und hätte mich fast erwischt. Bremsen quietschten, Passanten blieben stehen und guckten, auch die beiden Polizisten vor dem DGB-Haus schenkten dem Vorfall ihre Aufmerksamkeit.

Der Wagen fuhr rechts ran und hielt im absoluten Halteverbot. Dann öffnete sich die Fahrertür und ein paar lange Beine kippten auf die Straße, gefolgt von einem mächtigen Oberkörper.

Ich trat zum Auto hin. »Wahnsinnig geiler Auftritt, Miller!«, blaffte ich den Fotografen an. »Geht's nicht noch auffälliger?«

»Ciao, cara mia«, meinte Miller. Endlich hatte er sich aus dem Roadster geschält. Die Karre war Millers Ein und Alles, sie rangierte noch vor seinem Fotogerät. Der feuerrote Alfa Spider mit dem auffälligen selbst gebastelten Presse-Schild auf der Sonnenblende des Beifahrersitzes war in der ganzen Stadt bekannt.

»Wo?«, fragte er.

Er war inzwischen voll bewaffnet: Über der Schulter hingen zwei Kameras mit unterschiedlichen Objektiven, in den Schlaufen einer Art Safari-Jacke, in denen Großwildjäger ihre Geschosse zu deponieren pflegten, steckten die Filme. Miller war bekennender Fan eines Internet-Auktionshauses und da hatte er auch die ›mördermäßig geile‹ Jacke her. Sie sah so aus, als habe sie Hemingway schon bei seinen Jagdausflügen getragen – abgeschabt und mit Blutflecken drauf.

»Wohl ganz oben«, antwortete ich. »Drei Leichen im Büro.«

»Hört sich wie ein Filmtitel an«, meinte Miller cool und checkte mit seinem Künstlerblick das Gebäude.

In der DGB-Etage war nicht viel zu sehen, die Fenster waren verhängt. Ab und zu zog eine männliche Gestalt die Vorhänge beiseite, schaute nach unten, um kurz darauf wieder alles blickdicht zu verschließen.

»Wie kommst du da rein?«, fragte ich Miller. »Schon eine Idee, Maestro?«

»Wir warten einfach, bis die Bullen runterkommen«, meinte er. »Oder die Leichen abtransportiert werden.«

»Na toll. Die Bilder haben aber dann alle«, gab ich zu bedenken. »Fällt dir wirklich nicht mehr ein zu dem Thema?«

Meine Devise lautete: Provokation erzeugt Motivation und dann Aktion. So was Ähnliches hatte ich mal in einem Buch über Menschenführung gelesen.

»Mann, du Schlaffi«, legte ich – psychologisch geschickt – nach. »Wenn du nicht bald die Hufe schwingst, mach ich die Fotos selbst! Du wirst nicht fürs Rumlungern bezahlt.«

»Ich kann ja mal ums Haus rumgehen«, schlug Miller halbherzig vor. »Vielleicht gibt's hinten noch einen Eingang, an dem kein Polizist steht.«

»Na also, Superidee«, rief ich begeistert aus. »Und warum bist du noch nicht weg, du Künstler?«

»Mein Wagen steht im Halteverbot«, fiel ihm ein. »Ich müsste ihn noch eben …«

»Nix da!«, stoppte ich. »Willst du warten, bis es hier von Kollegen wimmelt? Also, los!«

Knurrend trollte er sich und verschwand hinter dem Gebäude. Ein Gefühl sagte mir, dass er von dem erstbesten Grünrock aus dem Verkehr gezogen werden würde.

Vor dem Gewerkschaftshaus hatte sich inzwischen eine Menschentraube gebildet und jetzt trudelten auch die Fernsehjournalisten und Kamerateams ein.

»Was weißt du?«, fragte *Bahnchef Schlehdorn*, ein Kollege vom Regionalfernsehen. Sein richtiger Name war mir entfallen, aber er hatte alle Eisenbahnfahrpläne der Welt im Kopf und notierte die Verspätungen der Regionalzüge jeden Abend in sein Notizbuch. Böse Zungen, zu denen ich ja nicht gehörte, sagten ihm nach, dass er beim Sex mit seiner Freundin die Geräusche einer Dampflok täuschend ähnlich nachzuahmen pflegte, und wenn er dann mit einem aufgeregten »Töff-Töff« bei ihr »auf Gleis 8« einfuhr, kam er eher zu früh als zu spät und bügelte so die Verspätungen der Bahn AG virtuos aus.

Er war eine Seele von Mensch und ich mochte ihn total gern.

»Drei Tote«, antwortete ich knapp. »Oben beim DGB.«

»Sind die Leichen schon weg?«

»Nö. Die sichern wohl noch die Spuren. Sonst alles klar bei dir? Kamen die Bimmelbahnen heute pünktlich?«

Der *Bahnchef* schüttelte ernst den Kopf. »Die Regionalbahn zwischen Unna und Bierstadt hatte Stromausfall, *Berchtesgaden* musste umgeleitet werden und vor *Richard Wagner* hat sich ein Selbstmörder geworfen.«

»In diesem Land tobt das Chaos!«, rief ich aus. »Wohin das wohl noch führt?«

Er ließ mich mit meiner Frage allein, murmelte ein knappes Tschüss, drehte von der Schulter eine Halbtotale vom Haus, schwenkte dann auf die Straße, denn da kamen sie sachte angerollt, die schwarzen Leichenwagen mit den verhangenen Fenstern. Sie würden die Toten in die Pathologie bringen.

Na toll, dachte ich, das Foto kann ich mir schon mal klemmen, Miller trieb sich im Haus herum, wenn er überhaupt noch auf freiem Fuß war. Ich sah mich um, es waren zum Glück genug freie Fotografen da, von denen man Fotos ankaufen konnte. Außerdem hatte ich meinen eigenen kleinen Fotografen in der Handtasche: eine digitale Kamera für Notfälle.

Jetzt klingelte auch noch mein Handy – wieder Kati.

Braves Mädchen, dachte ich und sagte: »Hier Grappa ...«

»Gehört dieser Trottel zu dir?«, fragte sie.

»Miller?« Ich hatte es befürchtet.

»Er hat versucht, über die Toilette der *Büchergilde* ins Haus einzusteigen.«

»So viel Einsatz hätte ich ihm gar nicht zugetraut«, wunderte ich mich.

»Die Kollegen haben ihn vorläufig festgenommen«, berichtete sie weiter.

»Vergiss Miller. Erzähl mir lieber, was bei euch los ist«, forderte ich sie auf. »Wer sind die Toten?«

»Keine Ahnung.«

»Was heißt denn das?«

»Die Köpfe sind weggeschossen. Was glaubst du, wie es hier aussieht? Der Täter hat wohl ein großes Kaliber mit ordentlicher Schlagkraft benutzt. Von den Wänden tropft Hirn!«

Ich schluckte. »Aber ob sie männlich oder weiblich sind, kannst du doch noch erkennen, oder?«

»Ja. Zwei Frauen, ein Mann. Und der Mann …«

»Ja?«, sprach ich in die Pause.

»Den Kleidern nach zu urteilen, handelt es sich um den DGB-Boss selbst. Hunze heißt der.«

»Hunze …«

»Der Mörder hat ihm so einen gelben Helm auf den Kopf gesetzt … beziehungsweise auf das, was davon noch übrig ist. Sieht nicht wirklich gut aus.«

»Gibt es Zeugen?«

»Wir sind erst bei der Spurensicherung«, flüsterte Kati. »Die Vernehmungen machen wir danach.«

»Also ist der Mörder flüchtig?«

»Klar ist er das. So, ich muss wieder rein. Sonst merkt Rabatt noch, dass ich mit dir telefoniere.«

Rabatt war der Oberstaatsanwalt, dem sie zugeteilt war.

»Was ist mit Miller?«, erinnerte ich mich. »Schickt ihr ihn wieder raus?«

»Der wird wohl erst mal wegen Behinderung polizeilicher Ermittlungen aufs Präsidium gebracht. Achtung – die Toten werden jetzt weggeschafft.« Sie beendete das Gespräch.

Tatsächlich: Ein Polizist im weißen Schutzanzug öffnete die Tür für die Mitarbeiter des Beerdigungsinstitutes, die mit ernsten Mienen aus den schwarzen Wagen gestiegen waren.

Und schon trugen sie den ersten Alusarg wieder heraus. Blitzlichtgewitter und Kamerasurren, Reporter brachten ihre Mikrofone in Position. Sarg zwei und drei folgten. Ich drängelte mich zwischen zwei Kamerateams, duckte mich unter den Objektiven her und betätigte den Auslöser der Mini-Kamera. Irgendwas würde schon drauf sein.

»Weg da! Du versaust mir die Bilder«, maulte ein Kameramann.

Ich zeigte ihm den gestreckten Mittelfinger meiner rechten Hand. Wir konnten den Fight nicht weiterführen, denn Oberstaatsanwalt Rabatt rauschte durch die Tür, hinter ihm Kati, die eine hochoffizielle Miene aufgesetzt hatte und ganz wichtig aussah. Sie würdigte mich nur eines kurzen Blickes.

Klar, dass wir so taten, als würden wir uns nicht kennen. Die Kollegen brauchten nicht zu wissen, wer meine Quelle war, und die Staatsanwaltschaft auch nicht. Irgendwann würde man sowieso dahinter kommen – aber diesen Zeitpunkt wollten Kati und ich möglichst lang hinauszögern.

Die TV-Journalisten und Radioreporter standen in der ersten Reihe. Ich stellte mich so, dass ich die Statements mithören konnte. Doch Rabatt tat das, was er immer tat: Er vertröstete die Journalisten auf die Pressekonferenz am Nachmittag.

Ein Polizeiauto fuhr vor und lud Rabatt und Kati ein. Wenig später wurde Miller aus dem Haus geführt. Er sah Hilfe suchend zu mir hin und machte eine rudernde Armbewegung.

»Miller! Bist du etwa der Mörder?«, frotzelte ein Kollege. Auch die anderen machten ihre Scherze.

»Deshalb muss die arme Grappa hier so hektisch rumknipsen«, vernahm ich.

»Das ist Behinderung der Pressefreiheit«, brüllte Miller den Polizisten an, der ihn begleitete. Dessen Gesicht verzog sich nicht.

»Grappa, kannst du mein Auto zum Verlag fahren?« Millers Stimme war jetzt nicht mehr ärgerlich, sondern verzweifelt. Er sorgte sich um sein ›Baby‹.

Gekonnt warf er mir den Schlüssel zu, bevor er auf den Rücksitz eines Polizeikombis gedrückt wurde.

Schlapphut und Papiertiger

Der Alfa Spider fuhr sich nur halb so schnittig, wie ich geglaubt hatte. Irgendwas stimmte mit der Kupplung nicht und auch die Bremsen schienen nicht ganz okay zu sein – wahrscheinlich bremste Miller nur in absoluten Notfällen. Jedenfalls war ich froh, als ich mich aus der Karre schwingen konnte und wieder festen Boden unter den Füßen hatte.

Jansen nahm die Information über das plötzliche Ableben von Hunze gelassen hin und meinte nur: »Endlich bleibt uns sein Gelaber zum 1. Mai erspart.«

»Die haben noch mehr von diesen Burschen und werden uns bestimmt einen neuen schicken«, stoppte ich seine Euphorie. »Diese Typen kommen mir immer vor wie geklont. Ob die beim DGB Sabbelbakterien ins Trinkwasser einspeisen?«

»Liegt wohl eher an den Textbausteinen, die die Zentrale ihnen für ihre Reden an die Hand gibt«, mutmaßte Jansen. »Das haben sie sich wahrscheinlich beim Arbeitgeberverband abgeguckt.«

Genug geplaudert, ich musste noch vor der Pressekonferenz der Staatsanwaltschaft ein paar Basisinformationen über Hunze zusammensuchen.

Ich fand überraschend viele. Aber mir fehlte die Zeit, sie sofort gründlich zu lesen, denn ich musste los. Mal sehen, was der Oberstaatsanwalt freiwillig an Neuigkeiten herausrückte. Den fehlenden Rest würde mir Kati dann beim Abendessen erzählen.

Auf dem Weg zum Parkplatz kam mir Miller entgegen. Er machte einen gebeutelten Eindruck und ein mürrisches Gesicht.

»Na, den Fängen der Staatsmacht entkommen?«, frotzelte ich.

»Du bist eine echte Zicke, Grappa! Wer hat mich denn in das Haus reingejagt?«

»Na ja, ich wollte dir die Chance eröffnen, drei Leichen zu knipsen und das Geschäft deines Lebens zu machen«, grinste ich. »Ist das mein Problem, wenn du sie dir versaust?«

»Die haben mich von oben bis unten gefilzt«, jammerte Miller.

»Mein Gott«, stöhnte ich. »Nun stell dich nicht so an! In anderen Ländern lägst du jetzt auf der Folterbank und würdest mit Elektroschocks gequält.«

»Das täte vielleicht weniger weh, als von dir dauernd rumgeschubst zu werden!«

Die Replik war nicht übel, wenn man seinen IQ berücksichtigt, dachte ich.

»Wo hast du meinen Alfa abgestellt?«

»Auf dem Parkplatz – wo sonst? Die Karre ist übrigens etwas schwergängig«, berichtete ich ihm. »Die Kupplung spinnt und die Bremsen sind in einem miserablen Zustand. Hast du den Wagen auch über *eBay* ersteigert?«

»Liegt wohl eher an deinem Fahrstil, Grappa«, entgegnete er. »Bei mir läuft der Motor immer tadellos. Der will liebevoll und nicht brutal behandelt werden!«

»Komm, Baby«, sagte ich gönnerhaft und schlug ihm freundschaftlich auf die Schulter. »Wir zwei Hübschen gehen jetzt zur Staatsanwaltschaft. In zehn Minuten startet die große Show. Aber zieh vorher den Tarnanzug aus, ja?«

Die Staatsanwaltschaft führte ihre Pressekonferenzen traditionsgemäß im Polizeipräsidium durch. Das Gebäude war bequem zu Fuß zu erreichen. Miller meckerte noch immer über seine rüde Behandlung durch die Polizei und ich stellte meine Ohren auf Durchzug. Männer neigten nun mal zu Lamentos, wenn sie ihr Ego angekratzt glaubten.

In dem Besprechungszimmer tummelte sich die geballte Medienmacht. Hörfunk, Fernsehsender und zahlreiche Nachrichtenagenturen.

Oberstaatsanwalt Bob Rabatt saß – Pfeife rauchend – am Tisch, neben sich Kati, die in der grauen Männerrunde flippig und bunt wirkte. Mein alter Freund Anton Brinkhoff, Leiter der Bierstädter Mordkommission, schenkte ihr gerade Kaffee ein.

Rabatt räusperte sich und drückte den stinkenden Brennstab im Aschenbecher aus. Das bedeutete, dass es gleich losgehen würde. Die Kamerateams schalteten ihr Licht an.

Wie oft schon hatte ich dieses Ritual von Fragen und Antworten mitgemacht, mal mehr, mal weniger engagiert. Die Staatsanwälte und Polizisten kamen und gingen, die Journalisten auch und ich fragte mich, wie lange ich hier wohl noch würde hingehen müssen?

Die Worte des Staatsanwaltes rauschten an mir vorbei, die Sprache, die er verwendete, erstickte in steifen Substantivierungen. »Die Verbringung der Tatopfer in die Pathologie ...«, sagte

Rabatt. Die drei Toten wurden entmenschlicht, waren nur noch längliche Pakete, die auf abwaschbare Tische gehievt und dann aufgeschnitten wurden.

Der Oberstaatsanwalt erzählte erst mal nichts über den Zustand der Leichen und über die Art der Waffe. Natürlich ahnten die Medienleute, dass dies keine ›gewöhnlichen‹ Morde sein konnten, denn Rabatt sprach von »Schwierigkeiten bei der Klärung der Identität der drei Opfer«.

»Bei dem Mann handelt es sich mit großer Wahrscheinlichkeit um den DGB-Chef Ansgar Hunze«, informierte dagegen Hauptkommissar Anton Brinkhoff und fing sich prompt einen unfreundlichen Blick von Rabatt ein. Brinkhoff nahm es gelassen und legte noch nach: »Die beiden weiblichen Opfer allerdings müssen noch identifiziert werden. Wir haben aber in den Handtaschen der Frauen Ausweispapiere gefunden, sodass dies keine Schwierigkeit sein dürfte.«

Ich blickte zu Kati. Sie saß mit Pokerface neben ihrem Chef – ganz die kleine, harmlose Praktikantin, die kein Wässerchen trüben konnte.

Ein Mehr an Informationen gab es nicht. Die Kollegen machten Fotos, holten Statements mit Rekorder und Kameras ein und langsam löste sich die Gesellschaft auf.

Ziemlich heftige Geschichte, dachte ich. Jemandem auf einen fast weggeschossenen Kopf einen Arbeitsschutzhelm zu setzen, dazu gehörte schon einiges. Und es musste etwas bedeuten.

Ich kannte Hunze nur mit einem schwarzen Schlapphut auf dem Schädel – mit dem Helm hatte er sich nur bei Betriebsversammlungen und am *Tag der Arbeit* verkleidet.

Ich ging aufs Damenklo und Kati folgte mir unauffällig.

»Der Täter hat ihn auf einen Stuhl gesetzt und gefesselt«, raunte sie mir zu. »Und dann erschossen. Sieht nach einer Hinrichtung aus.«

»Und die Frauen?«, wollte ich wissen.

»Die wurden wohl vorher getötet – Genickschuss.«

»Wer sind die beiden denn nun? Brinkhoff sagte etwas von Papieren.«

»Tatjana und Rosalia Ischenko«, flüsterte sie. »Zwei Schwestern.«

»Russinnen?«

»Scheint so. Und sie sehen nicht wie Handarbeitslehrerinnen aus.«

»Sondern?«

»Wie Callgirls. Sie lebten wohl auf großem Fuß ... nach ihren Klamotten und dem Schmuck zu urteilen.«

»Und wie kommen die in ein DGB-Büro?«

»Keine Ahnung«, sagte Kati und senkte ihre Stimme noch weiter ab, denn eine Frau kam durch die Tür. »Vielleicht wollten sie nur eine tarifrechtliche Beratung.«

Wir stellten das Reden ein, wuschen uns die Hände und verließen den Waschraum kurz nacheinander.

Im Büro angekommen, erstattete ich Peter Jansen kurz Bericht. Er hatte sich inzwischen um die Fotos gekümmert, die ich mit meiner Notkamera geknipst hatte, und sie waren gar nicht so schlecht geworden. Schließlich konnte man digitale Bilder mit der entsprechenden Software etwas manipulieren, ihnen mehr oder weniger Farbe und Konturen verleihen, bestimmte Ausschnitte vergrößern und so weiter. Drei Fotos waren brauchbar: die Halbtotale vom DGB-Haus, die Naheinstellung vom Fenster, hinter dem sich alles abgespielt hatte, und natürlich das übliche Sargbild – mit den Polizisten und einigen Schaulustigen.

Ich hatte hundert Zeilen auf der Eins zu füllen.

Mord im DGB-Haus: Ansgar Hunze und zwei Frauen brutal ermordet – so die Überschrift.

Ein brutaler Mord an drei Menschen erschüttert die Stadt: DGB-Chef Ansgar Hunze ist tot! Er wurde am Morgen erschossen in seinem Büro gefunden – an einen Stuhl gefesselt. Und der Mörder hat noch zwei weitere Menschen getötet: Die Polizei fand die Leichen von zwei jungen Frauen – ebenfalls erschossen. Ob die Frauen zufällig Opfer wurden, weiß niemand. Es scheint so, dass der Täter es hauptsächlich auf Hunze abgesehen hatte, denn er

setzte dem Toten wie zum Hohn einen Arbeitsschutzhelm der IG Metall auf den Kopf.
Die Staatsanwaltschaft will die Identität von Hunze noch nicht offiziell bestätigen, denn der Mörder hat dem Mann das Gesicht weggeschossen. Auch die beiden Frauennamen geben die Behörden noch nicht heraus. Nach Informationen unserer Zeitung soll es sich aber um die Schwestern Tatjana und Rosalia Ischenko handeln. Die Frauen könnten dem Rotlichtmilieu zuzuordnen sein.

Danach schilderte ich die Polizeiarbeit am Tatort in den buntesten Farben, die mir zu solchen Anlässen zur Verfügung standen. Ich bezeichnete den Oberstaatsanwalt als ›wie üblich zugeknöpft‹, Hauptkommissar Brinkhoff als ›zugänglich‹ und nannte die Aktionen der Ermittler ›professionell‹ und ›gründlich‹.

Ein Künstler sucht Sponsoren

Der Fall Ansgar Hunze hatte für Polizei und Staatsanwaltschaft oberste Priorität, denn der Gewerkschafter war ein Freund des Wirtschaftsministers gewesen – und damit hatte sich der Tote auch immer gebrüstet. Prompt hörte ich am Abend im Fernsehen eine Statement des Politikers. Er war »tief erschüttert« über den Tod seines langjährigen Freundes und Weggefährten und forderte die Ermittlungsbehörden auf, den feigen Mord so schnell wie möglich aufzuklären und den oder die Täter dingfest zu machen. Die Stimme des Ministers hatte mehr Tremolo als sonst und in seinem Knopfloch schimmerte die oft bemühte Träne.

Kati kam aufgekratzt nach Hause. Es waren ihre ersten Leichen gewesen, die sie während des Praktikums zu Gesicht bekommen hatte, und sie sinnierte den ganzen Abend über die Qualität der letzten Sekunden des irdischen Daseins.

»Ob es wirklich so ist, dass kurz vor dem Ende das gesamte Leben an einem vorüberzieht?«

Ich ließ Katis Frage im Raum stehen, eine richtige Antwort

hätte ich eh nicht geben können, da mir eine solche Situation zum Glück fremd war.

»Und wie ist es wohl zu sterben? Ich habe mal was von einem dunklen Tunnel gelesen, an dessen Ende ein Licht brennt.«

»Das Sterben wird wohl nicht so theatralisch sein«, meinte ich. »Ich tippe auf ein plötzliches Dunkel und tschüss!«

»Jedenfalls konnten die DGB-Leichen nicht mehr viele Lichter sehen.« Kati goss sich den Rest Wein ins Glas. »Der Gerichtsmediziner tippt auf einen Profi. Er kam, sah, tötete und löste sich in Luft auf.«

»Hat denn niemand etwas Verdächtiges bemerkt?«, fragte ich und tupfte mit einer Serviette Katis verkleckerten Wein vom Kirschholztisch.

»Das Haus war zur Tatzeit voller Menschen – ein ständiges Kommen und Gehen«, erzählte sie. »Gesichter, die sich niemand gemerkt hat. Aber vielleicht bringen die Vernehmungen ja noch was.«

Wenig später war mein Gast satt und getränkt. Sie gähnte mit offenem Mund und ging in ihr Zimmer.

Leicht angesäuert räumte ich den Tisch ab und entsorgte die Essensreste in den Mülleimer.

Grappa, du wirst langsam ein kleinkarierter Putzteufel, dachte ich, junge Menschen sind es nun mal gewöhnt, dass ihre älteren weiblichen Verwandten, meistens Mütter genannt, hinter ihnen herräumen.

Der Schlaf in dieser Nacht war erholsam. Nach einem ausführlichen Frühstück ohne Kati – sie war schon weg – fuhr ich in die Redaktion und traf auf einen zufriedenen Chef, der mich gleich zu einem Becher Kaffee in die Kantine schleppte.

»Das war Klasse, Grappa«, lobte er mich. »Der Rabatt hat schon Theater gemacht. Woher wir das alles wissen ..., wer unser Maulwurf ist. Und mir und dir Beugehaft angedroht, falls wir unsere Informationsquelle nicht preisgeben. Ich habe den Verlagsanwalt bereits angerufen.«

»Ich schlottere vor Angst«, grinste ich.

»Du musst jetzt an die Mädchen ran«, schlug Jansen vor. »Ich will wissen, was zwei Edelhuren im Büro des Gewerkschaftsbosses gemacht haben. Falls sich der Verdacht bestätigt, dass sie welche waren.«

»Ich werde mal bei der *Mitternachtsmission* anrufen. Die wissen vielleicht was.« Die *Mitternachtsmission* war ein kirchlicher Verein, der sich um Prostituierte kümmerte – ob hoch bezahlte Callgirls jedoch zu ihren Klientel zählten, wagte ich zu bezweifeln. Sie betreuten hauptsächlich drogenabhängige Strichmädchen oder verschleppte Frauen, die zur Prostitution gezwungen wurden. Aber immerhin kannten sie sich in der Szene aus.

»Ich hätte dem Typen alles zugetraut – nur nicht, dass er was mit Nutten zu tun hat«, überlegte mein Chef. »Aber vielleicht waren die beiden ja auch nur seine Musen.«

»Musen?«

»Er malte doch.«

»Wer? Hunze?«, fragte ich. »Was pinselte er denn? Die Plakate zum 1. Mai?«

»Er nannte es Kunst. Öl und Essig. Er hat mich noch vor einem halben Jahr angerufen und gefragt, ob ich ihm einen Ansprechpartner nennen könne.«

»Wofür?«

»Er suchte Sponsoren für seine Ausstellung. Er schlug vor, dass das *Tageblatt* seine Schau bezahlt.«

»Ganz schön dreist!«

»Natürlich hab ich ihn abblitzen lassen«, erzählte Peter Jansen weiter. »Daraufhin wurde er ziemlich stinkig. Aber er hat noch jemanden gefunden.«

»Echt?«

»Der Autokonzern. Er kennt den Vorstand …«

»Was? Hunze ist doch Gewerkschafter! Da lässt er sich vom Klassenfeind sponsern?«

»Nicht nur du siehst das so. Der Betriebsrat des Konzerns hat sich ziemlich deutlich dazu geäußert. Filz, Bestechung … und so weiter. Und das waren noch die harmlosesten Bezeichnungen!«

»Dann kommt der Mörder vielleicht aus irgendeiner ideologischen Ecke. Ein durchgeknallter Betriebsrat oder Vertrauensmann, der Rache für Hunzes Verrat an der Arbeiterklasse genommen hat! Oder so ein Fossil aus der Marx-Lenin-Therapiegruppe, den Hunzes bourgeoise Dekadenz zur Knarre hat greifen lassen.«

»Ich glaube, du beurteilst die Linken in unserer Gesellschaft etwas zu romantisch, Grappa«, lachte Jansen.

Stahl und Licht

Die Informationen aus dem Internet gaben einiges her über den ›Künstler‹ und den Gewerkschaftsboss Hunze. Ich staunte, denn er war als Maler ziemlich erfolgreich gewesen und seine zahlreichen Ausstellungen wurden in den letzten Jahren heftigst von großen Firmen bezuschusst. Sie hatten nicht nur Geld gegeben, sondern auch Ausstellungsräume und Transportmöglichkeiten zur Verfügung gestellt. Eine große Schau des Meisters hatte sogar in Uruguay stattgefunden, das Autounternehmen charterte damals ein Flugzeug und brachte die bemalten Leinwände in die Pampa.

In der Presse waren seine Werke als Sensationen gefeiert worden – Hunze hatte Verbündete auch unter den Journalisten gefunden. Einige der Gemälde waren im Internet abgebildet und man konnte sie sogar als Grußpostkarten versenden – gegen einen kleinen Obolus, mit dem die Kosten für die Internetseiten des Meisters gesenkt wurden.

Lustlos surfte ich durch seine *Stahlbilder im permanenten Wechselspiel von Licht und Perspektive*, aber der Genius des Malers erreichte mich nicht wirklich.

Das Telefon klingelte. Es war Kati. Sie schlug vor, dass wir uns in der Mittagspause trafen. Das klang gut, sie schien wohl Neuigkeiten zu haben. Wir verabredeten uns in ›unserem‹ Bistro.

Ich ›blätterte‹ im Web noch einige Seiten durch und stieß auf die Kritik eines Kulturjournalisten:

Der Maler Ansgar Hunze lädt uns ein, jenseits aller äußeren Erscheinungen zu gehen, um das Geheimnis zu entdecken, das hinter seinen Figuren steckt. Kunst entfesselt positive Energie, schafft engere Beziehungen zwischen Individuen und Völkern. Durch Kunst treffen sich Menschen und lernen sich kennen. Kunst ist universell und macht es einfacher, Grenzen und Sperren zu überqueren. Kunst hilft, Entfremdungen zu vergessen. Die blauen Farbstriche, die halb abstrakten, halb figurativen Formen und die besondere Einstellung der Bilder tragen dazu bei, das Subjekt im Blau aufzulösen.

Der Verfasser der Kritik hieß Karl Krawottki. Der Name sagte mir irgendwas, aber ich kam nicht drauf, was. Peter Jansen half mir weiter – Karl Krawottki war im Revier ein bekannter Schriftsteller und Lyriker.

Schnaps für das Frollein

Anneliese Schmitz hatte ihren Bäckerladen ausgebaut und im Zimmer neben dem Verkaufsraum ein kleines Bistro eingerichtet. Die Bäckersfrau und ihr Laden waren zu einem Ruhepunkt in meinem hektischen Leben geworden.

»Tach auch«, sagte ich lapidar, nachdem ich die Tür aufgedrückt hatte. Den Raum erfüllte der Duft von frischem Brot, den ich so mochte, die Wärme des Ofens schlug mir entgegen und meine Augen ergötzten sich an den goldgelben Brötchen, die auf dem großen Backblech abkühlten.

»Frau Grappa«, sagte Frau Schmitz erfreut. »Tach auch. Wie isses?«

»Muss. Und selbst?«

»Muss.«

»Da kommt noch wer«, erklärte ich, »ich geh schoma durch.«

»Die Blonde?«, fragte Anneliese Schmitz.

»Ja.« Sie fragte nach Kati, wie sie immer nach dem Kater gefragt hatte: Der Schwatte?

»Ich setz mich nach hinten«, kündigte ich an. »Wir wollen nicht unbedingt gesehen werden.«

»Verstehe!« Sie beteiligte sich gern aktiv an meinen Recherchen. »Was gibbet denn?«

»Der Mord an dem DGB-Chef«, erklärte ich.

»Hartes Ding!«, stellte sie kopfschüttelnd fest. »Aber so astrein war der Bursche ja nie.«

»Wie meinen Sie das?«

»Zu viele Hochzeiten. Gewerkschaft und Partys. Der mischte überall mit, wo et was abzustauben gab.«

»Woher wissen Sie das?«

»Mein Vetter ist Betriebsrat. Bei Thyssen-Krupp. Der kennt den Hunze. Oder kannte ihn – in dem Fall ja. Da hängt ein Kalender von dem. Der steht auf Blau. Oder stand.« Anneliese Schmitz deutete mit dem Kinn auf die Wand neben der Tür.

»Hab den nur aufgehängt, weil das Blau so gut zur Wand passt«, entschuldigte sie sich.

»Sieht doch wirklich nett aus«, behauptete ich und ging in den Nebenraum.

Frau Schmitz brachte mir den Milchkaffee. »Und?«, fragte sie. »Wie isses denn sonst so?«

»Was meinen Sie?« Ich stellte mich zwar dumm, aber ich wusste, welche Frage jetzt kommen würde.

»Was macht die Liebe?«

»Nix.«

»Warum nicht?«

»Mich nimmt eben keiner.«

»Versteh ich nicht«, sagte sie mitleidig. »Sie sind doch eigentlich 'ne ganz Nette.«

»Sagen Sie das mal den Herren«, schlug ich vor.

»Sie brauchen nur eine starke Hand«, tröstete sie mich. »Einen, der sich nicht eintüten lässt.«

»Meinen Sie?«

»In Echt«, nickte sie.

Jetzt müssten eigentlich Verkuppelungsvorschläge kommen, dachte ich.

»Es gibt doch total nette Männer, Frau Grappa! Neulich war hier so einer, der tät gut zu Ihnen passen. Soll ich mal was über den rauskriegen? So ein dunkelhaariger. Sie stehen doch auf so welche.«

»Lassen Sie mal«, winkte ich ab. »Wenn ich das Geld zusammenhab, kauf ich mir einen.«

Warum kam Kati nicht, um mich zu erlösen?

»Wie musser denn so sein, der Ihrige?«

Langsam rührte ich in meinem Milchkaffee. Frau Schmitz war eine Seele von Mensch, aber jetzt nervte sie.

»Ich stell gar nicht so hohe Ansprüche«, antwortete ich schließlich. »Mein Traummann ist klug wie Eros, bescheiden wie Narziss, gut im Bett wie Kant, attraktiv wie Quasimodo und treu wie Casanova.«

»Sind die nicht schon alle tot?«

»Sicher. Warum?«

»Sie sollten sich doch lieber wieder einen Kater anschaffen«, meinte Frau Schmitz verschmitzt. »Is, glaub ich, doch besser.«

»Sie könnten mir ja einen Mann backen.«

»Mach ich, Frau Grappa«, lächelte sie. »Ich muss mir nur noch die richtige Mischung überlegen. Damit er nich so schnell hart wird.«

»Dagegen hab ich gar nichts«, kicherte ich.

Die Bäckersfrau kapierte den anzüglichen Gag wohl nicht, verzog jedenfalls keine Miene.

Endlich traf Kati ein. Sie wirkte abgehetzt, die blonden Haare standen ihr kreuz und quer vom Kopf ab.

»O Gott, was war das schrecklich«, brach es aus ihr heraus, als sie heftig atmend am Tisch stand.

»Was denn?«

»Rabatt bestand darauf, dass ich mir die Obduktion von dem Hunze angucke!«

Sie griff nach meinem Milchkaffee und nahm einen Schluck.

»Hast du so was noch nie gesehen?«, wunderte ich mich.

»An der Uni gab es solche Veranstaltungen«, bestätigte sie. »Aber ich hab immer die Augen zugemacht. Fiel gar nicht auf.

Heute aber schon, denn der Pathologe hat mir alles erklärt. Und Rabatt stand mit seiner Pfeife daneben und hat gegrinst, der Arsch. Der hat genau gesehen, dass ich fast umgekippt wäre. Das war die Hölle!«

»Das gehört halt zu deinem Job!«

»Hast du schon mal gesehen, wie einer aufgeschnitten wird? Was da alles in einem Körper drin ist? Und wie das riecht, wenn da die Dämpfe rauskommen!« Sie schüttelte sich vor Ekel.

Anneliese Schmitz hatte Kati mit leuchtenden Augen zugehört und genoss die pathologischen Momente. Die Bäckersfrau hatte ihren Beruf verfehlt. Die Welt der sanften Brötchen und zarten Plätzchen verbarg wohl die ein oder andere mörderische Fantasie.

»So, dann kriegt das Frolleinchen erst mal einen Schnaps!«, sagte sie entschlossen, ging zur Kühltheke und kam mit einem Obstler zurück.

Kati kippte ihn in einem Zug hinunter und der scharfe Geschmack schien sie tatsachlich zu entspannen.

»Besser?«, fragte ich. »Und jetzt erzähl! Was gibt es Neues?«

»Ich weiß was über die Zwillinge.«

»Zwillinge?«

»Die beiden Frauen. Sie hatten in der Szene den Namen Puppa und Rosi – die scharfen Zwillinge. Hier!«

Sie reichte mir ein Blatt. Es war die Kopie einer Anzeige aus einer Erotik-Zeitschrift: *Sexy-Doppelpack: Geile Zwillinge suchen Mann mit Standvermögen.* Die Ausgabe war schon zwei Jahre alt. Die Mädchen waren blond, hatten ausladende Formen, die in knappsten Minis steckten, die Beine waren ganz schön kräftig und die schwarzen Lackstiefel hatten Plateausohlen. Die Brüste waren unübersehbar präsent.

»Dralle Mädels«, räumte ich ein, »und noch nicht mal unsympathisch. Wie kommen die nun ins DGB-Büro?«

»Wir haben einige Kolleginnen der beiden vernommen. Puppa und Rosi hatten viele Kunden. Die überprüfen wir gerade – soweit wir die Namen haben. Außerdem gibt es eine direkte Nachbarin. Aber die ist noch ziemlich zugeknöpft. Vielleicht weil sie Ausländerin ist. Kannst du nicht was rauskriegen? Du hast andere Möglichkeiten. Fragst ganz anders als wir.«

Gar nicht schlecht, dachte ich, Interviews mit den Nachbarn von Mordopfern trugen zwar meist nichts zur Aufklärung eines Falles bei, machten ihn aber bunter und die Fakten bekamen Fleisch an die Knochen.

»Hast du die Adresse?«

Kati sagte sie mir und ich versprach, heute Nachmittag vorbeizufahren.

»Wann kommst du nach Hause?«

»Ziemlich zeitig. Mir reicht es für heute«, seufzte Kati. »Ich habe vor der Obduktion noch die Vernehmungen gemacht und der Arsch von Rabatt saß dabei und zog an seiner stinkenden Pfeife. Und als die Zeugen raus waren, hat er meine Fragetechnik in Grund und Boden gedonnert. Der Typ ist so was von ätzend! Ich hätte ihn am liebsten an die Wand geknallt. Neulich hat er sich darüber mokiert, dass immer mehr Frauen ins Richteramt kämen, dabei wisse man doch, dass das weibliche Geschlecht zwei Mal im Monat unzurechnungsfähig sei – während der Menstruation und bei Vollmond. Ich sag dir, Grappa, wenn du mir einen Gefallen tun willst, dann würg dem Kerl mal so richtig einen rein.«

Wir verabschiedeten uns. Anneliese Schmitz empfahl mir noch den Kauf eines Roggenbrotes von gestern zum halben Preis. Da konnte ich nicht Nein sagen.

In der Redaktion sah ich Miller am PC sitzen. Er war wieder guter Dinge und schien den Polizeigewahrsam inzwischen verarbeitet zu haben.

»Sind wir wieder Freunde, Miller?«, testete ich.

»Moment!« Ich erkannte, dass er sein Internetauktionshaus auf dem Schirm hatte. Er war mal wieder auf Schnäppchenjagd und bewegte sich wohl in der Zielgeraden.

»Ja!«, schrie er auf. »Ich hab's!«

»Und was?«, fragte ich neugierig und schaute auf den Monitor.

Glückwunsch, Sie haben den Artikel erworben – stand da.

»Herrensocken. Fünf Paar für dreiunddreißig Euro. Klimaregulierende Merinowolle, Hochferse und Belastungszonen extra verstärkt, druckfreie, handgekettelte Spitze.«

»Toll!« Ich gab mich beeindruckt. »Aber gleich fünf Paar? Wechselst du denn deine Socken neuerdings?«

Er kapierte die Sottise zu spät und der Locher in der Luft beendete seine Flugbahn ziemlich rüde an der Bürotür.

Der kleine Prinz

Die Stadt ertrank im Wasser, Dauerregen. Einen Schirm besaß ich nicht, ich ließ die Dinger immer irgendwo stehen und hatte es aufgegeben, für Nachschub zu sorgen.

Betty Blue – so nannte sich die Nachbarin der Zwillinge, hatte Kati gesagt. Ob Betty ihr Geld auch durch Prostitution verdiente? Der Name jedenfalls klang sinnlich. Deshalb hat sie ihn sich vermutlich auch gegeben, glaubte ich, fast alles ist nur eine Frage der richtigen PR. Mit Illusionen und Erwartungen spielen.

Ich kämpfte mich durch die aufgeweichten Straßen und kam schließlich an. Das Haus sah aus wie viele: unauffällig, von jener sauberen Modernität, die über Plattenbauten hinausgeht, aber noch keine Individualität zulässt. Briefkästen im gewöhnlichen Format mit der Aufforderung *Keine Werbung* versehen, genormte Klingelschilder mit abgekürzten Vornamen, sodass niemand Fremdes wissen konnte, ob hier Mann oder Frau oder beide zusammen wohnten.

Kati hatte mir beschrieben, welche Klingel zu Betty Blue gehörte, denn ihr richtiger Name war thailändischen Ursprungs und für europäische Hör- und Sehgewohnheiten uneinprägbar.

Wie sollte ich vorgehen? Ich hatte keine Idee, aber Improvisation war eine meiner Stärken. Entschlossen drückte ich den Klingelknopf und wartete.

»Bitte schön?«, piepste ein Stimmchen.

»Mein Name ist Maria Grappa«, blieb ich erst mal bei der Wahrheit. »Ich bin von der Zeitung und möchte Sie gern sprechen. Machen Sie mir doch bitte die Tür auf.«

»Warum wollen Sie mich sprechen?«, fragte die Stimme.

»Es geht um die Zwillinge Puppa und Rosi. Die Mädchen, die hier im Haus gewohnt haben, Ihre Nachbarinnen.«

»Ich weiß nichts über sie.«

»Bitte, lassen Sie mich doch rein. Es regnet in Strömen und ich bin schon völlig durchnässt.«

Das Surren des Öffners ertönte. Betty Blue wohnte in der vierten Etage. Zum Glück gab es einen Aufzug.

Oben erwartete sie mich schon, eine zarte Person mit wirrem schwarzem Haar, einem Kindergesicht und einfacher Kleidung. Ihr Gesicht war im Vergleich zu dem knabenhaften Körper ein wenig breit geraten, die Nase etwas zu platt – aber gerade das gab ihr einen jungenhaft-lustigen Eindruck.

»Kommen Sie rein.«

Mir schlug Wärme entgegen und der Duft von irgendwelchen Räucherstäbchen. Der Fernseher lief. Ein Verkaufssender. Eine alternde Schauspielerin pries ein Gerät an, das Falten durch Unterdruck beseitigen sollte. Natürlich europäisches Patent. Für nur fünfzig Euro. Die Telefondrähte des Senders glühten wahrscheinlich.

»Möchten Sie einen Tee?«, fragte Betty Blue. Im Raum war es sehr warm oder waren es die ersten sagenhaften Hitzewellen, die mich heimsuchten?

Ich wollte einen Tee und Betty Blue ging in die Küche. Die zierliche Frau trug ein Hemdchen, das knapp über den Knien endete, ihre Beine waren wohl geformt und leicht gebräunt. Ich stellte sie mir vor, auf oder unter einem dieser schrecklichen Kerle, die es nötig hatten, sich Sex zu kaufen, weil es für Liebe nicht reichte.

Im Fernsehen wurde nun die viergeteilte Superpfanne offeriert, die Energie spart und der Hausfrau die Arbeit erleichtert. Links konnte das Steak gebraten, in der Mitte der Gatte gegart, daneben die Buntwäsche aufgesetzt werden. Und schon wieder setzte ein Run ein und die Pfanne war gleich ausverkauft.

Betty kehrte zurück und ich hörte plötzlich Geräusche, die aus einer anderen Richtung kamen. Ich schaute irritiert.

»Mein Baby«, lächelte sie.

»Sie haben ein Kind?«, fragte ich erstaunt.

Jetzt quengelte jemand gewaltig. Ich folgte Betty Blue in ein anderes Zimmer, beobachtete, wie sie sich über ein Bettchen beugte und ein Bündel herausholte. Das ist gut, schoss es mir durch den Kopf, der Weg zu den Herzen von Müttern führt über ihre Kinder.

»Ist das aber niedlich!« Ich musste noch nicht mal lügen. Das Baby war wirklich allerliebst.

»Mein kleiner Prinz!« Betty Blue strahlte und sah mich mit Stolz an.

Ich hielt dem Prinzen meinen Zeigefinger hin und er grabschte danach und umklammerte ihn. Das Baby hatte weiche winzige Finger mit noch winzigeren Nägeln, die Hand war pummelig und feucht-warm.

»Der Prinz hat ja einen eisernen Griff«, lachte ich, denn das Kind wollte mich nicht mehr loslassen. Je stärker ich den Finger zurückzog, umso mehr strengte sich das Baby an, ihn ja nicht wieder loszulassen.

Ich zog und es klammerte weiter, begann vor Freude zu quieken und setzte den ganzen Körper ein, drückte den Kopf in den Arm seiner Mutter, schloss vor Anstrengung die schwarzen Kohlenaugen.

Betty Blue lachte glucksend, unsere Blicke begegneten sich und ich Kinderlose fühlte ein jähes Bedauern darüber, dass ich manche Emotionen nie kennen lernen würde. Die Erkenntnis traf mich wie ein Schlag, meine Lippen zitterten und ich musste mit geschlossenen Augen tief durchatmen, um mich wieder in den Griff zu bekommen.

Betty Blue schaute mich prüfend an, sie hatte vermutlich instinktiv begriffen, was in mir abgelaufen war, schwieg aber wohl aus Höflichkeit.

Der Prinz hatte noch immer meinen Finger in seinem Besitz, war aber jetzt ruhiger geworden und starrte mich mit seinen schwarzen Augen an, offen und ernst. Kinderaugen kamen mir oft wie tiefe Brunnen vor, bereit, sich füllen zu lassen.

Vielleicht reißt er dir in fünfzehn Jahren die Handtasche weg, dachte ich, und kauft sich Drogen von der geklauten Kohle.

Das Kind ließ meinen Finger plötzlich los – als habe es meine gehässigen Gedanken erraten.

»Ich hab's nicht so gemeint«, murmelte ich und strich ungeschickt über die schwarzen Haare des Kleinen. Doch er wandte den Blick ab und fing an zu schreien.

»Der Prinz hat Hunger«, plapperte Betty Blue. »Einen Moment, bitte. Ich muss das Fläschchen warm machen.«

Sie sprach perfektes Deutsch. Ich hörte sie in der Küche herumfuhrwerken und sah mich im Wohnzimmer um. Die Einrichtung verband asiatische Tradition mit Ikea-Sachlichkeit: ein Tisch aus billiger Kiefer – darüber aber eine rotgoldene Decke aus feiner Seide, die mit blauen Stickereien verziert war.

Betty Blue kam mit dem Fläschchen in der Hand und dem Kind auf dem Arm zurück. Der Kleine öffnete automatisch den Mund, als sich der Gummiverschluss näherte.

»Warum nennen Sie sich Betty Blue?«, fragte ich.

»Niemand kann meinen Namen aussprechen«, erklärte sie. »Und Blau ist meine Lieblingsfarbe. Die Farbe von Meer und Himmel.«

Sie setzte sich neben mich aufs Sofa, der Kleine trank mit geschlossenen Augen und gab ab und zu ein leichtes Grunzen von sich.

»Sie sprechen gut Deutsch«, stellte ich fest. »Leben Sie schon lange hier?«

»Ich bin in Deutschland zur Schule gegangen.«

»Und? Arbeiten Sie auch in dem Gewerbe?«

»Gewerbe? Sie meinen Prostitution? Nein, ich arbeite in einem chinesischen Restaurant.«

»Aber Sie sind doch Thailänderin!«

»Und?«, lächelte sie. »Das ist den Gästen egal. Schmale Augen und schwarzes Haar, dann schmeckt den Gästen das Schweinefleisch gleich besser.«

Wir lachten.

»Sie wissen, was mit den Schwestern passiert ist?«, fragte ich.

»Ja, die Polizei hat es mir gesagt.«

»Kannten Sie die Mädchen gut?«

Betty Blue starrte in den Tee, als würde sie die Antwort dort vorgeschrieben bekommen.

»Sie waren freundlich und mochten das Baby.«

»Wer kann das getan haben?«, fragte ich.

»Ich weiß es nicht.«

»Hatten die beiden oft Besuch?«

Das Baby war mit der Mahlzeit fertig. Betty wischte ihm den Mund ab, brachte es ins Kinderzimmer und setzte sich wieder. Sie braucht viel Zeit für die Antworten, dachte ich, als Quelle für neue Fakten ist sie wohl nicht zu gebrauchen.

»Und? Waren die beiden gut im Geschäft?«, wiederholte ich die Frage.

»Wie man es nimmt.« Sie lächelte versonnen, setzte die Tasse an die Lippen und schlürfte ein wenig von dem Tee. »Sie hatten Stammkunden. Den toten Mann. Die Polizei hat mir Bilder gezeigt. Und dann kam noch jemand in den letzten Wochen, der mir bekannt vorkam.«

»Und wer?«

Sie antwortete nicht, stand auf, ging im Zimmer auf und ab, schien mit sich zu kämpfen.

»Ich habe ihn mal im Flur getroffen«, berichtete sie. »Er parkte seinen Wagen immer in der Seitenstraße. Die Mädchen lachten darüber.«

»Haben sie seinen Namen erwähnt?«

»Nein. Aber ich habe ihn später nochmal gesehen. Zufällig. Da wusste ich, wer es ist.«

Jetzt wurde es spannend. Dieser Besucher musste wohl etwas zu bedeuten haben – so wie sie sich verhielt.

»Weiß die Polizei von diesem Mann?«

Sie schüttelte den Kopf.

»Warum nicht?«

»Ich habe Angst.«

Pinot und Pauken

Merkwürdig. Kati war noch nicht zu Hause, als ich von Betty Blue zurückkam. Die Information über die Identität des geheimnisvollen Besuchers, die ich natürlich inzwischen ermittelt hatte, würde sie umhauen.

Ich hatte Lust auf Wein und Musik. Was passte wohl zu Regenwetter, Sturm und den letzten zwei aufregenden Stunden?

Ein *Pinot gris* aus dem Elsass. Ich öffnete die schlanke Flasche, nahm ein schönes Kristallglas aus dem Schrank und ging ins Wohnzimmer. Zu dem milden Wein sollte die Musik dramatisch sein. Francis Poulenc mit seinem Konzert in g-Moll für Orgel, Streicher und Pauke.

Die Musik bediente meinen Sinn für Dramatik und passte zu der neuen Spur. Orgel, Pauke und Streicher – das war so ungewöhnlich instrumentiert, wie dieser Fall kompliziert war.

Im Flur tat sich was, Kati rückte an.

»Hallo!«, rief ich.

Kati stürzte ins Wohnzimmer.

»Ich hasse diesen Arsch!«, brach es aus ihr heraus. »Ich halte das nicht mehr durch!«

»Rabatt?«, stellte ich die eigentlich überflüssige Frage.

Kati schniefte nickend.

»Das wird schon wieder«, lächelte ich.

»Nein, wird es nicht«, schimpfte sie.

»Setz dich und trink ein paar Schlückchen!« Ich schob ihr ein Glas hin. »*Pinot gris.* Ganz okay.«

Sie schluckte hastig. »Weißt du eigentlich, dass fünfundsechzig Prozent der Juristen in Deutschland ein Alkoholproblem haben?«

»Nö. Hat Rabatt auch eins?«, fragte ich.

»Nee, außer dieser Stinkpfeife und seinem Scheißcharakter ist der Typ perfekt. Der hat alles – nur kein Alkoholproblem!«

»Bald wird er eins haben«, versprach ich.

Kati stutzte, guckte mich an. »Nun sag schon!«

»Rabatt war ebenfalls Kunde der Zwillinge – sagt Betty Blue. Sie hat ihn bei der Vernehmung wiedererkannt.«

»Das ist ja der Hammer! Deshalb hat er da so angestrengt rumgesessen ... Und ich dachte schon, der hat mich im Auge!«

»Der hatte wohl eher Angst, dass Betty Blue ihn identifizieren könnte«, sagte ich.

»Und? Was ist es? Wie pervers ist er? Schnallt er Frauen auf die Streckbank?«

»Betty hat nicht allzu viel von den Ischenko-Mädchen erfahren. Sie weiß nur, dass er ein guter Kunde war, und das wird sie auch morgen bei der Polizei aussagen.«

»Super! Dann ist er aus dem Fall raus«, freute sich Kati. »Darauf stoßen wir an, Grappa! Du bist die Beste!«

Wir begossen die Neuigkeiten, aber auch der langsam steigende Alkoholpegel in meinem Blut konnte das aufkommende mulmige Gefühl nicht wegschwemmen: Es war so einfach gewesen, Betty Blue zum Reden zu bringen. Zu einfach für meinen Geschmack.

Spät in der Nacht räumte ich meine CDs in die Hüllen zurück, die Kati herausgepflückt hatte, schleppte die Gläser in die Küche und wischte flüchtig über den Glastisch. Mein Besuch lag natürlich schon im Bett und schlief friedlich.

Rabatt und das Sexy-Doppelpack

»War sie schon bei Ihnen?«, fragte ich Hauptkommissar Brinkhoff am nächsten Morgen. Ich war schon früh in die Redaktion gefahren, denn es gab ja einiges zu tun.

»Wenn Sie die Frau meinen, die sich Betty Blue nennt, ja«, entgegnete Brinkhoff. Auch er wollte wohl den unaussprechlichen Namen nicht aussprechen müssen.

»Was hat sie gesagt?«

»Über ihre Aussage darf ich Ihnen natürlich keine Auskunft geben – das wissen Sie ja, Frau Grappa«, zierte er sich. »Wenden Sie sich an die Pressestelle der Staatsanwaltschaft.«

»Mach ich.« Ich hatte Verständnis, wahrscheinlich wollte Brinkhoff keinen Fehler machen, wenn es um die bevorstehende Suspendierung eines Oberstaatsanwalts ging.

»Aber Sie können mir bestimmt sagen, ob Frau Blue Sie auf eine neue Spur gebracht hat, die den Ermittlungen über die Morde eine andere Richtung geben wird? So rein personalmäßig ...«

Brinkhoffs Lachen dröhnte durch den Hörer. Wir verstanden uns.

Zur Sicherheit rief ich auch bei Betty Blue an, sie war freundlich und im Hintergrund krähte der Prinz.

»Ich habe dem Kommissar alles erzählt«, bestätigte sie mir. »Und die Aussage unterschrieben.«

Die Pressestelle der Staatsanwaltschaft kündigte ein Fax an, das in wenigen Minuten an alle Redaktionen gesendet werden würde.

Ich informierte die Sekretärin, ging in die Kantine, um mir einen großen Becher Kaffee zu holen.

Miller saß dort und machte ein Gesicht wie drei Tage Regenwetter.

»Waren die Socken doch schon getragen?«, fragte ich.

»Welche Socken?«

»*eBay*. Fersenverstärkte Fußbekleidungen. Schon vergessen?«

»Nein. Die werden wohl okay sein. Doch ich habe eine Angelausrüstung ersteigert. Ganz günstig – nur hundert Euro. Mit Carbon-Steckrute von über zwei Metern, Moosgummigriff, superleicht mit SIC-Beringung, dazu eine Rolle Flash 20 mit drei Stahlkugellagern, einer super Heckbremse, mit hochwertigem Lack und natürlich der Schnur.«

»Ist doch toll«, ließ ich mich mitreißen. »Und warum ziehst du so ein Gesicht?«

»Ich angele gar nicht!«

»Dann lernst du es halt, Süßer«, tröstete ich ihn und klopfte ihm aufmunternd auf die Schulter.

»Und ich esse keinen Fisch«, kam es trotzig zurück.

»Wenigstens hast du die Socken«, meinte ich.

Ich verdrückte mich schnell, ging ins Großraumbüro zum

Faxgerät. Die Pressemitteilung der Staatsanwaltschaft war da. Darin wurde Rabatts Suspendierung verkündet – aus persönlichen Gründen habe der ermittelnde Oberstaatsanwalt den Fall abgegeben.

Zurück in meinem Zimmer rief ich bei der Behörde an und fragte nach diesen persönlichen Gründen. Sie mauerten natürlich.

Dann machte ich leichte Fingerübungen und startete Word.

Sex-Doppelpack – Versüßten die Zwillinge dem toten DGB-Chef den Alltag?, fragte ich in der Überschrift. In die Unterzeile schrieb ich: *Warum besuchte Oberstaatsanwalt Bob Rabatt die ermordeten Frauen in ihrer Wohnung?*

Noch immer gibt es keine heiße Spur im Fall des brutalen Mordes an dem DGB-Chef und Hobbymaler Ansgar Hunze sowie an den beiden Frauen, die ebenfalls tot im Büro des Gewerkschaftsbundes gefunden wurden. Wie das *Tageblatt* erfahren hat, handelt es sich bei den beiden Frauen um die 28-jährigen Zwillinge Tatjana und Rosalia Ischenko, die im Bierstädter Rotlichtmilieu bekannt waren – als »Sexy-Doppelpack«.

Nach Aussagen einer Bekannten der toten Schwestern sei Hunze ein Stammkunde der beiden Frauen gewesen.

Der Polizei gegenüber sagte die Zeugin gestern Morgen weiter aus, dass auch der ermittelnde Oberstaatsanwalt Bob Rabatt die russischen Zwillinge in deren Wohnung in der City häufig besuchte.

Rabatt hat nach Angaben der Pressestelle der Staatsanwaltschaft heute früh den Fall aus »persönlichen Gründen« niedergelegt. Unsere Zeitung erfuhr, dass er sich ab sofort in Urlaub befindet.

Von Kati erfuhr ich Rabatts Handynummer.

»Wie geht es Ihnen?«, fragte ich scheinheilig.

»Danke der Nachfrage«, blaffte er. »Bestens. Wie es jemandem geht, der zu Unrecht beschuldigt wird.«

»Zu Unrecht?«

»Ich kenne diese beiden Frauen nicht«, sagte er. »Zu Huren zu gehen ist nicht mein Stil. Aber schreiben Sie es ruhig in Ihrem Käseblatt. Sie werden schon sehen, was Sie davon haben.«

Endlich mal leben!

Die Hunzes bewohnten ein schlichtes Reihenhäuschen am Rande von Bierstadt. Das Übliche halt: kleiner Vorgarten mit Buchsbaum und Rhododendron, das Gebäude schmalbrüstig, an der Eingangstür hing ein künstlicher Blumenkranz und auf der Fußmatte prangte ein rotes: *Willkommen!*. Aber immer, dachte ich und trat der Matte auf die Buchstaben.

Ich klingelte mir einen Wolf, doch nichts rührte sich. Ich sah mich um, wenigstens hatte es zu regnen aufgehört und der Wind hatte die Wolken weggepustet. Die Sonne stand hoch am Himmel und wärmte fast, obwohl es erst März war. Plötzliche Reiselust ergriff mich, ich sehnte mich nach der Hitze des Sommers, nach Stegreifdasein, Tagedieberei und Fernluft.

»Die ist auffer Zeche und räumt auf«, hörte ich plötzlich eine Stimme.

Ich fuhr herum. Vor mir stand ein Mann, der einen kurzbeinigen Hund an der Leine hatte.

»Wo ist sie denn?«, fragte ich, davon ausgehend, dass er über die Witwe Hunze sprach.

»Der hatte doch eine Werkstatt«, erklärte der Mann. »Auf der Zeche Minister Stein. Da hat er immer gemalt.«

Bereitwillig erklärte er mir den Weg, nicht ohne seiner Sympathie für die Witwe Ausdruck zu geben. »Gut, dasser wech is. Jetzt is Ruhe im Karton.«

Ich wunderte mich nicht weiter, wusste ich doch, dass der gemeine Bierstädter zur brutalen Ehrlichkeit neigt und seine Empfindungen unverblümt äußert.

Minister Stein – die aufgegebene Zeche lag genau am entgegengesetzten Ende der Stadt. Die Gebäude waren teilweise mit Landesmitteln saniert worden und wurden von verschiedenen Gewerben genutzt.

Dass Hunze hier ›untergekrochen‹ war, erstaunte mich nicht. Als DGB-Chef musste er beste Kontakte zur Ruhrkohle gehabt haben, deren Tochterfirmen für die Vermarktung des ehemaligen Brachgeländes zuständig waren.

Ich nahm den Weg über die Bundesstraße, die wieder überfüllt war, und übte mich in Geduld – eine schwere Übung für mich.

Es dämmerte schon, als ich das Atelier des Meisters erreichte. Es befand sich in einer flachen backsteinernen Halle. Die Witwe musste noch da sein, durch die Fenster drang Licht.

Entschlossen ging ich durch die Tür. Eine riesige Halle öffnete sich meinem Blick, sie stand voller technischer Geräte, deren Nutzen mir nicht bekannt waren. Von irgendwoher tönte Unterhaltungsmusik. Ich ging weiter.

Ganz am Ende des Raumes stand eine Frau und sortierte einen Stapel großer Pappen, sie zog eine heraus, begutachtete sie, legte sie auf eine Seite, zögerte und entschied sich wieder anders, schob sie zurück.

»Hallo«, sagte ich laut und deutlich. Die Frau erschrak, so vertieft war sie gewesen.

»Entschuldigen Sie. Ich wollte Sie nicht erschrecken.« Ich musterte die Frau. Sie hatte kurze rote Haare, war ziemlich mollig und viel kleiner als ich. »Frau Hunze?«, fragte ich.

»Ja. Was wollen Sie?« Ihre Freundlichkeit hielt sich in Grenzen.

»Ich bin Maria Grappa vom *Tageblatt.* Ich will herausbekommen, wer Ihren Mann ermordet hat.«

»Ach, ja?« Sie schien nicht besonders interessiert. »Und was macht die Polizei?«

»Vermutlich das Gleiche«, räumte ich ein. »Darf ich mir seine Bilder mal ansehen?«

Lotte Hunze verneinte nicht, trat sogar bereitwillig zur Seite, damit ich die Pappen greifen konnte.

»Könnten Sie mal ein bisschen Luft reinlassen?«, bat ich. »Ich kann den Terpentingeruch nicht vertragen. Mir ist etwas schummrig.«

»Sie haben Recht«, sagte Frau Hunze. »Hier muss mal richtig Luft rein.«

Sie ging zum Fenster, drehte mir dabei den Rücken zu und ich nutzte die Chance, nach Dingen Ausschau zu halten, die ich vielleicht nicht sehen sollte.

Die Bilder im Ständer waren wohl Skizzen zu einer Serie, denn sie ähnelten sich alle. Der tote Meister hatte einen Hang zur Fertigung amorpher Formen gehabt. Alles war rund und ausladend, Formen und Farben flossen ineinander, nichts lud das Auge zum wohlgefälligen oder nachdenklichen Verweilen ein.

Lotte Hunze veranstaltete ordentlich Durchzug. Ich atmete durch, die Reste von Terpentin und Farben drückten sich nicht mehr so ätzend in meine Lungen. Der plötzliche Windstoß hob einige Papiere in die Luft und fegte sie durch die Halle.

Ich versuchte, sie zu fangen, Ordnung in die tanzenden Fetzen zu bringen, doch sie entwischten mir immer wieder.

»Lassen Sie nur!«, rief mir die Witwe zu. »Das kommt sowieso alles auf den Müll.«

Ich fing ein paar Zettel, sah sie erst flüchtig an, dann näher. Es handelte sich um zahlreiche Kopien des Programmablaufes eines Kreativseminars – so verriet die Überschrift. Ich ließ einen Zettel in der Tiefe meiner Handtasche verschwinden.

»Können Sie sich vorstellen, wer Ihren Mann ermordet hat?«, fragte ich.

»Die Frage habe ich mir auch schon gestellt.«

»Und? Wie ist die Antwort?«

»Da kommen viele infrage. Ansgar lebte aus vollen Rohren. Fressen, Saufen und Herumvögeln. Da passiert es schon mal, dass man jemandem auf die Füße tritt.«

»Und wer hat jetzt die plattesten Füße?«

»Fragen Sie seine Saufkumpanen«, riet sie. »Denen hat er alles erzählt. Ich war nur noch dazu da, seine Unterhosen zu waschen, bevor er zu seinen Huren ging.«

»Kannten Sie die beiden Mädchen?«

»Sie meinen die toten Nutten?«, fragte sie pro forma und lächelte bitter. »Ich hab die mal bei einer Ausstellungseröffnung gesehen. Er hat sich sogar mit denen fotografieren lassen. In der Zeitung stand dann: *Maler Hunze und seine Musen.* Toll, was?«

»Haben Sie nie über Scheidung nachgedacht?«

»Wissen Sie, allein zu leben ist noch schlimmer.«

»Sie haben also keinen konkreten Verdacht?«

Lotte Hunze schloss das Fenster wieder. »Nein. Ich weiß nichts und ich habe auch keinen Verdacht. Noch nicht mal eine Theorie. Und – ich sag Ihnen was – ich will's auch gar nicht wissen.«

»Was werden Sie jetzt tun?«

»Seine Bilder verkaufen. Und das andere Zeugs da!« Die Witwe deutete auf seine Werke. »Und dann leben. Endlich mal leben. Und verreisen – aber erst nach der Beerdigung natürlich. Ich will sichergehen, dass er wirklich unter die Erde kommt.«

Sie trat gegen ein Metallteil, das die Form eines großen Vogels hatte. Das Teil kippte um und schepperte über den Boden.

Süß und bitter

»Betty Blue hat dem Kerl den Hals gebrochen. Und das habe ich nur dir zu verdanken, Grappa! Du hast sie dazu gekriegt, auszusagen.«

Leider konnte ich mich Katis Euphorie über meine Fähigkeiten immer weniger anschließen. Rabatts Philippika hatte irgendwie ehrlich geklungen. Aber vermutlich war er einfach nur ein guter Schauspieler.

Kati hatte Wein gekauft und sogar gekocht. Im Fernsehen lief der *Bachelor*. Ein frisch gefickter Sonnenbanktyp mit Riesennase musste sich zwischen einer Anzahl Hühner entscheiden. Der Sender bezahlte das Ambiente, das aus schönem Essen und Kurzurlauben bestand. Die Kandidatinnen waren devot und willig, der Kerl bestimmt ein arbeitsloser Schauspieler mit minderer Begabung. Plötzlich erinnerte ich mich meiner kurzfristigen Mitgliedschaft in der militanten Frauengruppe *Rote Zora* und bedauerte, dass die Mädels zu früh in der Weltgeschichte abgetaucht waren.

»Ich glaube, ich habe den falschen Beruf«, unterbrach Kati

meinen Ausflug in die bewältigte Vergangenheit. »Kann ich nicht auch Journalistin werden? Da erlebe ich wenigstens was.«

»In den Journalismus sind schon genug Leute hineingescheitert«, meinte ich und peilte die Lage auf dem Esstisch. »Bleib mal bei deinem Job. Verbrechen begehen die Menschen immer – aber ob sie immer Zeitung lesen, steht noch nicht fest.«

Mit was sollte ich meinen Mund zuerst verwöhnen? Mit den kleinen Paprikaschoten, die mit Schafskäse gefüllt waren, der Gänseleberpastete, den eingelegten getrockneten Tomaten, der italienischen Coppa, den grünen Riesenoliven, in denen eine helle Mandel steckte, oder sollte ich meinen Hunger zunächst mit einem Stück Brot dämpfen, um die anderen Leckereien besser goutieren zu können? Ich nahm das Brot.

»Ich habe vorhin Hunzes Witwe besucht«, erzählte ich. »Sie war gerade dabei, die Hinterlassenschaft ihres Holden zu ordnen. Besonders traurig scheint sie nicht zu sein.«

»Hast du das erwartet?«, fragte Kati. »Ihr Kerl machte schließlich mit Huren rum. Das gefällt ja wohl keiner Ehefrau.«

»Vielleicht ist sie ja die Mörderin. Eifersucht ist immer ein gutes Motiv.«

»Sie hat ein Alibi«, erwiderte Kati. »Das haben wir überprüft. Es ist bombenfest.«

»Sie könnte einen Killer engagiert haben«, meinte ich. Das Brot war knusprig und würzig.

»Könnte sein«, stimmte Kati zu. »Der Mörder hat eine Pumpgun benutzt. Jemandem damit den Kopf wegzupusten ist ja nicht so einfach. Dazu braucht man eiserne Nerven oder man muss von einem abgrundtiefen Hass getrieben werden. Sieht wirklich nach Killer aus.«

»Eben.« Inzwischen kaute ich genüsslich eine gefüllte Olive. Die leichte Süße der Mandel verband sich perfekt mit der Bitterkeit der grünen Frucht.

»Aber die Witwe Hunze war bestimmt nicht die Auftraggeberin. Die hatte schon lange resigniert und gar nicht mehr die Energie, es ihrem Alten heimzuzahlen. Und wenn, warum gerade jetzt?«

Mir fiel das Papier wieder ein, das ich hatte mitgehen lassen, als der Wind durch das Atelier pustete. Ich holte es aus meiner Tasche.

»Das lag da rum«, erklärte ich. »Hunze hat Leuten das Malen beigebracht. Auf einem Kreativseminar in Venedig. Gegen eine Menge Kohle. Guck mal!« Ich reichte ihr den Zettel.

»Dreitausend Euro!«, staunte Kati. »Wie kann jemand so viel Geld dafür rausschmeißen zu lernen, wie man eine Leinwand mit blauen Flecken verziert?«

Die Flöte bestimmt das Spiel

Am nächsten Morgen rief ich die Witwe an. Sie bestätigte, dass sich ihr Mann im vergangenen Jahr tatsächlich drei Wochen in der Lagunenstadt herumgetrieben hatte.

»Wissen Sie, wer noch dabei war?«, fragte ich.

»Die beiden Weiber natürlich. Und Karl und Ben.«

»Karl Krawottki und Ben Wiesengrundel?«, fragte ich. Die beiden Namen waren auf dem Seminarzettel als Mitveranstalter erwähnt, der eine zuständig fürs Dichten, der andere fürs Musizieren.

»Genau die. Krawottki ist der Oberhalunke, wenn's um Weiber, ums Saufen und Absahnen geht. Ben dagegen ist eigentlich ein netter Kerl, viel zu harmlos für diese Welt.«

»Und warum ist er dann mitgefahren?«

»Sie haben ihn halt überredet. Er ist als Komponist ganz erfolgreich und sie brauchten seinen Namen, um die Teilnehmer anzulocken.«

Das klang nicht gerade nach einer wunderbaren Männerfreundschaft.

»Und was war nach dem Seminar? Hat Ihr Mann was erzählt?«

»Da war die Freundschaft wohl im Eimer. Ben zog sich völlig zurück. Ansgar hat ihn immer wieder angerufen, aber ohne Erfolg. Und auch mit Karl lief es seit dem letzten Sommer nicht mehr so prächtig. Es muss wohl mächtig Streit gegeben haben.«

»Wissen Sie, um was es ging?«

Frau Hunze verneinte. »Keine Ahnung. Die Zeiten, dass er mir anvertraut hat, was ihn bewegt, waren schon lange vorbei.«

Ich bedankte mich für die Auskünfte und wandte mich wieder dem Flugblatt zu, das für das Venedig-Seminar warb.

LASSEN SIE SICH VON DEN MUSEN KÜSSEN

Sehen ... Hören ... Denken ... Fühlen ... Lesen ... Lachen ...
Essen ... Trinken ... Malen und Schreiben!

Zehn Menschen, die Literatur, Musik, Kunst, Architektur lieben, treffen sich in Venedig im *Palazzo Contarini del Bovolo.* Menschen denken, dichten, malen und musizieren – und messen sich in einer ganz besonderen Schule in der Stadt der Musiker, Maler und Dichter.

Unten auf der Seite war ein Foto des Palazzo zu sehen. Die drei hatten sogar extra einen italienischen Koch engagiert – so war es auf dem Flugblatt vermerkt worden.

Hatte das Seminar vielleicht etwas mit den Morden zu tun? Der Streit zwischen den drei Veranstaltern könnte darauf hindeuten. Die Spur war es wert, verfolgt zu werden.

Venedig! In meinem Hirn bauten sich Bilder auf von schönen alten Palazzi, blauem Meer, bunt dekorierten Gondeln und attraktiven Männern.

Ich ging schnurstracks zu Jansen und berichtete von meiner Spur – allerdings übertrieb ich deren Bedeutung ein bisschen.

»Du willst wohl eine Dienstreise nach Venedig machen«, erkannte mein Chef messerscharf.

»Warum nicht?«, meinte ich. »Irgendwie muss ich die Recherche ja weiterbringen.«

»Es ist jetzt noch ziemlich kalt dort«, warnte er mich. »Du wirst wenig Spaß haben, Grappa. Kannst du überhaupt Italienisch?«

»Ein bisschen«, log ich. »Ich werde mich schon durchfragen.«

»Und wo willst du anfangen?«, wollte Jansen wissen.

»Im Palazzo. Aber ich weiß ja noch gar nicht, ob das Seminar wirklich eine Rolle spielt«, beruhigte ich ihn. »Ich werde mir zunächst Krawottki und Wiesengrundel vornehmen.«

»Über diesen Wiesengrundel steht was in der letzten Ausgabe der Konzerthaus-Postille!« Jansen legte mir eine bunte Zeitschrift hin. Er deutete mit dem Finger auf eine Eintragung.

Welturaufführung – las ich. *Venezianischer Zyklus über eine verklärte Nacht. Komponist und Dirigent: Ben Wiesengrundel.*

»Das ist ja schon heute Abend«, erkannte ich verdutzt.

»Dann schmeiß dich in dein kleines Schwarzes und geh hin«, grinste Jansen. »Du stehst doch auf klassische Musik. Genau das Richtige für dich.«

Verklärte Nacht! Eine schöne Formulierung.

Ich gab den Begriff in eine Suchmaschine im Internet ein und die nächsten zwei Stunden schwelgte ich in schönen Geschichten. *Verklärte Nacht* war der Titel eines Gedichtes von Richard Dehmel und ein Streich-Sextett von Arnold Schönberg. Ich las mir den Text laut vor:

Zwei Menschen gehn durch kahlen, kalten Hain;
der Mond läuft mit, sie schaun hinein.
Der Mond läuft über hohe Eichen;
kein Wölkchen trübt das Himmelslicht,
in das die schwarzen Zacken reichen.
Die Stimme eines Weibes spricht:

Ich trag ein Kind, und nit von Dir,
Ich geh in Sünde neben Dir.
Ich hab mich schwer an mir vergangen.
Ich glaubte nicht mehr an ein Glück
und hatte doch ein schwer Verlangen
nach Lebensinhalt, nach Mutterglück
und Pflicht; da hab ich mich erfrecht,
da ließ ich schaudernd mein Geschlecht
von einem fremden Mann umfangen
und hab mich noch dafür gesegnet.

Nun hat das Leben sich gerächt:
nun bin ich Dir, o Dir begegnet.

Sie geht mit ungelenkem Schritt.
Sie schaut empor; der Mond läuft mit.
Ihr dunkler Blick ertrinkt in Licht.
Die Stimme eines Mannes spricht:

Das Kind, das Du empfangen hast,
sei Deiner Seele keine Last,
o sieh, wie klar das Weltall schimmert!
Es ist ein Glanz um alles her;
Du treibst mit mir auf kaltem Meer,
Doch eine eigne Wärme flimmert
Von Dir in mich, von mir in Dich.
Die wird das fremde Kind verklären,
Du wirst es mir, von mir gebären;
Du hast den Glanz in mich gebracht,
Du hast mich selbst zum Kind gemacht.

Er faßt sie um die starken Hüften.
Ihr Atem küßt sich in den Lüften.
Zwei Menschen gehn durch hohe, helle Nacht.

Mich schauderte, das war ein wunderbares Gedicht: Mann und Frau, sie mit dem Kind eines anderen schwanger und darüber verzweifelt, er sie liebend und zutiefst verletzt. Seine Liebe zu ihr »verklärt« schließlich das fremde Kind und alles wird gut.

Heutzutage, im Zeitalter des legalen Schwangerschaftsabbruchs, hätte das Kind wohl keine Überlebenschance mehr, ging es mir durch den Kopf. Ein kleiner Eingriff und nichts wäre mehr da, an dem die Größe einer Liebe demonstriert werden und Gefühle verklärt werden könnten.

Warum hatte Wiesengrundel sich an dieses Werk angelehnt? Hatte das Gedicht etwas zu bedeuten?

So ein Quatsch, dachte ich. Irgendwelche Titel mussten Komponisten ihren Werken ja geben. Und was lag da näher, sich etwas zu suchen, das in der Musikliteratur schon bekannt war?

Im Internet gab es schon etwas über Wiesengrundels Werk zu lesen, denn der Meister selbst hatte in einem Klassik-Magazin ein Interview dazu gegeben:

> *Mit dem* Venezianischen Zyklus über eine verklärte Nacht *für Flöte, Akkordeon und Tonband begann ich 1979 eine Reihe von imaginären Trios, die, dank Tonband, jeweils zwei Instrumente mit sich selbst in Beziehung setzen. Auf dem Band gespeichert sind manipulierte Flötenklänge und Akkordeongeräusche. Formal gliedert sich das Stück in drei Teile. Nicht nur deren Tempi, schnell-langsam-schnell, sondern auch ihre Gestik erinnern an die klassische Sonatenform, ohne indessen weiteren Bezug zu ihr zu nehmen.*
> *Im Schlussteil kämpft die Flöte mit einer von ihr selbst in Bewegung gesetzten Endlosbandschleife, so wie der Zauberlehrling in Goethes Ballade mit dem entfesselten Besen. Dadurch entsteht ein Feedback zwischen den verschiedenen Ebenen, der Notation, der spieltechnisch-klanglichen Möglichkeit des Instrumentalisten und der zeitlich-klanglichen Vorgabe des Tapes. So wird bei und während jeder Aufführung das klangliche Gesamtbild der Komposition von diesem Vorgang abhängig sein, eine veränderte Gestalt annehmen und auch das fixierte Zuspiel einem Wandel in seiner klanglichen Auswirkung unterwerfen.*

O je, ich verstand kein Wort und mich beschlich die Befürchtung, dass ich mir nach dem Konzert heute Abend eine ziemliche Dosis Händel und Bach als Gegengift würde spritzen müssen. Akkordeon gehörte für mich eher zum Volkstum – Seemannslieder oder Bergmannschor.

Drei Musiker und kein Komponist

Eine kostenlose Pressekarte bescherte mir einen Platz in Reihe 11 des Konzerthauses – also nah am Geschehen. Bierstadt fieberte dem Ereignis wohl nicht gerade entgegen – die Stuhlreihen waren nur spärlich besetzt.

Endlich betraten drei Männer die Bühne. Einer hatte sich ein Akkordeon umgehängt, der zweite hielt eine Querflöte in der Hand, der dritte ging auf einen Tisch zu, auf dem das Tonband stand. Das Publikum applaudierte.

Plötzlich trat noch ein Mann auf die Bühne. Ob das der Komponist war? Ich hatte im Internet kein Foto von ihm gefunden.

»Leider müssen wir Ihnen mitteilen«, sagte der Mann, »dass der Komponist des *Venezianischen Zyklus über eine verklärte Nacht*, Dr. Ben Wiesengrundel, wegen Krankheit verhindert ist. Die Leitung des heutigen Konzertabends übernimmt deshalb …« Er nannte den Namen eines Dirigenten.

Wo war der Maestro? Ich glaubte nicht an eine Krankheit. Kein Künstler lässt sich die Welturaufführung seines Werkes entgehen.

Leider konnte ich jetzt den Saal nicht mehr verlassen, denn das Konzert hatte begonnen. Der Akkordeonspieler startete mit tiefen, dumpfen Tönen, die Flöte ging hell und hysterisch dazwischen und dann drückte der Mann auf die Taste des Tonbands: Ein rhythmisches Geräusch ertönte und ich brauchte eine Weile, um es zu identifizieren: der Lärm in einer Fabrik, eine Mischung aus Zischen und Hämmern.

Nach einer Weile hatten sich meine Ohren an die Töne gewöhnt und es klang wirklich nach einer Nacht, was sich da akustisch entfaltete.

Mittlerweile hatte die Flöte die Führung übernommen, das Fabrikgeräusch war übergegangen in ein atonales Klingen und das Akkordeon setzte nur noch wilde Akzente.

Mit einem Schlag war es still.

Das Publikum hielt den Atem an und ich tat es auch. Die Stille war sehr laut. Ganz leise, eher spürbar als hörbar, füllte Wasserplätschern den Konzertsaal, erst natürlich und verhalten, dann immer drängender, jetzt mischten sich wieder Flöte und Akkordeon ein, das Naturgeräusch wurde von den Instrumenten begleitet.

Ich erinnerte mich an das Gedicht. Ja, die Töne wurden heller, sanfter und es war, als ob eine Sonne aufginge, eine Wärme zog durch den Saal, die Ahnung von Verzeihen, Großmut und Glück.

Der Applaus war ehrlich und üppig. Wiesengrundel hatte ein außergewöhnliches Werk geschaffen. Auch wenn ich von zeitgenössischer Musik wenig Ahnung hatte – dies hier hatte mir gefallen.

Mit neuen Erkenntnissen über mich, meinen Geschmack und die Musik fuhr ich nach Hause.

Kati war auf dem Sofa eingeschlafen, der Fernsehton war etwas heruntergedreht. Es lief irgendein französischer Depri-Streifen in Schwarz-Weiß. Sah nach Série noir aus. Eine tränenüberströmte Frau stand auf einer Brücke, sprang hinunter auf die Metrogleise und wurde überrollt.

Ich schälte mich aus meiner Konzertkluft, schminkte mich ab und weckte Kati. Sie knurrte unwirsch, schlug meine Hand zur Seite und schaute mich schließlich mit großen Augen an.

»Bist du es, Grappa?«, murmelte sie.

»Wen hast du denn sonst in meiner Wohnung erwartet?«

»Ich habe gerade geträumt«, brummte sie. »Es war schrecklich.«

»Es ist alles in Ordnung.«

»Ich hab geträumt, dass Rabatt mit einem Messer hinter mir herrennt.«

»Dazu wird er keine Gelegenheit mehr haben. Vergiss den Kerl endlich!«

»Wo kommst du eigentlich her?«

»Aus dem Konzert. Ich wollte mir den Mann ansehen, der gemeinsam mit Hunze in Venedig war.«

»Wiesengrundel?«

»Genau der. Leider war der Meister nicht da. Aber den krieg ich schon noch.«

»Und wie war die Musik?«, gähnte Kati.

»Merkwürdig, aber nicht so grauslich, wie ich befürchtet hatte. Ich glaube, der Mann kann wirklich was. Es hat mir gefallen – ja tatsächlich!«

»Und was wird jetzt?«

»Als Nächster ist Karl Krawottki dran«, verkündete ich – und wusste nicht, wie richtig ich mit diesem Satz lag.

Der Dichter und seine Stimme

Bestimmte Aktivitäten sollte man sich eigentlich vor einem ausgedehnten Frühstück nicht zumuten, doch mir blieb keine Wahl. Die Sonne war gerade aus ihrem Bett gekrochen, im Gegensatz zu Kati.

Mit einem Becher Kaffee hatte ich mich vor den PC gesetzt, um mich auf Krawottki und sein Werk einzustimmen.

Er schrieb *Poetische Texte in der Alltagssprache des Ruhrgebietes*, so bezeichneten Literaturkritiker sein Treiben. Krawottki hatte eine eigene Homepage im Internet, auf der Kostproben seiner Lyrik präsentiert wurden.

Beherzt klickte ich die *Erotischen Texte* an. Eines der Gedichte war mit *Schrei der Verzweiflung aussem Sägewerk* übertitelt:

Alßer ma widder
nächtelang niemand angepackt hat
unschon spürt
wie der Bengel inne Luft verfault
wünschter sich
datter in die Säge gerät
damiter wenichstens
dat waame Blut spritzen sieht.

O weia, das war hart – knüppelhart! Sogar der Laserdrucker stotterte, nachdem er den Befehl zur Arbeit erhalten hatte. Das Gedicht *Verklärte Nacht* fiel mir wieder ein und ich wunderte mich, dass noch nicht einmal hundert Jahre zwischen diesen Worten und Sichtweisen lagen.

Dehmel war bestimmt kein weltberühmter Dichter gewesen, nicht vergleichbar mit Goethe oder Rilke, aber Krawottkis Poesie war höchstens peinlich.

Der zweite Schock ereilte mich bei der Lektüre eines Artikels, der in einem Kulturmagazin erschienen war. Ein Journalist hatte dem Meister einen Tag lang folgen dürfen, und das las sich so:

Morgennebel. Noch ist sein See richtig idyllisch. Die Strophen einiger Amseln und Meisen und der schwere Flügelschlag eines Schwanenrudels überlagern die Geräusche von Kaffeemaschinen und Klospülungen vom Campingplatz nebenan. Doch unser einsamer Spaziergänger hört sie nicht. Will sie nicht hören. Für Kreativität ist später noch Zeit, Arbeitszeit, vor einem gierig flackernden Monitor zwölf Meter über dem bunten Treiben auf der Kaiserstraße.
Um Viertel nach neun muss Karl Krawottki gehen. Der erste Jogger kündigt sich keuchend an. Es folgen Rentner. Den Dichter schaudert's. »Mit denen da ist das nicht mehr mein See.« Nein, mit solchen Menschen kann der sensible Meister ihn nicht teilen. »Ich bin morgen wieder da!«, ruft er den Schwänen zu.

Was hatte die Witwe Hunze gesagt? Krawottki sei der Schlimmste gewesen, wenn es ums Saufen und Absahnen gegangen sei. Wenn das stimmte, erstaunte es mich doch sehr, dass der sensible Künstler noch vor Joggern und Skatern aus dem Bett kam.

Ich tippte Krawottkis Nummer ins Telefon. Mal sehen, ob er noch zu Hause war oder schon an seinem idyllischen See lustwandelte und sich mit dem Geflügel verbrüderte.

Lange meldete sich niemand, aber ich gab nicht so schnell auf.

»Ja?«, fragte eine Stimme in ziemlich unwirschem Ton.

»Maria Grappa vom *Tageblatt*«, sagte ich mein Sprüchlein auf. »Spreche ich mit Karl Krawottki?«

»Und wenn?«

»Es geht um den Mord an Ihrem Freund Ansgar Hunze. Ich würde mich gern mal mit Ihnen unterhalten.«

»Das lassen wir lieber.«

»Schade.« Blitzschnell überlegte ich mir eine Taktik. »Ich kann verstehen, dass Sie nichts dazu sagen wollen. Der Schmerz um den Verlust eines lieben Freundes wiegt schwer.«

»Genau«, brummte die *Dichterstimme vonne Kaiserstraße.*

»Ihre Lyrik ist ja sozusagen der Katalysator für tiefe Gefühle und ich bewundere Sie, wie Sie diese in so origineller Form zum Ausdruck bringen«, sülzte ich. »Vielleicht sind Sie ja Ihrem Freund ein Gespräch mit mir schuldig? Es geht um einen Nachruf in unserer Zeitung. Gegen Honorar – versteht sich. Und wer würde eine bessere Würdigung seiner Kunst und seiner Person schreiben können als Sie?«

»Und wie soll das aussehen?« Ich hatte ihn!

»Das überlasse ich Ihnen. Aber wir sollten vorher darüber reden, vielleicht den einen oder anderen schönen Gedanken gemeinsam entwickeln.«

»Na gut.«

»Und ein paar Fragen hätte ich natürlich auch«, kündigte ich an. »Zum Beispiel zum Venedig-Seminar.«

»Was hat das mit Hunzes Tod zu tun?« War er plötzlich wacher geworden oder täuschte ich mich?

»Da hat es doch eine Menge Streit gegeben zwischen Ihnen, Hunze und Wiesengrundel.«

»Wer sagt das?«

»Frau Hunze. Worum ging es denn?«

»Die Hunze weiß gar nichts. Die hat ihn nur noch gehasst.«

»Also hat es keine Probleme gegeben?«, fragte ich.

»Nein«, behauptete der Dichter. »Überhaupt keine.« Es klang nicht ehrlich.

»Ist ja auch egal. Ich möchte Sie jedenfalls so schnell wie

möglich treffen«, wiederholte ich meine Bitte. »Am Telefon lässt sich so schlecht reden.«

Krawottki überlegte. »In Ordnung«, stimmte er zu. »Ich habe aber gleich schon einen Termin. Wie wäre es gegen Mittag?«

Er nannte mir die Adresse eines Restaurants, das in der Nähe seines Hauses lag. Es waren noch drei Stunden bis dahin – Zeit genug, eine Strategie für die Befragung des Lyrikers zu entwickeln.

Im Internet fand ich ein Foto von Krawottki. Er war hässlich und fett, hatte eine großporige Haut und graues, klein gelocktes Haar. Also rein optisch nicht der Typ ›sensibler Poet‹, der im morgendlichen Nebel an einem See nach dem Sinn des Lebens sucht.

Der Drucker gab das Foto frei. Ich steckte es in die Handtasche zu den Zetteln mit Krawottkis Gedichten, dann schaute ich bei Jansen rein, um ihn über die neuesten Fakten und meine Pläne für die nächsten Stunden zu informieren.

»Du solltest dich mal um eine Liste der Teilnehmer des Venedig-Seminars kümmern«, meinte er nachdenklich. »Bisher wissen wir nur, dass Hunze, Krawottki, Wiesengrundel und die beiden Schwestern daran teilgenommen haben. Ist ein bisschen wenig, um mir eine Dienstreise nach Venedig abzuschwatzen.«

»Vielleicht hat Krawottki ja eine. Oder vielleicht hat Lotte Hunze in irgendeiner Schublade ihres Exmannes so was rumliegen. Es gibt bestimmt auch Kontoauszüge, Verträge oder Korrespondenz mit den Teilnehmern. In dem Flyer wird ein Koch erwähnt. Der muss ja auch einen Namen haben. Sag mal, kann ich Krawottki nicht anbieten, dass wir seine Gedichte im *Tageblatt* abdrucken? Samstags auf der Wochenendseite? Das lockert vielleicht seine Zunge!«

»Was schreibt der denn für ein Zeug?«

»Ich les dir mal was vor. Das Gedicht heißt: *Wat is?*.«

»Ich höre!«

»Wat is? / Wat soll sein? / Also nix. / Anä, da is doch wat. / Wenn wat wär? / Würd ich et dir saeng. / Anä, sonner bisse nich. / Da is wat. / Awat. /Beim ein brennti Birne durch. / Beim andern

brennti Hose. / Also is doch wat. / Dat iset nich. / Abba wat is nu? / Nix is.«

»Weißt du was, Grappa«, sagte Jansen und seine Augen drückten pure Fassungslosigkeit aus. »Das Niveau unserer Leser ist bestimmt nicht höher als meins und ich hab selten so einen Schwachsinn gehört.«

»Aber so reden die Leute im Ruhrpott doch«, verteidigte ich den Dichter grinsend. »Frag mal meine Bäckersfrau!«

»Geh hin und schmirgele den Burschen ordentlich!« Jansen war noch immer geschockt. »Ich hab wirklich was dagegen, wenn die Leute so gemein verarscht werden.«

Maskiertes Dichterleben

Noch zwei Stunden bis zum Date mit der *Stimme vonne Kaiserstraße.* Betty Blue freute sich, mich zu sehen, hatte aber wenig Zeit, weil sie mit dem Prinzen zum Arzt musste. Der Kleine hatte sich wohl eine Erkältung eingefangen.

Sie hatte schon Rabatt als Kunden der Ischenko-Mädchen identifiziert, da konnte es nicht schaden, ihr das Konterfei des Dichters zu präsentieren. Ich zeigte es ihr.

»Häuptling Silberlocke«, sagte sie.

»Kennen Sie ihn?«

»Ja. Die Mädchen nannten ihn *Häuptling Silberlocke.*«

»Er war auch Kunde bei den Ischenko-Mädchen?«

»Ein guter Kunde«, erklärte sie und putzte dem Kleinen die Nase ab. Der Prinz war wieder quengelig. »Die kamen oft zusammen. Der Maler und er.«

Prima, ich wusste, was ich wissen wollte. Aber ich musste mich absichern. Und das konnte ich nur über Kati oder Brinkhoff.

Betty Blue hatte tatsächlich nichts gegen eine weitere Vernehmung einzuwenden. Das lief ja wirklich gut.

Sie hatte kein Auto und ich bot an, sie und das Baby zum Arzt zu fahren. Der Kleine schien wirklich Fieber zu haben.

Wer wohl der Vater des Jungen war? Ich hatte nicht den Mut, sie zu fragen.

Ich setzte die beiden beim Arzt ab und fuhr weiter zum Restaurant – eine halbe Stunde vor dem vereinbarten Termin. Ich bestellte mir einen Milchkaffee und übte mich schon wieder in Geduld. Als es eine halbe Stunde nach der vereinbarten Zeit war, rief ich Krawottki an – doch er ging nicht ans Telefon. Dann muss er wohl gleich kommen, dachte ich und wartete weiter. Ich rücke dem Kerl auf die Bude, beschloss ich schließlich grimmig.

Die Kaiserstraße lag in der östlichen Innenstadt. Es gab viele kleinere Läden hier und der Verkehr war schon vor Jahren durch eine störende Einbahnstraßenregelung beruhigt worden. Verfuhr man sich, konnte man nicht kehrtmachen, sondern musste umständlich um den gesamten Block herumfahren. Genau das passierte mir, denn ich fand das Haus nicht auf Anhieb.

Doch dann hatte ich es gefunden und bekam zum Lohn einen Parkplatz direkt vor der Tür. Krawottki wohnte im sechsten Stock und es gab keinen Aufzug. Japsend kam ich oben an.

Die Tür zu Krawottkis Wohnung war nur angelehnt. Merkwürdig. Hier stimmte was nicht.

»Hallo?«, rief ich – wohl mehr, um mich selbst zu beruhigen. Dann drückte ich die Tür auf und ging hinein. Der Flur war schmal und führte geradeaus in einen großen Raum. Hier standen einige Tische – überladen mit allerhand Schriftkram, der mich aber erst mal nicht interessierte. Hatte sich Krawottki in seiner Wohnung verkrochen, um mir zu entgehen? Ich wusste, dass die Frage dämlich war, hier lief etwas ganz anderes ab.

»Herr Krawottki?«, schrie ich. »Wo sind Sie?«

Dann entdeckte ich ein Bein. Es befand sich auf dem Boden und war unnatürlich verdreht. Der Fuß steckte halb in einem Gesundheitsschlappen.

Der Körper, der zu dem Bein gehörte, war meinem Blick noch verborgen – er lag hinter einem Schreibtisch.

Mir schoss Angst in den Magen. Ich hatte eine Leiche gefunden, wahrscheinlich Krawottki, und wenn er demselben Mörder vor die Pumpgun gekommen war, der Hunze und die Ischenkos erledigt hatte, erwartete mich kein appetitlicher Anblick.

Hektisch kramte ich mein Handy aus der Tasche und wählte die Nummer von Hauptkommissar Brinkhoff. Zum Glück erreichte ich ihn sofort.

»Hier ist – glaub ich – eine Leiche. Sie sollten herkommen«, krächzte ich.

»Leiche? Wo sind Sie?«

Ich nannte ihm die Adresse und überhörte seine Frage, was ich in der Wohnung eines Karl Krawottki machte. Der Name sagte dem Hauptkommissar im ersten Moment nichts.

»Gehen Sie hin und leisten Sie erste Hilfe!«, forderte er mich auf. »Vielleicht ist er ja nur bewusstlos. Ich alarmiere den Notarzt.«

Bibbernd trat ich zu dem Körper. Es war Krawottki, aber er konnte nicht mehr leben. Auf seiner Brust hatte sich ein riesiger Blutfleck breit gemacht und den größten Teil seines Hemdes rot gefärbt. Wenigstens war sein Gesicht noch zu erkennen, der Mund war leicht geöffnet und der Blick erstaunt – vielleicht hatte er versucht, den Mörder zur Aufgabe zu überreden, aber vielleicht war er auch von ihm überrascht worden.

Ganz in der Ferne hörte ich Martinshörner. Ich musste mich beeilen, wenn ich vor der Polizei etwas finden wollte.

Ich umwickelte die Hand mit meiner Jacke, öffnete wahllos einige Schubladen, aber auf den ersten Blick entdeckte ich nichts Interessantes.

Das Martinshorn war jetzt schon ziemlich nah.

Zufällig sah ich zur Hand des Toten. Ich ging in die Knie und guckte genau hin. Krawottkis Hand hatte sich im Todeskampf in etwas Schwarzes verkrallt.

Vorsichtig beugte ich mich herab, wollte schon danach greifen, ließ es dann aber. Die Polizei würde es nicht gut finden, wenn ich etwas anfasste. Jedenfalls hatte ich erkannt, was es war: eine Maske aus schwarzem Stoff.

Eilige Schritte klangen auf den Treppenstufen, ich ging zur Tür und öffnete sie.

Hauptkommissar Brinkhoff ging voran, im Schlepptau folgten Kati und der neue Staatsanwalt, der nun statt Rabatt die Ermittlungen leitete.

Die Blonde und ich tauschten einen freundlichen Blick – mehr war nicht drin.

Der Staatsanwalt stellte sich mit »Dr. Körner« vor – eine halbe Portion, wenn man seinen Vorgänger als Maßeinheit zu Grunde legte. Ob Kati mit dem Chef besser klarkäme?

Inzwischen war auch der Notarzt eingetroffen. Er verschwand hinter dem Schreibtisch, richtete sich aber schon nach ein paar Sekunden wieder auf und schüttelte den Kopf. Diese Szene wird in Kriminalfilmen auch immer wieder gern genommen, schoss es mir durch den Kopf, nur dass dann ein Angehöriger in Schluchzen ausbricht.

»Sie haben die Leiche gefunden?«, fragte Körner. Brinkhoff hatte ihm schon erzählt, dass ich Zeitungsjournalistin war.

Ich berichtete kurz, dass ich mit Krawottki verabredet gewesen war, und erzählte noch ein bisschen mehr: von Krawottkis Verbindung zu Hunze und den toten Zwillingen und vom Venedig-Seminar, das der DGB-Mann und der Dichter zusammen mit Ben Wiesengrundel veranstaltet hatten.

»In der Hand hält Krawottki eine Maske«, sagte ich am Ende meiner Ausführungen. »Könnte ein letzter Hinweis sein, den der Tote uns geben will.«

Dr. Körner wartete, bis der Polizeifotograf die Aufnahmen von der Leiche und dem Tatort gemacht hatte, und wies dann einen Spurensicherer an, die Maske aus der Hand des Toten zu lösen. Sie wanderte in eine Plastiktüte.

Hauptkommissar Brinkhoff ließ seine Leute machen. Er hatte sich etwas von Körner entfernt, betrachtete die Bücher im Regal und schnüffelte auf den Tischen und Ablagen herum.

Ich ging zu ihm. »Könnte es derselbe Täter gewesen sein?«, fragte ich leise.

»Das wird die ballistische Untersuchung zeigen.«

»Alle Toten kannten sich näher«, sagte ich. »Das kann ja wohl kein Zufall sein. Schade, wenn ich mich nicht in dieser blöden Einbahnstraße verfranzt hätte, wäre mir der Mörder vielleicht noch entgegengekommen.«

»Bestimmt«, meinte der Hauptkommissar. »Dann hätten wir jetzt noch eine Leiche mehr auf der Agenda.«

Hundert Jahre Einsamkeit

Es war nicht damit zu rechnen, dass Krawottkis Abtreten von der Bühne des Lebens die Entwicklung der deutschen Lyrik um Jahrzehnte zurückwarf. In meinem Artikel verkniff ich mir aber jede Bewertung seiner dichterischen Qualitäten, zumal ich ja nicht davon ausging, dass ein Sprachästhet zur Waffe gegriffen hatte.

Blödes Timing, dachte ich. Hätte der Mörder Krawottki nicht nach dem Gespräch mit mir umbringen können?

Jansen hatte Miller erst zu Krawottkis Haus geschickt und ihn dann aus dem Archiv einige Fotos holen lassen – Aufnahmen von Dichterlesungen auf Zechen und in Fabrikräumen. Mehrmals war Krawottki sogar Laudator bei Hunzes Kunstausstellungen gewesen und ein Zeitungsfoto zeigte die beiden in trauter Zweisamkeit vor einem von Hunzes großformatigen Schinken.

›Dichterstimme vonne Kaiserstraße‹ für immer verstummt – schrieb ich. *Pumpgun-Mörder holt sich sein nächstes Opfer.*

Mundartdichter Karl Krawottki hatte keine Chance. Er wollte unserer Zeitung ein ausführliches Interview geben, doch kurz vorher kam sein Mörder durch die Tür, schoss auf ihn und verschwand unerkannt. Der Poet verblutete, die Hand in einer schwarzen Maske verkrallt. In einem Telefongespräch mit dem *Tageblatt* drei Stunden zuvor hatte der Tote von einem Seminar in Venedig gesprochen. Auf diesem Seminar soll es nach Aussagen einer anderen Zeugin zu heftigen Streitereien gekommen sein. Ist die Maske ein Hinweis darauf, dass das Seminar und die Morde in Zusammenhang stehen? Die beiden Opfer Hunze und Krawottki haben

den Kurs gemeinsam mit dem Komponisten Ben Wiesengrundel veranstaltet. Der Musiker ist zurzeit unauffindbar.
Wie unsere Zeitung exklusiv in Erfahrung gebracht hat, haben an der Veranstaltung im letzten Sommer in der Lagunenstadt auch die beiden getöteten Ischenko-Schwestern teilgenommen.

Jansen grinste, als er den Artikel gegenlas. »Du willst tatsächlich eine Dienstreise nach Venedig rausschinden, Grappa-Baby.«

»Wieso rausschinden?«, tat ich beleidigt. »Ich weiß gar nicht, was du hast. Alle Spuren führen nach Venedig. Das sieht ja wohl ein Blinder!«

»Du denkst zu eindimensional. Vielleicht haben die Morde mit den Mädchen zu tun«, gab Jansen zu bedenken. »Ein eifersüchtiger Freier. Beide Männer hatten schließlich was mit den Zwillingen.«

»So ein Quatsch«, entgegnete ich. »Ein Freier bringt die Nebenbuhler um, aber nicht die Objekte seiner Begierde. Außerdem ist der Fall nicht so platt.«

»Aber, Grappa! Platter geht es doch wohl kaum. Eine Knarre und bumm, bumm!« Jansen zielte mit seinem Arm auf mich und drückte ab. Ich zuckte zusammen.

»Jedenfalls räumt da jemand richtig auf«, sagte ich. »Und es steckt mehr dahinter, als es auf den ersten Blick scheint. Das sagt mir meine Nase – und auf die kann ich mich immer verlassen.«

Jansens Skepsis konnte mich von meiner Venedig-Idee nicht abbringen. Ich packte meine Sachen und fuhr nach Hause. Anneliese Schmitz schloss gerade ihren Laden zu, als ich in die Straße einbog. Sie erkannte mein Cabrio natürlich sofort und winkte mir zu. Ich hielt an und kurbelte das Fenster herunter.

»Frau Grappa, wie isses?«

Mal was anderes, den Dialog im Auto zu führen, dachte ich.

»Frau Schmitz, muss!«

»Was gibbet Neues?«

»Ein Dichter ist ermordet worden. Krawottki.«

»Der Name sagt mir nix«, meinte sie.

»Vielleicht mögen Sie keine Gedichte«, tröstete ich sie.

»Doch. Mag ich. Hab auch einen Kalender mit Gedichten. Jeden Tag ein neues. Und warum isser tot – wegen der Gedichte?«

»Nein. Es hängt mit dem Mord an Hunze zusammen. Können Sie morgen im *Tageblatt* nachlesen.«

»Prima«, freute sich die Bäckersfrau. »Warten Sie, Frau Grappa! Ich hab noch was für Sie!«

Sie schloss den Laden wieder auf, ich sah sie etwas einpacken und dann kehrte sie mit einer Tüte in der Hand zurück.

»Ihr Lieblingsbrot«, strahlte sie mich an. »Sie mögen es doch altbacken.«

»Bei Brot imma«, sagte ich und bedankte mich.

Zu Hause hatte Kati es sich gemütlich gemacht. Sie hatte sich mit Frauenzeitschriften eingedeckt, die jetzt über den Boden verteilt waren. Den Titeln entnahm ich, dass es um die neueste Sommermode und die Orgasmusfähigkeit der Frau ging.

»Dein neuer Chef scheint ja ganz nett zu sein«, sagte ich, die Unordnung ignorierend. »Kommst du gut mit ihm klar?«

»Weiß noch nicht«, wich sie aus. »Jedenfalls ist er ein ruhiger Typ. Nicht so aufgeblasen wie Rabatt.«

»Musik?« Ich wollte den Tag sanft ausklingen lassen.

»Ja, aber nicht diese Jammersachen, bitte.«

»Ich dachte aber genau an so was«, sagte ich. »Immerhin muss ich mich auf Venedig vorbereiten.«

»Wieso? Gibt es das Wiesengrundel-Zeugs denn schon auf CD?«

»Nein. Sein *Venezianischer Zyklus* ist ja gerade erst uraufgeführt worden. Ich dachte an Mahlers *Adagietto* aus der Fünften.«

»Mahler! Da kommen mir die Tränen.«

»Das macht nichts.«

»Und was hat der mit Venedig zu tun?«

»Eine Menge. Kennst du nicht den Visconti-Film nach der Mann-Novelle?«

Sie sah mich verständnislos an.

»Auch wenn du den *Tod in Venedig* nicht gelesen hast, solltest du den Film kennen. Dirk Bogarde. Visconti machte aus dem alternden Schriftsteller einen alternden Komponisten und nahm sich Mahler zum Vorbild. Deshalb das *Adagietto.*«

Jetzt dämmerte es ihr. »Ist das nicht so ein Schwulenfilm?«, fragte sie. »Alter Kerl ist scharf auf schönen Bengel?«

»Nein, höchstens ein Film über eine unerfüllte homoerotische Liebe. Aber eigentlich geht es um das Alter, die Würde, um Begehren und Verzicht ... und natürlich um die Liebe zum Schönen.«

»Ach, Grappa«, seufzte Kati. »Du erzählst manchmal so wunderschöne Sachen. Ob ich auch so viel weiß, wenn ich erst in deinem Alter bin?«

»Glaube nicht«, meinte ich trocken, während ich die Mahler-Sinfonie suchte. »Du guckst die falschen Programme im Fernsehen und liest die falschen Bücher. Außerdem bist du nicht so intelligent wie ich.«

»Sag, was ich lesen soll«, schlug sie mir vor.

»Okay. Lies Thomas Manns *Der Tod in Venedig* – und zwar Zeile für Zeile. Dann kriegst du schon mal eine Vorstellung davon, was Sprache kann.«

Das *Adagietto* erklang, Kati verzog das Gesicht, sagte jedoch erst mal nichts.

»Ja, das ist Liebe!«, meinte sie nach ein paar Augenblicken. »Genau so zieht sie manchmal im Magen, wie diese Musik gerade. Warum hält es eigentlich kein Mann bei dir aus, Grappa?«

»Wer behauptet denn so was?«, meinte ich verschnupft.

»Meine Mutter«, antwortete sie. »Aber sie meint es nicht böse. Sie beneidet dich sogar um deine Freiheiten. Mama hat immer jeden Mann gleich heiraten wollen. Ich bin da ja auch ganz anders, eher so wie du.«

»Du solltest aber nicht so sein wollen wie ich! Ich habe mich immer aus spontanen Anwandlungen heraus verliebt und genauso spontan bin ich aus diesen Beziehungen wieder ausgestiegen. Ich habe ein Näheproblem«, erklärte ich.

»Was ist denn das?«

»Lass uns einfach die Musik hören«, schlug ich vor. »Mir ist nicht nach Seelenstriptease.«

»Nun sag schon!«

»Wenn mir jemand nah kommen will, flüchte ich. Und wenn ich jemandem nahe kommen will, flüchtet er. Ganz einfach.«

»Und warum suchst du dir dann nicht einen aus, der will, dass du ihm nah bist und bei dem du willst, dass er dir nah kommt?«

»Irgendwie krieg ich das nicht hin. Und zurzeit scheint mich der Schöpfer für meine gesammelten Blasphemien mit hundert Jahren Einsamkeit bestraft zu haben.«

Kati lachte. »Immerhin hast du deinen Humor behalten. Aber ich glaube, dass diese Beziehungsprobleme an der Zeit und der Gesellschaft liegen: Jeder will was ganz Besonderes und das für sich ganz allein. Der Traummann soll nicht nur geil aussehen, einen Superjob haben, eine Kanone im Bett sein, nein, er soll auch noch charmant und intelligent sein. Damit ist doch jeder Mann überfordert!«

»Ich habe meine Ansprüche im Laufe der Jahre schon ziemlich nach unten geschraubt. Ich mag Gespräche weit unter meinem Niveau. Sie stärken mein Durchhaltevermögen und stimulieren meine intellektuellen Abwehrkräfte.«

»Weißt du, Grappa, was ich an dir mag? Dass du noch so viel über die Liebe nachdenkst, und das in deinem Alter.«

»Ach, das täuscht«, widersprach ich. »Ich habe längst die Nase voll von der Liebe – das Gefühl mentaler Auszehrung ist längst nicht mehr so süffig wie früher.«

Die CD war zu Ende. Kati rappelte sich vom Sessel hoch, um eine andere Musik aufzulegen. Ich tippte auf ihre Chill-out-Klänge und hatte Recht.

»Aber der Mahler war wirklich schön«, beeilte sie sich zu versichern. »So innig!«

»Ich weiß. Wir haben uns ja auch gut unterhalten, während er lief. Hier ist übrigens das Buch.«

»Welches Buch?«

»Die Novelle, die du lesen willst. Ich hatte sie schon rausgelegt, weil ich sie mir auch nochmal vornehmen will. Hör mal zu!«

Ich blätterte und fand gleich eine schöne Stelle: *»Das war Venedig, die schmeichlerische und verdächtige Schöne – diese*

Stadt, halb Märchen, halb Fremdenfalle, in deren fauliger Luft die Kunst einst schwelgerisch aufwucherte und welche den Musikern Klänge eingab, die wiegen und buhlerisch einlullen. Ist das nicht wunderbar beschrieben? Die Stadt als Frau – *schmeichlerisch und verdächtig!*«

»Klar, Frauen verkörpern immer das Schlechte«, resümierte Kati.

»Nein«, stellte ich richtig. »Sie stellen die Verführung dar. Die Unvernunft und das Abenteuer. Und sie sind die Musen – die Männer zu Kunst und Musik inspirieren.«

»Hast du schon mal einen Mann zu irgendwas inspiriert?«

»Höchstens zu Höchstleistungen im Bett.«

»Ich meine – kulturell?«

Ich überlegte. »Manche haben Gedichte für mich geschrieben«, erinnerte ich mich. »Aber die waren ziemlich unterirdisch. Fast so schlimm wie die von Krawottki. Vielleicht habe ich ja manche zu Gedanken animiert, die sie sonst nicht zu denken gewagt hätten.«

»Sicher bist du nicht?«

»Ja, sicher bin ich nicht. Es ist halt nicht alles so schön, wie in Romanen beschrieben. Und wie in Novellen schon gar nicht.«

Steuern, Spuren, Sehnsucht

Am nächsten Tag kümmerten sich Kati und Dr. Körner noch einmal um die Witwe Hunze. Sie überraschten sie am Morgen mit einem Durchsuchungsbefehl und stellten das Haus auf den Kopf – dabei gezielt nach irgendwelchen Namen von Leuten suchend, die in Venedig an dem Seminar teilgenommen hatten. Kati hatte ihren neuen Chef davon überzeugen können, dass es sich lohnen könnte, die Venedig-Spur zu verfolgen.

Die Experten der Polizei hatten die schwarze Maske natürlich genau unter die Lupe genommen – aber außer Hautpartikeln und Spuren von Krawottkis Blut wurde nichts gefunden. Wenigstens war nachgewiesen, dass die Waffe, mit der Hunze, die beiden Frauen und jetzt der Dichter erschossen worden waren, dieselbe war.

»Eine Teilnehmerliste haben wir leider nicht entdeckt«, meldete sich Kati am Nachmittag. »Und auch keine Überweisungen oder Zahlungseingänge. Wahrscheinlich wollte Hunze die Kohle an der Steuer vorbeischmuggeln. Doch ich habe die Passagierlisten der Venedig-Flüge überprüfen lassen. Er ist jedenfalls geflogen. Mit Hapag-Lloyd ab Köln/Bonn. Neben ihm saßen Krawottki und der Komponist.«

»Und die beiden Frauen?«, fragte ich.

»Die waren nicht in der Maschine, nicht an diesem Tag. Sie sind vielleicht erst später geflogen oder mit dem Zug gefahren – das kriegen wir noch raus. Jedenfalls hat Dr. Körner beschlossen, Kontakt zur Polizei in Venedig aufzunehmen. Vielleicht wissen die ja mehr über das komische Seminar.«

Ich überlegte. »Was ist mit Wiesengrundel? Habt ihr ihn inzwischen ausfindig gemacht?«

»Aber, Grappa! So schnell wird doch bei einer Behörde nicht gearbeitet. Aber wir haben immerhin begonnen, nach ihm zu suchen – ohne Ergebnis allerdings.«

»Hoffentlich lebt Wiesengrundel überhaupt noch. Ich habe das Gefühl, dass er der Nächste sein könnte, der unschön den Löffel abgibt.«

Ich hatte neue Informationen und schrieb fünfzig Zeilen. Jansen las den Artikel, war zufrieden, bemerkte aber: »Du legst ja ganz schön los. Ist es schlau, die Venedig-Spur so herauszustellen? Was ist, wenn der Mörder das *Tageblatt* liest?«

»Das wäre ja Klasse«, meinte ich. »Entweder fühlt er sich provoziert und macht Fehler …«

»… oder er lacht sich schlapp, weil wir so sehr danebenliegen«, vervollständigte Jansen ungebeten meinen Satz.

»Der Erfolg wird mir Recht geben«, meinte ich entschlossen. »Jedenfalls muss ich als Nächstes den Komponisten finden. Hoffentlich lebt er noch. Der Mann ist meine letzte Hoffnung. Ohne ihn kriege ich nie heraus, was in Venedig passiert ist.«

Feierabend. Es war kurz vor sieben Uhr und es blieb jetzt schon länger hell. Überall spürte ich das Frühjahr, die Bäume schimmerten leicht grün und ein Buchfink sang morgens vor meinem Fenster. Wie das Wetter wohl gerade in Venedig war?

Ich fuhr nach Hause. Kati war noch nicht da, hatte aber eine Nachricht auf meinem Anrufbeantworter hinterlassen. »Wir haben einen Durchsuchungsbefehl für Wiesengrundels Wohnung beantragt und bekommen. Dr. Körner will ihm noch heute Abend die Bude umkrempeln lassen. Ich bin dabei und melde mich, sobald ich was weiß.«

Körner und die Polizei nahmen die Sache ja ziemlich ernst. Schade, dass ich nicht einfach in Wohnungen fremder Leute spazieren und recherchieren konnte.

Ich machte mir ein leichtes Mahl und räumte danach die Wohnung auf. Kati schmutzte mehr, als der Kater es je getan hatte. Sie ließ wirklich alles herumliegen, und wenn sie doch etwas wegräumte, landete es mit Sicherheit nicht an dem dafür vorgesehenen Ort. Besonders bei den CDs ärgerte mich das – wenn Brel in der Bach-Hülle lag, Mozart bei Mahler landete und Paganini bei Pink Floyd.

Wenn das hier alles vorbei ist, dachte ich, dann schaffst du dir wieder ein Haustier an oder zumindest einen Mann. Es sollte was Hübsches, Anhängliches sein – eine Freude für mein Auge, eine Herausforderung für meinen Körper und eine Labsal für meine Seele. Intelligent unterhalten konnte ich mich ja, indem ich in den Spiegel guckte und zu reden begann.

Vergiss es, hörte ich meinen verflossenen Kater unken, du lässt dich doch selbst nicht zu Wort kommen, weil du immer alles besser weißt.

Eine geballte Ladung Martinshorn draußen auf der Straße verscheuchte meine sentimentalischen Gedanken. Feuerwehr, Rettungswagen und Polizei – ich war zum Fenster gegangen und hatte die vorbeifahrenden Wagen beobachtet.

Es war Chronistenpflicht, die Einsatzleitstelle der Feuerwehr anzurufen. »Wohnhausbrand«, teilte der Diensthabende mit. Dann nannte er Straße und Hausnummer.

Ich brauchte einige Sekunden, um zu realisieren, dass es genau das Haus war, in dem Betty Blue wohnte.

Ich ließ alles stehen und liegen, rannte zum Auto und startete. An der ersten roten Ampel rief ich Kati an, sie hatte ihr Handy auf Mailbox umgeschaltet. Ich erklärte dem Automaten, wohin ich unterwegs war.

Die Ampeln in Bierstadt waren mal wieder auf die dunkelrote Welle gepolt. An fast jeder Kreuzung wurde ich gestoppt und die Wartezeiten kamen mir wie Ewigkeiten vor.

Die Helligkeit des Feuers strahlte in den Himmel. Die Wehr hatte die Straßen abgesperrt, um die Schaulustigen fern zu halten. Ich stoppte den Wagen, legte das Presseschild hinter die Scheibe und kramte meinen Journalistenausweis heraus.

Das Haus stand im oberen Teil vollständig in Flammen, aber die Feuerwehr setzte alles ein, was sie im Programm hatte. Drehleitern wurden hochgeschraubt, Rettungskörbe herbeigebracht, Feuerwehrmänner mit Atemschutzgeräten liefen durch die Nacht.

Ich suchte den Einsatzleiter.

»Wo sind die Leute, die in diesem Haus leben?«, brüllte ich ihn an, ihm meinen Presseausweis vors Gesicht haltend. Es war unglaublich laut, das Feuer machte noch immer Lärm, weil es sich noch Nahrung einverleiben konnte. Der Qualm stank, ich bemühte mich, nicht tief durchzuatmen.

»Alle sind raus!,« brüllte der Mann zurück »Und Sie gehen jetzt bitte zur Seite.«

»Wo ist die junge Frau mit dem Baby?«

»Welche junge Frau?«

»Die da oben wohnt!« Ich deutete auf die vierte Etage.

»Wir haben keine Frau mit einem Kind gefunden.«

»Haben Sie die Wohnung denn nicht durchsucht? Da wohnt eine Frau mit einem Säugling. Die müssen doch da drin gewesen sein!«

»Moment.« Der Feuerwehrmann sagte etwas in sein Funkgerät, bekam wohl auch eine Antwort, denn er lauschte.

»In den Wohnungen ist niemand mehr«, versicherte mir der Mann. »Wir haben alle rausgeholt. Also beruhigen Sie sich!«

Ich lief vor dem Haus auf und ab, doch ich sah keine Betty Blue mit dem Baby auf dem Arm.

Ein Polizeiwagen mit Blaulicht fuhr vor und bremste hart. Kati stieg aus und kam auf mich zu.

»Ich hab eben erst mein Handy abgehört«, erklärte sie. »Körner hat mich hierher geschickt. Meinst du, dass es ein Anschlag auf die Zeugin war?«

»Ich glaube nicht an Zufälle. Betty Blue und der Kleine sind jedenfalls nicht da«, berichtete ich. »Hoffentlich hat der Mörder die beiden nicht erwischt.«

Sie verschwand, um mit dem Einsatzleiter zu sprechen, und ich rief Jansen an, um das meine zu tun.

Er hatte Spätdienst in der Redaktion und wusste bereits, dass es brannte, ein ›Bluthund‹ hatte ihm schon Fotos angeboten. Doch die Zusammenhänge waren ihm nicht klar gewesen.

Wir einigten uns, dass er nur ein Foto und einen kurzen Text ins morgige Blatt hob und dass ich mich später ausführlich um die Story kümmern würde.

Im Moment gab es nichts zu tun für mich. Inzwischen hatte die Feuerwehr ganze Arbeit geleistet – die Flammen waren erstickt und das Haus qualmte nur noch. Die Männer begannen mit den Aufräumarbeiten, warfen Gegenstände auf die Straße, um dem Feuer keine Chance zu geben, wieder aufzuflammen.

Zu den Tigern

»Grappa!« Ich schreckte hoch. Kati stand vor mir, noch im Mantel und die Handtasche über der Schulter.

»Weißt du was Neues?«

»Keine Spur von Betty Blue und dem Baby«, berichtete sie. »Niemand hat sie gesehen. In der Wohnung waren sie jedenfalls nicht. Also müssen sie noch leben.«

»Vielleicht hat der Mörder sie entführt.« Fröstelnd hockte ich auf dem Sofa, noch nicht ganz wach.

»Vielleicht ist sie auch nur verreist«, wandte Kati ein. »Warum sollte sich ein Mörder mit einer Frau und einem kleinen Kind belasten?«

Das klang logisch.

»Soll ich dir morgen von der Hausdurchsuchung bei Wiesengrundel erzählen?«, fragte Kati.

»Nein, jetzt. Ich bin schon wieder ganz wach.«

Kati lachte. »Das sehe ich! Du hast wirres Haar und deine Augen sind ganz klein.«

»Das kommt vom Qualm. Ich vertrag so was nicht. Ich mache uns mal einen Kaffee.« Mühsam rappelte ich mich hoch.

»Ich muss aus den Klamotten raus. Ich geh mal schnell ins Bad.« Kurz darauf hörte ich Wasser rauschen.

Ich brachte die Kaffeemaschine in Gang, verschüttete einen Teil des Pulvers, ärgerte mich darüber und fragte mich schließlich, warum ich in den letzten Tagen so erschöpft war, über den speziellen Sinn meines Daseins nachdachte, nichts als gegeben hinnahm, bei allem einen Haken suchte, an dem ich mich aufhängen konnte.

Oder lag es an Kati, die nervte? Ständig räumte ich hinter ihr her, hatte aber nicht den Mut, ihr zu sagen, dass es für mich einen Unterschied zwischen Gastgeberin und Putzfrau gab und sie meine Geduld arg strapazierte.

Du musst raus hier, überkam es mich. Auf dem Tisch lag die Novelle von Thomas Mann. Da gab es auch so eine Stelle vom plötzlichen Überdruss, von dem Willen, das Gewohnte hinter sich zu lassen und sofort zu fliehen: *Es war Reiselust, nichts weiter; aber wahrhaft als Anfall auftretend und ins Leidenschaftliche, ja bis zur Sinnestäuschung gesteigert. Er sah nämlich, als Beispiel gleichsam für alle Wunder und Schrecken der mannigfaltigen Erde, die seine Begierde sich auf einmal vorzustellen trachtete – sah wie mit leiblichem Auge eine ungeheure Landschaft, ein tropisches Sumpfgebiet unter dickdunstigem Himmel, feucht, üppig und ungesund …*

Ja, ich wollte weg, wenn auch nicht gerade *bis zu den Tigern.* Eine Stadt – von Wassern umgeben und von Kanälen durchzogen – würde auch schon reichen. Und die hieß Venedig.

Kati tauchte auf, in ein Badetuch gehüllt. »Was liest du da?«

»Das weißt du doch«, antwortete ich. »Die Novelle vom Tod in Venedig.«

»Ist der Kaffee fertig?«

»Ja, klar!« Gnädig nahm sie die Tasse entgegen und fragte: »Zwei Stückchen Zucker?«

»Wie es Mylady mögen – zwei Stück Zucker.« Sie begriff die Ironie nicht, sondern lachte unschuldig. Was würde sie wohl sagen, wenn ich ihr den Kaffee ganz langsam über den Kopf fließen lassen würde?

Eine fast diabolische Freude stieg in mir auf. Aber nicht nur meine katholische Erziehung, sondern auch die Tatsache, dass ich das Parkett wieder säubern müsste, hielten mich zurück. Außerdem mochte ich sie ja gern – eigentlich.

»Erzähl mir was über die Hausdurchsuchung«, lenkte ich mich ab.

»Wiesengrundel ist verreist. Seit dem Tag nach dem Mord an Hunze und den Frauen. Niemand weiß, wohin. Seine Wohnung ist aufgeräumt, er hat einer Nachbarin seine Zimmerpflanzen anvertraut und ziemlich viel Geld vom Konto abgehoben.«

»Das ist ja nicht sehr viel an Infos.« Ich war enttäuscht.

»Ach ja! Wir haben da ein merkwürdiges Gedicht gefunden.« Kati stand auf und holte ihre Tasche aus dem Flur. »Ich hab den Zettel fotokopiert und mitgebracht. Vielleicht kannst du ja was damit anfangen. Hier!«

Sie reichte mir das Papier. Ich las:

Bald wirst Du gewiss erkennen,
wie undankbar und treulos Du warst
und welch Unrecht Du mir angetan hast mit Deinem Verrat.
Und wenn mein Zorn nicht allzuviel Liebe weicht,
werde ich Dir mit diesen meinen Händen
das lebende Herz aus der Brust reißen …
Jetzt sehe ich mein Bett vor mir,
auf dem ich Dich in meinem Leib empfing
und das noch die Spuren unserer Körper,

Brust an Brust liegend, trägt.
Ohne Dich macht es mir keine Freude,
dort zu schlafen,
Tag und Nacht vergieße ich Tränen,
so daß ich durch mein Weinen
in einen Strom verwandelt werde.

Das Gedicht war vermutlich mit einem PC geschrieben worden, der Zettel trug keine Unterschrift und auch sonst keinen Hinweis auf die Urheberschaft der Verse.

»Klingt wie die Klage eines verschmähten Liebhabers«, murmelte ich. »Oder – nein! Kein Mann! Es muss eine Frau sein, die das verfasst hat.«

»Stimmt. Die Sprache ist merkwürdig. Sie klingt so altertümlich.«

»Und so wehmütig. Aber das Bild ist schön: Obwohl er sie verraten hat, liebt sie ihn noch immer. Dieses Bild erinnert mich an das Gedicht von der *Verklärten Nacht.*«

Kati verstand nicht, was ich meinte.

»Hör zu! Hier steht: *Jetzt sehe ich mein Bett vor mir, auf dem ich Dich in meinem Leib empfing ...*, und in dem Gedicht von Dehmel, das Wiesengrundel als Thema seines *Venezianischen Zyklus* genommen hat, heißt es: *Da ließ ich schaudernd mein Geschlecht von einem fremden Mann umfangen ...* Beide Texte ähneln sich!«

»Meinst du, dass das eine Bedeutung hat? Solche Gedichte gib es doch tausendfach.«

»Stimmt.«

»Ist wohl nur Zufall – der Mann ist schließlich Musiker. Vielleicht ein Lied oder so was«, sagte Kati. »Bringst du mir noch eine Tasse Kaffee?«

»Hol dir deinen Kaffee gefälligst selbst!«, blaffte ich plötzlich aus vollem Herzen. »Ich bin nicht dein Laufbursche!«

Schönheitsbad in Mandelmilch

Bald wirst Du gewiss erkennen, / wie undankbar und treulos Du warst / und welch Unrecht Du mir angetan hast mit Deinem Verrat.

Eine Suchmaschine im Internet spuckte den Namen der Verfasserin dieses Textes aus: Sie hieß Veronica Franco, lebte von 1546 bis 1591, war die letzte große Kurtisane Italiens gewesen und hatte in Venedig gewohnt!

Schon wieder Venedig! War es Zufall oder nur mein Wunsch, dass alle Spuren in diese Stadt zu führen schienen? Ich rief in der Redaktion an und meldete mich für den Morgen ab. Ich brauchte Ruhe und die hatte ich im Büro nicht. Ich wollte ungestört ein paar Recherchen machen – zum Beispiel über die Frau, die ihren Lebensunterhalt vor fünfhundert Jahren damit verdient hatte, mit Männern zu schlafen.

Schnell wurde mir klar, dass Veronica mit Puppa und Rosi Ischenko, die ja dem gleichen Gewerbe nachgegangen waren, wohl kaum etwas gemein hatte. Die Zwillinge hatten solche Typen wie Hunze und Krawottki als Gönner gehabt, das hatte im Venedig der 16. Jahrhunderts anders ausgesehen.

Veronica Franco war gebildet und teuer, die Kurtisanen waren früher in den höheren Ständen sehr geachtet und beliebt gewesen. Natürlich hatte es auch die Hure für den weniger hohen Herrn gegeben, und der war es nicht gut gegangen – besonders im Alter.

Ein venezianischer Dirnenkatalog aus dem Jahre 1570 zählte 215 Kurtisanen auf, Veronica Franco war als Nummer 204 aufgeführt. In diesem Nachschlagewerk hatte jeder Besucher Venedigs seine Auswahl treffen können. Nichts hat sich geändert seitdem, dachte ich, auch heute gibt es Kataloge mit Huren, nicht nur im Internet, und die Kleinanzeigen unter *Vermischtes* in den Tagesblättern waren auch nichts anderes. Die Ischenkos selbst hatten sich ja als ›Sexy-Doppelpack‹ angepriesen.

Die Freier der Edelhuren aus dem 16. Jahrhundert waren Bischöfe, Erzbischöfe und Kardinäle gewesen, gehörten dem niederen und hohen Adel an, zählten zum reichen Patriziat oder waren Dichter und Künstler, denen die Frauen obendrein oft Modell gestanden hatten.

Ich las und las und der Zauber der Vergangenheit hüllte mich immer mehr ein, ein Text baute auf dem nächsten auf, ich wollte wissen, was die Venezianer im 16. Jahrhundert gehört, gesungen, gegessen und gesehen hatten, wie sie geliebt und gelebt hatten. Natürlich wusste ich, dass mein Bild nie komplett sein konnte, da ja nur die überlieferten und dokumentierten Fakten vorhanden waren, das Gefühl der Zeiten nicht mehr greifbar war.

Vielleicht ein bisschen, wenn man die Musik von damals hörte oder die Gemälde sah und las, was dazu geschrieben wurde.

Ich fand sogar ein Gemälde, das Veronica zeigte. Einer ihrer Liebhaber war der Maler Paolo Veronese gewesen und sie hatte ihm häufig als Modell gedient. Ich holte mir die Abbildung auf den Schirm: Veronica hatte ein offenes, hübsches Gesicht mit einer zarten Haut, großen blauen Augen und blonde Locken. Sie war ziemlich üppig – nach den schmalen Renaissance-Frauen hatte der Zeitgeschmack wieder nach mehr Fleisch und Formen verlangt. Jedenfalls sah sie sehr sinnlich aus – und war es bestimmt auch gewesen.

Im Internet gab es zudem eine Sittengeschichte aus jener Zeit. In der Epoche war man sexuell offen, eheliche Treue galt als antiquiert, Priester und Nonnen trieben es ungeniert und es gab ausschweifende Sexualpraktiken. Also nicht viel anders als heute. Aber es war halt inspirierender, ein Gedicht über die Verherrlichung des männlichen Sexualorgans zu lesen, als es in so genannten Erotiksendungen immer wieder sehen zu müssen.

So hatte der Kardinal Pietro Bembo, der von 1470 bis 1547 gelebt hatte, über sein bestes Stück ein poetisches Werk verfasst, das als *Ode Priapus* in die Literaturgeschichte eingegangen war:

…
Knorrenlos ist der Schössling; noch liegt er, doch baldigst erhebt er
Seinen im rötlichen Schein schimmernden Kopf. Und er ist
Immer der gleiche, ob der Himmel glühet im Hundsstern,
Oder ob glitzernder Reif decket das Wintergefild.
Nie verwelket er jemals, da ihm das Wetter nichts anhat,
Und es gibt keinen Ort, wo man vergebens ihn pflanzt.
Keineswegs gibt es nur eine Art, die Triebe zu pflegen,
Schüttle den Stamm, und du hast reichlichen Samen von ihm.
Ob den Samen aufnimmt die Furche, oder ob du den fruchtbarn
Stengel senkest ins Loch, jeglicher Weg führt zum Ziel.
Wenn sich zuerst der Wald in frischen Blättern belaubet,
Sich in strotzender Kraft herrlicher Üppigkeit freut,
Träufeln aus seinem Haupte die ersten Tränen; der Honig
Von dem Hyblagebirg schmecket nicht süßer als sie.
Über alles tut wohl ihm das Streicheln geschäftiger Finger:
Von der Betastung selbst wächst er dir schon in der Hand.
Nicht geringere Freud' – so bezeug ich's, der ich es sehe,
Weil kein Weib daran denkt, daß ich zu sprechen vermag –
Macht die Berührung den ehrbar'n Mädchen, wenn sie ihn umfangen
Und ihn in pressender Hand halten in zartem Verschluß,
Ja, sich neigen zu ihm und mit zärtlichem Munde ihn küssen
Und, weil die Wärme ihn letzt, ihn gar fürsorglich betreun.
Glücklich lächelt sie dann, wenn sich endlich der Schmächtige aufbläht
Und behend durch die Hand schlüpft ihr und durch das Gewand.

Das hatte doch wenigstens Charme und Witz! Welcher Kardinal würde heutzutage so etwas schreiben wollen oder können?

Geilheit ist eben nur dann prickelnd, wenn sie mit Geist einhergeht. Nicht Geiz, sondern Geist ist geil, dachte ich.

Ich ließ mir Badewasser ein, um mich in dem warmen, duftenden Wasser zu entspannen. Mir war nach dem Mandelmilchschaum und schon wieder war ich in Venedig – überlegte mir, was die Damen ins Badewasser geschüttet hatten, um anziehend zu sein und gut zu riechen. Vielleicht Rosenöl oder Eselsmilch.

Als passende Musik legte ich Carlo Gesualdos *Tristis est anima mea* in den Player. Der Fürst von Venosa hatte ein ausschweifendes und abenteuerliches Leben geführt: Er komponierte hinreißende Musik, brachte seine Frau und deren Liebhaber um, kam ohne Strafe davon, litt aber sein restliches Leben unter der Tat – falls man den Quellen Glauben schenken konnte.

Das Telefon klingelte, als ich schön eingeweicht und warm in meinem Schönheitsbad döste.

Tropfend stand ich vor dem Apparat und hörte die Stimme von Hauptkommissar Brinkhoff: »Wir wissen, wo sich der Komponist aufhält.«

Es kostete mich den Bruchteil einer Sekunde, um zu realisieren, dass er nicht von Gesualdo, sondern von Wiesengrundel sprach.

»In Venedig«, meinte ich.

»Ja! Woher wissen Sie das?«, fragte Brinkhoff erstaunt.

»Ich weiß es nicht. Aber es konnte nur Venedig sein.«

»Sein Verleger hat angegeben, dass Wiesengrundel einige Wochen in Venedig verbringt, um an einem neuen Werk zu arbeiten.«

»Haben Sie ihn schon gefunden?«, fragte ich.

»Nein, wir haben keine Ahnung, wo er abgestiegen ist. Ich habe die italienische Polizei um Amtshilfe gebeten. Die überprüfen gerade die Hotels. Aber es sieht schlecht aus. Es gibt zu viele private Unterkünfte in der Stadt.«

»Ich werde ihn suchen!« Endlich hatte ich einen wirklich plausiblen Grund, meine Recherchen in Venedig fortzusetzen. Jetzt konnte auch Peter Jansen nicht mehr Nein sagen.

Schreckliche Stadt

»Du fährst nicht, und wenn du doch fährst, dann will ich mit!«

»Du hast doch hier einen Job zu machen«, widersprach ich. »Ich fahre nach Venedig, rufe dich jeden Tag an und berichte von meinen Recherchen.«

»Ich in diesem doofen Bierstadt«, jammerte Kati. »Und du in diesem tollen, geheimnisumwitterten Venedig!«

»Venedig wird völlig überschätzt«, behauptete ich. »Es ist schmutzig, verfault langsam, riecht schlecht und ist überteuert. Ich habe die schrecklichsten Dinge gehört: Die Touristen werden überfallen, und wenn sie nicht beraubt werden, dann zieht man ihnen anderswo gnadenlos das Geld aus der Tasche. Das Essen in den Restaurants kannst du vergessen und bei Spaziergängen musst du aufpassen, dass dir keine Mauer auf den Kopf fällt oder eine Taube auf dich kackt. Außerdem sind die Venezianer unfreundlich und mögen Fremde nicht. «

»Ach ja? Und warum willst du dann unbedingt da hin?«

»Wiesengrundel ist doch in Venedig«, meinte ich. »Deshalb muss ich da hin.«

»Den sucht die Polizei schon«, wandte Kati ein. »Warum also du?«

»Weil ich keine Polizistin bin, die ermittelt, sondern eine Journalistin, die recherchiert und eine gefällige, spannende Geschichte schreiben will. Außerdem muss ich mal raus hier. Mir fällt die Decke auf den Kopf.«

»Liegt das etwa mir?«, schaltete Kati messerscharf.

»Ich bin es eigentlich gewohnt, allein zu leben«, antwortete ich. »Ich kaufe ein, damit du was zu essen hast, höre um vier Uhr morgens keine Musik mehr, lese kaum noch, weil du das Licht sehen könntest, und baden um Mitternacht kann ich auch nicht mehr. Und an Herrenbesuch ist schon überhaupt nicht mehr zu denken.«

»Du willst mich loswerden?« Kati war überrascht und entsetzt.

»Nein. Ich will dir nur klar machen, dass ich mein Leben im Moment nicht so führe wie sonst. Deshalb ist mein Wunsch, für eine Weile hier rauszukommen, ziemlich stark.«

»Ach ja.«

»Genau. Deshalb will ich ohne dich nach Venedig fahren. Alleinsein ist keine Strafe für mich, sondern ein Vergnügen. Außerdem bin ich der Typ, der besser allein recherchiert.«

»Verstehe. Ich darf also hier wohnen bleiben?«

»Ich habe es dir doch versprochen! Und dabei bleibt es auch, bis du dein Praktikum beendet hast.«

»Ist ja nicht mehr lange«, murmelte sie.

»Guck nicht so traurig«, bat ich. »Ich mutiere halt langsam zu einer komischen Alten. Und da wir schon dabei sind: Mich stört die Unordnung, die du hier produzierst, gewaltig.«

»Wieso?«

»Du lässt alles rumliegen. Deine Jacke knallst du im Flur auf den Boden, du nimmst meine Bücher und verteilst sie in der ganzen Wohnung, keine CD ist mehr in der passenden Hülle, deine Haare befinden sich in meiner Haarbürste, und wenn du dir was zu essen machst, dann lass das Geschirr nicht überall rumstehen, sondern räum es wenigstens in die Spülmaschine.«

»Du bist genauso spießig wie meine Mutter«, maulte Kati.

»Stimmt.«

»Wenn du willst, suche ich mir ein möbliertes Zimmer«, trotzte sie.

»Das habe ich nicht verlangt«, entgegnete ich. »Ich will nur, dass du dich auf mich einstellst. Dies ist meine Wohnung und ich betreibe keine Pension, ich bin weder deine Köchin noch deine Putzfrau oder Haushälterin. Und wenn du etwas haben willst – wie neulich den Kaffee –, dann stemm deinen Arsch selbst hoch, ja?«

Sie nickte, hatte die Ansage wohl verstanden. »Wann fährst du?«

»Ich fliege schon morgen – so habe ich es mit Jansen vereinbart«, antwortete ich. »Der Verlag zahlt den Flug und das Hotel und ich habe eine Woche Zeit. Ich verspreche, dass ich dich jeden Tag anrufe. Und du mich auch, wenn irgendetwas passiert.«

Leicht angeschlagen gingen wir beide zu Bett. Es tat mir schon wieder Leid, mit ihr Tacheles geredet zu haben, aber gleichzeitig fühlte ich mich auch erleichtert. Ich war nun mal nicht der Typ, der seinen Unwillen längere Zeit verbergen konnte.

Egal. Ich hatte noch viel zu tun bis zum Abflug. Auf meinem Nachttisch lag bereits ein Reiseführer der Lagunenstadt. Ich begann, den Stadtplan zu studieren. Mein Hotel lag in der Nähe der Frari-Kirche – ziemlich zentral im Stadtteil San Polo.

Löwensäulen

Das Flugzeug zog einen langen Bogen übers Meer und da lag die Stadt in der Sonne! Der Markusplatz mit dem Dogenpalast und der Kirche San Marco war gut zu erkennen und der Campanile ragte in den klaren blauen Himmel.

Wer nicht mit dem Flugzeug, sondern mit dem Schiff in die Stadt reiste, kam mit dem öffentlichen Boot, dem Vaporetto, am Markusplatz an.

So sah er ihn wieder, den erstaunlichsten Landungsplatz, jene blendende Komposition phantastischen Bauwerks, welche die Republik den ehrfürchtigen Blicken nahender Seefahrer entgegenstellte: die leichte Herrlichkeit des Palastes und die Seufzerbrücke, die Säulen mit Löw' und Heiligem am Ufer, die prunkend vortretende Flanke des Märchentempels, den Durchblick auf Torweg und Riesenuhr … So hatte Thomas Mann die Ankunft seines Helden Aschenbach in der Novelle beschrieben.

Meine Landung war weit weniger poetisch. Das kleine Flugzeug rumpelte kräftig beim Aufsetzen und mein Gepäck war mal wieder das letzte Teil, das auf dem Laufband der Gepäckausgabe lag. Der Bus vom Flughafen in die Stadt fuhr mir vor der Nase weg. So stand ich da in ziemlicher Kälte, mein Atem beschlug die Gläser der Sonnenbrille, und ich musste mich der zahlreichen Fremdenführer erwehren, die nach meinem Koffer grabschten und mich in die Stadt bringen wollten. Andere empfahlen mir ein Hotel, noch andere steckten mir Werbezettel von Restaurants zu, in denen man göttliche Speisen zu servieren versprach.

Ich schaltete auf stur und war froh, als endlich der nächste Bus kam. Der fuhr stolpernd durch Vororte, die mit venezianischem Flair nichts zu tun hatten, noch nicht mal mit mediterranem Ambiente.

Der Busfahrer hob mir meinen Koffer aus dem Fahrzeug, als wir an der Piazzale Roma ankamen, wo sich der Busbahnhof von Venedig befand. Von hier aus konnte ich entweder zu Fuß in die Altstadt gehen oder ein öffentliches Boot nehmen.

Ich zeigte dem Busfahrer den Stadtplan und nannte den Namen des Hotels. Er deutete auf einen Weg und es sollte wohl heißen, dass ich nur geradeaus zu laufen hatte.

Es war gegen Mittag und ich geriet sofort auf einen kleinen Markt am Rande eines Kanals. Einige Stände wirkten wie improvisiert – lediglich ein paar Holzkisten waren übereinander gestellt worden, die oben ein Karton mit Meeresfrüchten krönte. Langsam überkam mich wenigstens das Gefühl, in Italien zu sein.

»Muscheln, Seepferdchen, Quallen und seitlich laufende Krebse ...«, sagte ich in Mann'schem Hexameter vor mich hin. So hatte der Schriftsteller das beschrieben, was sein Abgott am Lido-Strand gesammelt hatte, und genau die Viecher lagen jetzt hier. Unwillkürlich musste ich lachen.

Der Besitzer des Getiers schaute überrascht hoch, fragte mich etwas, vermutlich, ob ich ihm etwas von seiner Ware abkaufen wolle. Ich schüttelte den Kopf und fragte ihn nach dem Hotel. Er hob den Arm und deutete eine Gasse hinein.

Alle Wege in Venedig schienen zunächst ins Geradeaus zu führen. Ich lief weiter und zog den Koffer hinter mir her.

Mehrere kleine Brücken waren zu überwinden, manche aus einfachem Holz, andere aus Stein und Marmor, einigen sah man das Alter an, die Handläufe waren abgewetzt und die Stufen in der Mitte eingebuchtet. Ob Veronica Franco, die blonde Kurtisane und Dichterin, ihre Füße vielleicht auch auf diese Steine gesetzt hatte?

Wieder einmal wunderte ich mich, dass tote Materie so viel länger Bestand hatte als Fleischliches, das längst zu Erde, Staub oder Gas geworden war.

Was würde wohl von mir überdauern? Oder von Kati? Meinetwegen auch von Karl Krawottki, der sich mit seinen Versen ja redlich bemüht hatte, unsterblich zu werden?

Solange ich mit meinen Schreibereien keine Revolutionen auslöste, würde ich in hundert Jahren auch spurlos geworden sein, Kati würde vielleicht Justizministerin und deshalb irgendwann für ein paar Doktoranden von Interesse sein, Krawottki würde als Skurrilität in die Literaturgeschichte eingehen.

Betty Blue hätte es vielleicht ein bisschen besser getroffen: Wenigstens ihr Sohn hätte eine Erinnerung an sie – wenn auch nur für ein paar Jahrzehnte.

Und wieder Treppen! Der Koffer wurde bei jeder Brücke schwerer. Warum musste ich auch immer viel zu viel mitnehmen? Bevor ich weiter rummuffeln konnte, stand ich vor dem Hotel.

Glocken, Gondeln, Gurren

Das Hotel hieß *Falier* und ich hatte schon zu Hause geforscht, was es mit dem Namen auf sich hatte. Mehrere Dogen hatten so geheißen, doch der berühmteste von ihnen war Marino Falier gewesen, der übrigens unschön endete: Er wurde 1355 als Mitwisser einer Verschwörung abgesetzt und mit siebenundsiebzig Jahren hingerichtet.

E. T. A. Hoffmann hatte genau diesen Dogen in seiner Novelle *Doge und Dogaresse* verewigt, Lord Byron schrieb ein Drama *Marino Faliero* und Gaetano Donizetti eine Oper, die ebenfalls *Marino Faliero* hieß.

Ich betrachtete das Haus. Es war zwar alt, stammte aber wohl eher aus einem nicht ganz so weit entfernten Jahrhundert.

Das Foyer war mit voluminösen Fauteuils ausgestattet, die den kleinen Raum zu sprengen schienen. An den Wänden Spiegel und Gemäldekopien in goldenen Rahmen – das sollte wohl venezianisches Flair verbreiten.

Mir fiel die Beschreibung ein, die Mann von dem Hotel gegeben hatte, das sein Held bewohnte: *In dem Raum herrschte die feierliche Stille, die zum Ehrgeiz der großen Hotels gehört.*

Na ja, nach der Geräuschkulisse hier konnte es kein großes Hotel sein, denn ein Ehrgeiz von Stille und dann noch in der feierlichen Variante existierte nicht: Ich hörte einen Mann ziemlich laut Kommandos ausrufen, ein Kind blökte irgendwo und an der Bar machte die Espressomaschine beim Mahlen der Bohnen einen Heidenlärm.

Ich checkte ein, das Zimmer lag in der ersten Etage. Die Zeiten, in denen aufmerksames Personal den Gästen das Gepäck aufs Zimmer brachte, waren auch in Venedig vorbei. Ich schleppte den Koffer mühsam über enge Treppenstufen nach oben, steckte den Schlüssel in das Schloss der Tür. Nur ein Schritt und ich befand mich am Rand des Bettes – so klein war das Zimmerchen.

Ich quälte mich an dem Möbel vorbei zum Fenster und öffnete es. Kühle, klare Luft strömte herein, ich sah die Ziegel alter Dächer, verzierte Mauern und hörte italienisches Temperament: Eine Frau faltete wohl gerade jemanden zusammen und es klang ziemlich schrill. In der Ferne schlugen die Glocken einer der vielen Kirchen und Tauben gurrten lockend, um sich bei ihresgleichen ins Gespräch zu bringen. Immerhin war hier der Frühling schon etwas weiter fortgeschritten als im nördlicheren Bierstadt; Fortpflanzung und Nestbau standen an. Und tatsächlich wurde auf dem Dach gegenüber schon kräftig kopuliert. Amüsiert folgte ich dem triebhaften Naturvorgang ein paar Minuten und schloss dann das Fenster – es war noch kalt in Venedig, dafür aber sonnenhell und klar.

Thomas Mann hatte die Stadt in brütender Hitze erlebt und seinen Helden durch Gassen laufen lassen, in denen der faulige Geruch der Lagunen einem den Atem nahm. So hatte auch ich immer drückende Hitze mit Venedig verbunden und war froh, dass es nicht so war.

An der Bar bestellte ich mir ein Glas Granatapfelsaft, er war völlig verzuckert, das Glas Wasser danach entklebte meinen Mund aber wieder. Der Mann an der Rezeption wollte mir Tipps geben für Maskengeschäfte und Restaurants und machte mehrere Kreise auf einem kleinen Stadtplan, mein Nicken befriedete ihn und ich konnte endlich vor die Tür treten.

Der Lagunenarm in der Nähe hieß Rio San Pantalon, das Wasser war zum Teil abgelassen, die Fundamente der Häuser wurden restauriert. Auf dem Grund der Lagune türmten sich Schlamm und vermodernder Müll, auch Bauschutt war dabei, ich sah das Skelett eines alten Kinderwagens und einen Totenkopf, dazwischen Arbeiter mit Schaufeln.

Der Tod in Venedig, dachte ich, da liegt er im Schlamm. Es war eine Maske aus Plastik, die mich angrinste, wohl ein Überbleibsel von Karneval. Ich starrte noch ein paar Augenblicke auf den Kopf und einer der Bauarbeiter rief mir etwas zu, seine Kollegen lachten. Nach dem Ton des Lachens und den Blicken der Männer zu schließen war die Bemerkung anzüglich gewesen.

Ich spazierte weiter und gelangte endlich an einen breiteren Kanal. Der Rio di Cà Foscari hatte schwarzes, glattes Wasser und auf ihm fuhren Boote und Gondeln.

Das Ufer war von einer Mauer begrenzt und ich setzte mich auf eine Bank aus Stein, um in den Stadtplan zu schauen, denn ich wollte zum Markusplatz. Einige Gondeln fuhren vorbei, die Gondolieri ohne Gäste versuchten, mich zum Einstieg zu animieren. Es sah faszinierend aus, wie die schmalen Boote dahinglitten, elegant und beweglich. Ich winkte ab. Im Reiseführer wurde vor den geldgierigen Bootsführern gewarnt.

Aber das Bild war schön und es wurde geschimpft, wenn die kleinen Motorboote, die meist schwer beladen tief im Wasser hingen, so viele Wellen machten, dass die ehrwürdigen Gondeln heftig ins Schwanken gerieten.

Zwei Gondeln versuchten, ziemlich eng aneinander vorbeizumanövrieren. Einer der Bootsführer warf seinem Kollegen etwas Unwirsches an den Kopf, der gab es ihm mit harten Tönen zurück. Ich blickte eher zufällig auf den Fahrgast in der Gondel.

Zuerst sah ich nur die Beine eines Mannes. Der Rest des Körpers war durch einen Überbau verdeckt, der vor Regen und Wind schützen sollte.

Jetzt ruderte der Gondelführer sein Boot wieder gerade und ich konnte den Gast erkennen: ein großer Mann, lässig zurückgelehnt, eine Pfeife im Mund.

Instinktiv drehte ich mich weg, nicht glauben könnend, was ich gesehen hatte. Dieser ›Gruß‹ aus Bierstadt passte mir nun wirklich nicht! Was, verdammt nochmal, suchte der suspendierte Rabatt hier?

Die Gondel zog langsam davon. Unter mir führten Treppen zum Wasser und davor machte ein Gondoliere Pause. Ich deutete auf die Gondel in der Ferne und versuchte, dem Mann klar zu machen, dass ich sie verfolgen müsse, faselte in meinem nicht vorhandenen Italienisch etwas von *amore* und *pronto.* Der Gondoliere machte keine Anstalten, sein Butterbrot aus der Hand zu legen. Er hielt mich wohl für eine eifersüchtige Ehefrau, die ihren Mann verfolgen wollte.

Mordlust auf dem Markusplatz

Auch in einem Café am Markusplatz wurde ich unverhofft heimatlich gegrüßt – eine große deutsche Boulevardzeitung lag neben dem gebrauchten Geschirr und vermittelte mir die wichtigsten Neuigkeiten:

> Frauenleiche im Rhein – Wo ist der Kopf?: Im Fall der kopflosen Leiche sucht die Polizei jetzt nach dem fehlenden Körperteil der Frau. Ein 38-jähriger Kellner hat die Tötung gestanden. Er habe sie umgebracht, weil sie eine Verabredung zum Pizzaessen abgesagt hatte ...

Der Kellner brachte mir einen Café Latte. Ich schaute den Mann prüfend an, nein, er war zu hübsch, um ihn beim Pizzaessen zu versetzen. Er erwiderte mein hinreißendes Lächeln, und das war es dann auch schon.

Blasen ist Krebs erregend: Oralsex kann einer französischen Studie zufolge zu Mundkrebs führen. Wie das Magazin *New Scientist* berichtet, haben die Forscher humane Papillomaviren bei vielen Patienten mit Mundkrebs entdeckt ...

Dass ausgerechnet die Franzosen eine solche Studie in Auftrag gegeben hatten, erschien mir ziemlich unglücklich.

Und es gab noch eine Schlagzeile aus Großbritannien:

Witwe ließ Asche ihre Mannes zu Munition verarbeiten: Wie der *Daily Telegraph* berichtet, erwies Joanna Booth aus London damit ihrem an einer Lebensmittelvergiftung gestorbenen Mann die letzte Ehre. Die Asche reichte für 275 Schrot-Patronen. Die wurden von einem Pfarrer gesegnet und anschließend von zwanzig engen Freunden der Familie in Schottland verschossen. Auf der Strecke blieben siebzig Rebhühner, dreiundzwanzig Fasane, sieben Enten und ein Fuchs.

Frauen sind wirklich viel romantischer als Männer, dachte ich. Ich klappte das Blatt zusammen und platzierte es so, dass auch der nächste Tourist sich weiterbilden konnte.

Ich schickte Kati eine SMS mit dem Text: *Rabatt ist hier!*, und wartete. Sie meldete sich umgehend.

»Deshalb hat er also Urlaub genommen«, meinte sie.

»Er war doch ohnehin suspendiert.«

»Ja, aber er hat seinen kompletten Jahresurlaub beantragt. Alle haben sich gewundert, aber der Antrag ist genehmigt worden. Jetzt kann er sich in den Fall einmischen, ohne dass man ihn hindern könnte. Ganz schön raffiniert!«

»Der soll mir bloß nicht in die Quere kommen«, sagte ich. »Morgen schau ich mir den Palazzo Contarini an und schnüffele mal ein bisschen in der Nachbarschaft herum. Irgendjemand wird sich ja wohl an das Venedig-Seminar erinnern können. Und dann suche ich den Koch.«

»Ich wünschte, ich wäre bei dir«, seufzte Kati. »Betty Blue ist übrigens gesund und munter wieder aufgetaucht. Sie war für ein paar Tage mit ihrem Kleinen zu einer Freundin gefahren. Sie hat von dem Feuer nichts mitbekommen und war natürlich völlig geschockt.«

Das erleichterte mich. »Hat die Polizei schon eine Ahnung, warum das Haus gebrannt hat?«

»Es steht nur fest, dass es Brandstiftung war«, berichtete Kati. »Jemand hat Gerümpel im Hausflur mit Benzin übergossen und dann angezündet.«

»Ob das Feuer wirklich was mit den Morden zu tun hat?«

»Keine Ahnung. Es kann auch Zufall sein. Die Gegend ist ja nicht die beste und in dem Haus wohnen nicht nur Leute, deren polizeiliches Führungszeugnis schneeweiß ist.«

Wir verabschiedeten uns.

Ich winkte dem Kellner. Er hatte überhaupt keine Probleme damit, mir mitzuteilen, dass der Café Latte neun Euro kostete. Mit steinernem Gesicht legte ich einen Zehneuroschein auf das Tablett. Der Adonis verweilte, dachte wohl, ich würde ihm den einen Euro als Trinkgeld lassen. Ich machte ein Pokerface.

»Signora?«, fragte er. Ich sah auf und begegnete einem eiskalten Blick. Ein psychopathischer Kellner; ich dachte an die kopflose Frauenleiche im Rhein und verzichtete auf den Euro.

Als der Mann abgerauscht war, schnappte ich mir das Glas, in dem sich das zum Kaffee servierte Leitungswasser befunden hatte. Es war einigermaßen formschön und der Markusdom prangte in Golddruck darauf. Eine schöne Erinnerung für zu Hause, dachte ich. Bevor ich es jedoch in meiner Handtasche versenken konnte, spürte ich den Blick des Kellners. In seinen Augen glomm Mordlust.

Ich gab es auf, ließ das Glas stehen, kehrte dem Etablissement den Rücken und überquerte den Platz Richtung Wasser.

Langsam verzog sich die Sonne hinter die Wolken. Vom

Meer kam eine Brise auf und es wurde ungemütlich. Ich ging vor zum Ufer, die Gondeln schaukelten auf dem unruhiger gewordenen Wasser auf und ab. Sie hatten lange, schwarze gebogene Hälse und erinnerten an tanzende Seevögel.

Die Gondeln waren leer, die Bootsführer hatten sich irgendwohin verzogen, wo es warm und gemütlich war. Das sollte ich auch langsam tun, mir war kalt.

Ich wandte mich vom Meer ab und Tauben umflatterten mich. Es waren kaum noch Touristen zu sehen, die alten Leute mit den kleinen Karren und dem Taubenfutter würden heute wohl noch nicht einmal einen durchschnittlichen Tag haben.

Ich verzog mich in eine Gasse, um dem Wind zu entgehen, und studierte erneut den Stadtplan.

Der Palazzo Contarini del Bovolo befand sich ganz in der Nähe. Ich trabte los, doch es war schwieriger, als ich dachte, den Weg zu finden.

Ich scheiterte ein paarmal an Sperrungen – Mauern wurden restauriert, bevor im Sommer ein paar Millionen Touristen in die Stadt einfallen würden. Ich pausierte, suchte auf der Straßenkarte andere Wege und hatte mich schließlich hoffnungslos verlaufen.

Verlaufen in Venedig wird bestimmt eine meiner häufigsten Übungen werden, dachte ich. Wenigstens ging es mir nicht allein so. Orientierungsloses Streifen durch die Stadt mit den vielen Wasserstraßen hatte immerhin literarische Qualität.

Ich holte den Mann aus der Tasche. Er hatte die Irrgänge seines Helden durch die Gassen so wunderbar beschrieben: *Mit versagendem Ortssinn, da die Gässchen, Gewässer, Brücken und Plätzchen des Labyrinthes zu sehr einander gleichen, auch der Himmelsgegenden nicht mehr sicher, war er durchaus darauf bedacht, das sehnlich verfolgte Bild nicht aus den Augen zu verlieren, und zu schmählicher Behutsamkeit genötigt, an Mauern gedrückt, hinter dem Rücken Vorangehender Schutz suchend, ward er sich lange nicht der Müdigkeit, der Erschöpfung bewußt, welche Gefühl und immerwährende Spannung seinem Körper, seinem Geiste zugefügt hatten.*

Auch ich spürte Spannung im Körper, doch sie hatte eindeutig ihren Ursprung in einem knurrenden Magen. In Bierstadt schien es mehr italienische Restaurants zu geben als hier.

Fünf Minuten später stand ich vor dem Palazzo – und ich war enttäuscht. Er war vollkommen verkommen, allein der berühmte Treppenaufgang war die Ansicht wert.

Noch zu Hause hatte ich mir einige Informationen zu dem Palast herausgesucht. Er war um einiges älter als die Palazzi am Canal Grande, war um 1500 herum gebaut worden und besaß eine berühmte Wendeltreppe, die Scala del Bovolo, was so viel hieß wie Schneckenhaus.

In diesem heruntergekommenen Ding hatten Hunze, Krawottki und Wiesengrundel ein Seminar veranstaltet, das pro Teilnehmer dreitausend Euro kostete?

Ich schlich ums Haus herum, überlegte, was ich tun sollte, bewunderte die Treppe. Jede Etage zierte ein überdachter Balkon.

Leider kam ich an das Gebäude nicht so richtig heran, ich hätte gern mal einen Blick durch die Fenster geworfen. Ein Maschendrahtzaun grenzte das Gelände zur Gasse hin ab. Jetzt klingelte auch noch mein Handy.

»Ich habe eine supertolle Neuigkeit«, berichtete Kati.

»Dann lass hören!«

»Ich habe den Namen des Kochs herausgefunden, der auf dem Zettel erwähnt wurde. Er kommt tatsächlich aus Venedig.«

»Klasse!«, rief ich begeistert aus. »Sag mir den Namen. Ich besuche ihn sofort.«

»Michelangelo Baci.«

»Solch klangvolle Namen können nur Italiener haben. Wo wohnt er denn?«

»Nur Geduld. Das erfährst du morgen. Ich bin gerade nach Venedig abgeordnet worden.«

Date in Dorsoduro

Im Hotel *Falier* war noch ein Zimmer frei, ich ließ es für Kati reservieren. Jetzt hatte ich sie doch wieder am Hals. Ich schämte mich sofort meiner Gedanken – vielleicht kamen wir zu zweit besser klar in dieser verwirrenden Stadt. Ich aß eine Pizza in einem Bistro, das mit zivilen Preisen und frischer Ware lockte. Dann fiel ich ins Bett.

Es war eine unruhige Nacht. Ich war eine breite Matratze gewohnt, hatte die Angewohnheit, mich nachts mehrmals von der einen auf die andere Seite zu wälzen, doch das ging hier nicht – wenn ich mich drehte, lief ich Gefahr, aus dem Bett zu fallen.

Leicht gerädert erwachte ich, verzog mich ins Frühstückszimmer und las im Reiseführer. Der Oberstaatsanwalt war den Canal Grande in östlicher Richtung geschippert, hatte sich also Richtung Castello bringen lassen.

In meinem Notizbuch hatte ich die Handynummer von Rabatt notiert, ich tippte sie ein.

»Ja?«, tönte es.

»Hier Maria Grappa vom *Tageblatt*«, begann ich. »Sind Sie es, Herr Rabatt?«

»Natürlich. Ist ja mein Telefon. Was wollen Sie?«

»Mit Ihnen reden.«

»Über was?«

»Über die Morde.«

»Warum sollte ich mit Ihnen reden?«, blaffte er, die Wut in seiner Stimme war nicht zu überhören. »Sie haben mich in Ihren Artikeln fertig gemacht. Reicht Ihnen das nicht?«

»Ich habe nur die Wahrheit geschrieben«, wandte ich ein. »Sie waren es, der gelogen hat. Sie haben es nicht besser verdient.«

»Passen Sie mal auf, Sie aufgeblasene Zicke! Ich habe diese Zwillingsnutten nie in meinem Leben gesehen!«

»Die Zeugin hat Sie doch wiedererkannt!«

»Noch nie was von falschen Zeugenaussagen gehört? Sie lügt.«
»Warum sollte sie das tun?«
»Genau das sollten Sie mal recherchieren!« Rabatt schnaubte.
»Okay. Dann lassen Sie uns zusammenarbeiten«, schlug ich vor.
»Kein Interesse, Madame. Außerdem bin ich überhaupt nicht in Bierstadt.«
»Ich weiß. Sie fuhren gestern in einer Gondel an mir vorbei. Canal Grande Richtung Castello.«
»Sie sind auch in Venedig?«
»Muss ich ja wohl.«
»Und warum?«
»Ich suche Zeugen. Und den verschwundenen Komponisten – genau wie Sie, nehme ich an.«
»Schon Erfolg gehabt?«
»Ich bin erst seit gestern da. Könnten wir uns nicht mal treffen?«
»Ich sitze gerade bei Commissario Brunetti von der venezianischen Polizei.«
»Guido Brunetti?«
»Nein, nicht der aus den Krimis. Meiner heißt Andrea.«
»Ach so. Also, was ist?«
»Was soll das bringen?«
»Wenn Sie unschuldig sind, dann schreibe ich das auch.«
»Na, herzlichen Dank!«, meinte er ironisch. »Am liebsten wäre es mir, wenn ich in Ihrem Schmierblatt überhaupt nicht mehr erwähnt werden würde.«
»Also? Einverstanden?« Ich überhörte, dass er meinen Arbeitgeber beleidigt hatte.
»Na gut. Wir können uns um ein Uhr im Stadtteil Dorsoduro treffen.« Rabatt nannte den Namen eines Restaurants und die Straße. »Wissen Sie, wie Sie dahin kommen?«
»Ich werde es schon finden«, sagte ich.
»Wo wohnen Sie denn? Dann beschreibe ich es Ihnen.«
»Nicht nötig. Ich hab ja einen Stadtplan.« Rabatt musste nicht wissen, in welchem Hotel ich wohnte.

Ich bat den Portier, mich zu verständigen, wenn Kati eintraf. Ihr Flug war früh gestartet und sie musste bald da sein.

Kati war völlig verwundert, dass ich ein Date mit ihrem Exchef hingekriegt hatte. »Dieses Ekel«, ereiferte sie sich erneut. »Wenn ich nur an den denke, kriege ich einen dicken Hals.«

»Vielleicht ist er gar nicht so schlimm«, versuchte ich, sie zu beruhigen. »Er sagt übrigens, dass Betty Blue gelogen hat. Er habe die Ischenko-Schwestern nie im Leben gesehen.«

»Und du glaubst dem Arsch?«

»Weiß nicht. Jedenfalls klang es ehrlich. Welche Kompetenzen hast du eigentlich hier?«, fragte ich.

»Wie meinst du das?«

»Du bist doch von deiner Behörde hergeschickt worden. Mit welchem Auftrag? Was sollst du genau machen?«

»Wiesengrundel finden«, antwortete sie schnell. Zu schnell.

Mir schwante etwas. »Dann zeig mir doch mal deine Befugnis.«

»Welche Befugnis?«

»Irgendeinen Schrieb, den man dir mitgegeben hat. So ein amtliches Schriftstück mit Unterschrift und Stempel.«

»Das ist alles per E-Mail gelaufen.«

»Wirklich?«

Ich glaubte ihr kein Wort und sie gestand mir schließlich, dass sie sich Urlaub genommen hatte, verdrückte vor Scham sogar ein paar Tränchen.

»Zum Heulen hast du keinen Grund. Machen wir also weiter.«

»Ich kann bleiben?«

»Natürlich. Venedig bietet kleinen und großen Verbrechern seit Jahrhunderten Schutz. Aber eins musst du begreifen, und zwar schnell.«

Sie schaute fragend.

»In unserer mobilen Ermittlungstruppe gibt es nur einen Chef«, sagte ich. »Und der bin ich.«

Wir einigten uns auf eine von Kati vorgeschlagene Arbeitsteilung. Sie wollte sich zur Wohnung des Kochs begeben, ich würde mich mit Rabatt treffen.

Nach einer Stunde trennten sich deshalb unsere Wege schon wieder. Ich lief zur Piazzale Roma und nahm dort das Vaporetto nach Dorsoduro. Das öffentliche Boot war zwar überfüllt, aber die Atmosphäre war einmalig. Hier konnte man die Venezianer in ihrem Alltag beobachten – die Männer begaben sich zu Geschäften, die Frauen kamen mit voll bepackten Taschen vom Markt und Kinder fuhren zur Schule. An jedem Halt stiegen Menschen aus und andere kamen dazu, jedes Mal wackelte das Boot und die Leute vorne drückten die anderen immer weiter nach hinten. Für mich wurde es Zeit, mich nach vorne zu drängeln, denn ich musste aussteigen.

Langsam bekam ich Übung darin, den Stadtplan zu lesen, und ich schlug den Weg zu dem Restaurant ein. In diesem Stadtteil lebten Künstler und es gab viele Handwerksbetriebe, die ihre Produkte in Fenstern ausstellten. Besonders malerisch waren die Maskengeschäfte, sie boten andere und wertvollere Masken an als die Läden rund um San Marco. Ich konnte nicht widerstehen und betrat einen dieser Läden.

Hunderte von Gesichtern mit leeren Augen starrten mich an, rot lackierte Münder lächelten, weit aufgerissene Fratzen versuchten, mir Angst zu machen, und weiß gepuderte Mondgesichter glotzten von ihren Haken auf mich herab. Warum war hier niemand?

Dann sah ich sie: Eine alte Frau saß hinten in der Werkstatt, qualmte wie ein Schlot und las in einer Zeitung.

Ich nahm eine weißgesichtige Maske vom Haken, an deren Kinn ein Stock angebracht war. Der obere Teil war vergoldet und mit Bordüren verziert, darüber standen drei gebogene Spitzen mit Narrenglöckchen. Ich hielt sie vor mein Gesicht, trat vor einen Spiegel und erschrak – ich sah fremd und starr aus, nur die blauen Augen waren lebendig.

Die Frau kam näher, die Zigarette in der Hand. Ihre Finger waren vom Nikotin gelb verfärbt und auch sonst sah sie nicht besonders gesund aus.

Ich tippte auf das Preisschild – die Maske sollte fünfundsechzig Euro kosten – und bot ihr fünfzig. Vor Schreck hustete sie los. Als der Anfall vorbei war, einigten wir uns auf fünfundfünfzig. Die Frau nahm die Kohle, verpackte meinen Kauf und ich verließ den verqualmten Laden.

Wieder an der Luft folgte ich einem schmalen Kanal so weit, bis es nicht mehr geradeaus weiterging, bog dann landeinwärts und da war auch schon das Restaurant.

Mit Schwung drückte ich die Tür auf. Der Laden war gut gefüllt und schien keine Touristenstation zu sein. Viele junge Leute, italienisches Stimmengewirr – lauter und temperamentvoller als in unseren Breiten.

Rabatt war schon da, er saß im hinteren Teil, doch er war nicht allein. »Da sind Sie ja endlich!« Es klang bärbeißig.

»Wer sind Sie denn?«, fragte ich den zweiten Mann.

Ob das vielleicht der Commissario war?

»Darf ich vorstellen?«, sagte Rabatt. »Das ist Signore Baci. Michelangelo Baci.«

Animalisches Begehren

Das Erste, was ich von dem Mann wahrnahm, war der Geruch von Zimt, gemischt mit einem Hauch von Muskatnuss. Dann dieser tiefe Blick aus braunen Augen mit schweren Lidern, er hatte Wimpern wie ein Mädchen.

Mein Körper meldete roten Alarm, doch zu spät, die Attacke auf meine Hormone kam zu plötzlich, als dass die Schutzschilde rechtzeitig aktiviert werden konnten. Jetzt half eigentlich nur noch ein Abflug in Lichtgeschwindigkeit, doch dann hätte ich die Story vergessen können.

Baci reichte mir die Hand und sagte etwas. Es rauschte an mir vorbei, ich war damit beschäftigt, meine Gesichtszüge von debilem Entzücken in höfliches Interesse zu verwandeln.

Es gelang mir wohl nicht, denn ich hörte den Staatsanwalt sagen: »Frau Grappa, ist Ihnen nicht gut?«

»Es geht mir blendend«, stotterte ich.

Michelangelo Baci verzog das Gesicht zu einem Lächeln, hatte noch immer meine Hand in seiner. »Setzen Sie sich doch«, sagte er.

»Pardon«, krächzte ich. »Mir war kurz etwas schwindelig. Aber es geht schon wieder.«

»Hitzewellen, was?«, polterte Rabatt amüsiert. »Sie sind ja auch im richtigen Alter dafür.«

»Giftspritze!«, blaffte ich. Es kam von Herzen. Musste dieser widerliche Kerl mich an mein biologisches Alter erinnern, wo sich gerade meine Hormone aufrüsteten?

Dafür hatte ich mich wieder einigermaßen im Griff, sah zu Baci und sagte: »Entschuldigen Sie bitte, aber Herr Rabatt und ich hegen nicht gerade freundliche Gefühle füreinander.«

»Das merke ich«, lächelte der Koch maliziös. »Obwohl ich mir kaum vorstellen kann, dass man für Sie unfreundliche Gefühle hegen kann.«

Das tat gut, auch wenn es geschmeichelt war. Jedenfalls schien er mich nicht gänzlich unattraktiv zu finden. Andererseits wurde italienischen Machos ja nachgesagt, jeder Schürze hinterherzujagen, die nicht bei drei am Haken hängt.

Aber: Meine Augen hatten gerade den Mann gesehen, den ich wollte. Und zwar zügig. Es war reines heftiges Begehren und mehr nicht. Mir fiel ein Satz von Proust ein: *Nur für den Denker und den Kranken kann das animalische Begehren alle seine berauschenden Reize entfalten.* Ich musste nur noch rauskriegen, ob ich die Denkerin oder die Kranke war. Wahrscheinlich beides.

»Ich freue mich, Sie zu treffen, Signora«, versuchte Baci erneut, mit mir in einen Dialog zu treten.

Ich fragte blöd: »Woher können Sie so gut Deutsch?«

Baci lachte. Ein kehliges Geräusch, das Amüsement verriet und mir zeigte, dass er meine Befangenheit sehr wohl registriert und sich als Ausgangspunkt dieses Zustandes diagnostiziert hatte.

»Ich habe nicht immer in Venezia gelebt, bin aber hierher zurückgekommen.« Sein Akzent war nur leicht, genau die richtige Dosierung, um charmant und nicht unbeholfen zu wirken.

Er war etwas jünger als ich, nicht groß und nicht mager, aber auch nicht fett – irgendwie passten die Proportionen zueinander. Seine Nase war die einer griechischen Statue und der Mund hatte volle, aber nicht zu volle Lippen. Ich stellte mir vor, wie sie an mir knabbern würden, und ein lustvoller Schauer rann durch meinen Körper ... Ob Anneliese Schmitz mir genau so ein Modell backen konnte?

Es reichte. »Sie sind also der Koch, der im *Palazzo Contarini* für das Essen zuständig war«, stellte ich überflüssigerweise fest. Mein Stimme klang wieder sachlich.

Der Kellner kam und brachte drei Salate.

»Ich erlaube mir, Sie beide zum Essen einzuladen. Die Küche, die Touristen in Venedig geboten wird, ist leider miserabel und unserer Stadt nicht würdig«, meinte Baci.

»Vielen Dank. Haben Krawottki und Hunze Sie deshalb engagiert? Weil sie den Teilnehmern etwas Gutes tun wollten?«

»Das kann ich nicht beurteilen. Ich hatte zwar ein Engagement im Palazzo, doch das hat nur drei Tage gedauert. Dann bin ich gegangen.«

»Warum?«, fragte ich.

»Die Stimmung in der Gruppe war nicht so, dass meine Kunst angemessen gewürdigt wurde«, antwortete Baci.

Rabatt fühlte sich wohl nicht genügend beachtet. Er rief nach dem Kellner und schnippte dabei mit den Fingern. Baci schaute ihn irritiert an, und als der junge Mann vor dem Tisch stand, verlangte Rabatt unwirsch Salz und Pfeffer.

Dabei war der Salat wunderbar, das Dressing schmeckte nach altem Rotwein und karamellisiertem Zucker, der grüne Salat war knackig, die marinierte Geflügelleber knusprig und die Tomaten sahen nicht nur sonnengereift aus, sondern schmeckten auch so.

»Was ist denn passiert?«, nahm ich den Faden wieder auf.

»Es gab Streit. Probleme. Viel Geschrei. Und ich habe diesen Lärm nicht ausgehalten.«

»Lärm?«

»Die Musik. Große Trommeln. Ein riesiger Gong. Tonband

und Akkordeon, Xylophon. Ich hatte keine ruhige Minute in der Küche.«

Die Instrumentierung hörte sich nach Wiesengrundel an.

»Von überall her kamen Töne und ständig ging mir was daneben«, klagte Baci. »Das *Panna cotta* wurde flockig, statt Salz schüttete ich Zucker in die *Aioli,* mit den Garnelen hätte man Fenster einwerfen und mit dem Fisch Schuhe besohlen können.«

Ich hing an seinen schönen Lippen und amüsierte mich. Selbstironie ist bei Männern ja nicht häufig anzutreffen.

»An dem Tag, als es ein von mir kreiertes Soufflee geben sollte«, erzählte er weiter und seine Augen blitzten, »kam es zum großen Showdown. Ich hatte die Schüsseln gerade aus dem Ofen genommen und sie standen bereit: wunderbar goldgelb überbacken und leicht nach oben gewölbt. *Perfetto!* Und dann geschah es!« Baci machte eine Kunstpause, zelebrierte die Geschichte wie ein mehrgängiges Menü.

»Erzählen Sie weiter, Maestro!«, bat ich mit theatralischer Geste.

»Der Komponist kam in die Küche. Das machte er oft, denn er interessierte sich für meine Kreationen. Neben dem Tablett mit den Soufflees lagen zwei Topfdeckel. Er nahm sie und begann, einen Rhythmus mit ihnen zu schlagen. Ich schaute nach den Töpfchen und sah, dass die Oberflächen des wunderbar überbackenen Schaums seltsam vibrierten. Ich wollte den Mann stoppen. Zu spät. Er schlug die Deckel mit großer Kraft – sozusagen *con passione* – ein letztes Mal aufeinander und ... blubb!« Baci seufzte.

»Wie schrecklich«, flüsterte ich.

»Alle Soufflees fielen mit einem Schlag in sich zusammen! Ich habe sie dann an die herumstreunenden Katzen verfüttert.«

Wir lachten – sogar Spaßbremse Rabatt quittierte Bacis Erzählung mit einem schrägen Grinsen. Die Story war so köstlich wie das Essen – auch wenn sie vielleicht erfunden war.

Die Pasta kam: vier goldgelbe Ravioli auf Ruccola-Salat gebettet, mit einer feinen grünen Sauce bedeckt und auf einem schwarzen Teller serviert.

»Wie sind Sie an den Job im Palazzo gekommen?«

»Herr Hunze und sein Freund haben manchmal bei mir gegessen. Das war aber in den Jahren davor. Irgendwann fragten die beiden Herren mich, ob ich für sie kochen würde. Ich sagte Ja, denn ich stellte es mir interessant vor.«

»Wer hat alles an dem Seminar teilgenommen?«, fragte ich und spießte einen Raviolo auf.

»Leider habe ich die Leute nur gesehen, kenne aber ihre Namen nicht«, antwortete Baci.

»Mein Freund Brunetti versucht gerade, eine Liste zusammenzustellen«, mischte sich Rabatt ein. Er hatte seine Pasta schon längst gegessen. »Aber Hunze und Krawottki scheinen kein Interesse daran gehabt zu haben, zu viele Informationen schriftlich festzulegen. Es gibt ja auch keine Buchungen. Hunze hat sich das Geld wohl in bar geben lassen. Steuerhinterziehung.«

»Woher wissen Sie das alles?«, fragte ich. »Sie sind doch raus aus dem Fall!«

»Das ist ja wohl meine Sache«, antwortete Rabatt.

»Können Sie sich wirklich nicht an Namen erinnern?«, fragte ich Baci.

»Doch. Die Leute haben sich Pseudonyme gegeben: Apollo, Isabella di Medici, Venus und Bacchus. Jeder durfte sich einen Namen aussuchen. Krawottki nannte sich Dionysos und Hunze war Tizian.«

»War auch eine Veronica dabei?« Mir war das Gedicht der Kurtisane wieder eingefallen.

»Ja, Veronica. Stimmt, die gab es auch. Salute, Signora Grappa!« Baci hob das Glas mit dem Rotwein und wir stießen an.

»Einen wunderbaren Namen haben Sie, Madonna«, lächelte der Koch. »Grappa ... Das Wildeste, was der Vino zu bieten hat!«

»Wild?«

»Für Grappa wird die letzte Kraft aus den Trauben geholt«, schwärmte er. »Das Mark sozusagen.«

»Und danach taugen sie nur noch für die Mülltonne.«

»Egal. Sie haben ihre Pflicht getan.«

Sein heißer Blick ließ mich tiefer atmen, doch bevor ich zurücksülzen konnte, klingelte mein Handy.

»Ich kann diesen Kochheini nicht finden«, nörgelte Kati. »Kein Mensch weiß, wo der Typ abgeblieben ist. Wie läuft's denn bei dir?«

»Ich sitze mit Herrn Rabatt und Herrn Baci beim Mittagessen in Dorsoduro.«

»Was sagst du da? Der Koch ist bei dir? Wieso sagst du mir das denn nicht? Ich klingele mir hier die Finger wund!«

»Reg dich ab!« Ich bemerkte, dass die beiden Männer an dem Gespräch interessiert waren. »Ich erkläre dir heute Abend alles. Geh ins Hotel und entspann dich! Bis später dann.«

»Sie sind nicht allein in Venedig?«, fragte Rabatt.

»Nein, mit einer Freundin. Kati Fidibus.«

»Diese kleine unbegabte Ratte?«

»Hören Sie auf!«, empörte ich mich. »Sie ist meine Freundin und hilft mir bei der Suche nach dem Mörder.«

»Jetzt weiß ich ja wenigstens, wo die undichte Stelle in meiner Behörde war.«

»Zu spät, Herr Rabatt«, lächelte ich maliziös.

»Vielleicht doch nicht«, widersprach er. »Ich sagte Ihnen schon mal, dass ich mich nicht einfach kaltstellen lasse.«

»Bla, bla, bla ...« Ich wollte nicht zu sehr aufdrehen, damit mich der schöne Koch nicht auch gleich für eine Zicke hielt.

Der Kellner räumte den Tisch ab und sein Kollege tischte uns das Hauptgericht auf: Lammrostbraten mit Frühlingszwiebeln und Kürbisschaum.

»Wie können wir Wiesengrundel finden?«, wechselte ich das Thema. »Sie haben doch bestimmt eine geniale Antwort auf diese Frage, Herr Rabatt?«

»Die venezianische Polizei hat zwar akuten Personalmangel, aber immerhin haben sie schon mal alle Hotels gecheckt«, berichtete Rabatt. »Wiesengrundel ist nirgendwo abgestiegen, muss privat irgendwo untergekommen sein.«

»Das ist ja nicht besonders viel. Hat er Freunde in Venedig? Verbindung zu irgendwelchen Musikern?«

»Woher soll ich das wissen?« Rabatt zeigte sich wirklich von der charmantesten Seite. »Ich kenne diesen Mann nicht. Und bevor ich das ändern konnte, haben Sie ja dafür gesorgt, dass ich kaltgestellt wurde.«

»Wiesengrundel ist ein sehr angenehmer Mann«, sagte Baci, bevor ich dem Oberstaatsanwalt erneut eins überbraten konnte. »Ich habe mich immer sehr gern mit ihm unterhalten. Aber von Freunden weiß ich auch nichts.«

»Haben Sie denn gar keine Idee?«

»Leider nicht. Aber er war schon oft in Italien und auch bei uns in Venezia.«

»Dann müssen wir es dem Zufall überlassen«, meinte ich. »Oder der italienischen Polizei – was ja wohl auf dasselbe herauskommen dürfte.«

Der Kellner räumte die Teller weg und kehrte die Brotkrumen vom Tisch.

»Und jetzt, Madonna«, sagte Baci, »bekommen Sie einen Nachtisch – von mir erfunden. Eine wunderbare Komposition aus Kaffee, Mascarpone und Vanilleeis.«

Ich strahlte ihn an.

»Mögen Sie überhaupt Eis?«, wollte Baci wissen. Die Schälchen standen schon vor uns und versprachen eine Sensation.

»Manchmal schon. Aber meistens verzichte ich drauf – wegen der Kalorien.«

»Aber, Madonna«, tadelte er. »Eine Frau mit Rundungen an den richtigen Stellen verheißt einen unvergleichlichen Genuss.«

O weia. Ich bekam ein Ziehen im Magen und wurde wohl rot, denn Rabatt lachte höhnisch, aus dem Lachen wurde ein Hustenanfall; er keuchte und spuckte, wollte gar nicht mehr aufhören.

Baci schob Rabatts Eis unauffällig zur Seite – als echter Künstler wollte er verhindern, dass seine Kreation mit Auswurf aus Rabatts Bronchien verziert wurde.

Noch immer japsend kam der Oberstaatsanwalt langsam zur Ruhe. »Sorry«, murmelte er, zog den Nachtisch wieder zu sich heran, bohrte den Löffel in die zarte Masse und fiel über sie her.

»Schade, dass Sie nicht erstickt sind«, dachte ich laut.

Gottesmutter – nein danke!

Nachdenklich streifte ich durch die Straßen. Am Canal Grande nahm ich das Vaporetto nach San Polo. Das Boot durchpflügte das Wasser mit ziemlicher Eile, ich stand draußen, der Wind war frisch und die Kühle tat mir gut nach den Stunden im Restaurant.

Baci hatte mir seine Handynummer gegeben und versprochen, mir bei meinen Recherchen zu helfen. Das war ein Anfang, denn ohne jemanden, der sich in der Stadt auskannte, ging es nicht.

Aus der Bierstadt-Perspektive hatte alles so einfach ausgesehen: Frau Grappa reist nach Venedig, macht ein bisschen Wirbel und schon klärt sich alles auf – Mörder gestehen ihre Taten, auserkorene Opfer werden in letzter Sekunde gerettet und das alles in der romantischen Atmosphäre einer weltberühmten Stadt.

Nein, Venedig hatte nicht auf mich gewartet. Meine paar Brocken Italienisch reichten gerade mal für die Bestellung eines Essens aus. In meinen Fantasien zu Hause hatte ich mich meine Recherchen immer auf Deutsch führen hören und die Italiener hatten auch immer brav auf Deutsch geantwortet.

Ich musste über mich selbst lachen. Wenn du ein totes Pferd reitest, steig ab! Den Spruch von Peter Jansen – auf sinnlose Recherchen bezogen – hatte ich eigentlich immer beherzigt, aber ich konnte mir diese Blöße diesmal nicht geben. Meine Hoffnungen ruhten auf Baci – und nicht nur die journalistischen.

Ich sah mich um, ich hatte mich während meiner Grübeleien wieder verlaufen. Diese Stadt mit ihrer Enge brachte mich wirklich an den Rand des Wahnsinns.

Mein Auge streifte so gern über die halbtotale Ferne, setzte die nahen Punkte in Beziehung zu den weiten, auch um den eigenen Standpunkt zu klären. Doch diese Gewohnheit konnte ich hier nicht ausleben. Der Blick hob sich – zum Schweifen entschlossen –, blieb jedoch immer an Mauern hängen. Die waren hoch und jede anders verziert, eigentlich ansehenswert – aber nicht für mich.

Die Gasse endete plötzlich. Einen Schritt weiter und ich wäre im Wasser gelandet. Das war schwarz und glatt, bewegte sich widerwillig, denn ein Boot näherte sich.

Hier kam ich nicht weiter, ich musste zurück. Ich lehnte mich an eine Mauer, mein Atem dampfte in der kalten, klaren Luft. Mit fast erfrorenen Fingern – ich hatte meine Handschuhe im Hotel vergessen – zog ich den Stadtplan aus der Tasche und blickte mich um. Irgendwo musste ja eine Straßenbezeichnung angebracht sein. *Calle dei Corti* – las ich direkt über mir und ich fand sie auf dem Stadtplan. Erleichtert stellte ich fest, dass ich mich im Umfeld der Frari-Kirche befinden musste. Die Richtung stimmte also.

Tatsächlich stand ich kurze Zeit später vor dem Hotel *Falier*. Alle Schlüssel hingen an der Rezeption, Kati war also noch nicht zurück von ihrer Tour.

Ich bemerkte, dass ich müde war. Eine gute Gelegenheit, sich aufs Bett zu legen. Ich las ein bisschen im Reiseführer, dann in der Novelle und versuchte, mich zu entspannen.

Kati kam dann irgendwann, verfroren und schlecht gelaunt. Ich erzählte ihr von der Begegnung mit ihrem verhassten Exchef und dem charmanten Koch und sie stellte Fragen, die ich mir auch schon gestellt hatte: »Warum sollten wir mit Rabatt zusammenarbeiten? Was versprichst du dir davon?«

»Keine Ahnung. Aber ich will auf jeden Fall wissen, was er hier macht. Und vielleicht können wir seine Kontakte zur venezianischen Polizei nutzen.«

Wir hatten uns in die Bar des Hotel verzogen und uns Café Latte bestellt. Niemand sonst war hier und wir konnten ungestört reden.

»Wie ist der Koch denn so?«

»Er nennt mich Madonna«, murmelte ich.

»Madonna?« Sie grinste. »Dich?«

»Nein, er bezeichnet Rabatt als Madonna!«, zischte ich sie an.

»Ist ja gut, Grappa. Du hast ja auch eine Menge von einer Gottesmutter an dir!«

»Madonna heißt nichts anderes als ›meine Herrin‹«, frischte ich ihre Bildung auf. »Jedenfalls im ursprünglichen Wortsinn.«

»Aha!«, kam es triumphierend.

»Was ›aha‹?« Sie ging mir schon wieder auf die Nerven.

»Ist er verknallt in dich? Oder du in ihn?«

»Quatsch! Wie bist du denn drauf? Sich einmal sehen und schon verlieben? So was gibt's nur im Film.«

»Und warum wirst du dann gerade rot?«

»Hitzewelle. Die Wechseljahre halt.«

»Okay, Madonna«, meinte Kati. »Erzähl von ihm. Wie sieht er aus?«

Bevor ich antworten konnte, kam die Frau von der Rezeption auf uns zu. Sie hatte einen Umschlag in der Hand und reichte ihn mir. Der sei für mich abgegeben worden.

Überrascht sah ich Kati an. Wer wusste, dass wir in diesem Hotel abgestiegen waren? Vielleicht hatte Jansen mir etwas geschickt.

Eilig riss ich den Umschlag auf: Er enthielt ein Flugblatt, das für morgen ein Konzert in der Frari-Kirche ankündigte. Mit Werken von Claudio Monteverdi.

Ich sah mir den Zettel genauer an. Ein Name der Mitwirkenden war rot markiert worden. *Veronica Franco, mezzo soprano.*

»Was ist?«

»Wir haben eine Einladung zu einem Konzert in der Kirche gleich nebenan bekommen«, antwortete ich. »Für morgen Abend. Mit Werken von Monteverdi.«

»Monteverdi?«

»Ein Komponist. Sozusagen der Wiesengrundel von Venedig.«

»Ach, er kommt selbst?«

»Wiesengrundel?«

»Nein, Monteverdi!«

»Braucht er nicht. Er ist schon lange da.«

Marihuana und Mailbox

Leider konnte uns die Hotelangestellte, die das Kuvert entgegengenommen hatte, keine gute Beschreibung des Überbringers geben – sie konnte mir nur sagen, dass eine Frau den Umschlag gebracht hatte.

»Ich glaube, dass Wiesengrundel uns beobachten lässt«, meinte ich. »Er will Kontakt zu uns aufnehmen, hat aber vor irgendetwas Angst.«

»Ich dachte, du hältst ihn für den Mörder?«

»Auch Mörder können Angst haben – und dass er der Mörder ist, kann stimmen, muss aber nicht. Ich werde Baci anrufen«, kündigte ich an. »Er muss uns ins Konzert begleiten. Er kennt Wiesengrundel, hat ihn im Palazzo erlebt.«

»Wir brauchen ihn nicht«, widersprach Kati. »Ich habe einige Bilder aus der Akte dabei. Die gucken wir uns genau an und dann erkennen wir ihn.«

»Bilder ersetzen nicht einen persönlichen Eindruck. Es ist besser, wenn Baci mitkommt.«

»Verstehe.« Sie grinste.

»Was verstehst du denn jetzt schon wieder?«, fragte ich und merkte, wie sich die Farbe meines Teints erneut veränderte.

»Du bist also doch scharf auf den Koch!«

»Ich bin der Boss«, erinnerte ich sie, schroffer als beabsichtigt. »Und ich entscheide, was wir tun und was wir nicht tun.«

»Ist ja gut, Grappa«, beschwichtigte sie mich. »Die Pizza hier ist wirklich gut. Überhaupt ist diese Kneipe netter, als ich angenommen hatte.«

Wir waren von der Hotelbar nach nebenan gezogen – in die Pizzeria mit den zivilen Preisen. Ich war noch satt vom Mittagessen und begnügte mich mit einem halben Liter Wein, Kati hatte sich eine *Pizza Vivaldi* bestellt, die stilecht den Beinamen *Quattro Stagioni* verpasst bekommen hatte. Die Venezianer lassen aber auch nichts aus, dachte ich.

»Ich muss mal eben aufs Klo.« Kati erhob sich und steuerte den Waschraum an. Ich sah, dass sie an der Bar plötzlich stehen blieb und einige junge Männer ansprach, die dort ihren Wein tranken. Sie waren in Katis Alter, wie überhaupt das Publikum hier so um die fünfundzwanzig war.

Kati verschwand aus meinem Blick – eine gute Gelegenheit Baci anzurufen, ohne mich den spöttischen Bemerkungen der Blonden auszusetzen. Außerdem hatte der süffige Wein aus dem Veneto meine Hemmschwelle schon kräftig abgesenkt – das würde mir bestimmt helfen, souverän zu wirken.

Ich holte das Handy aus der Tasche und tippte die Nummer ein. Eine Frauenstimme meldete sich und ich drückte auf Aus. Klar, der Typ war verheiratet, was sonst?

Bevor mich Enttäuschung überfluten konnte, war Kati wieder zurück. Sie setzte sich und fragte: »Mit wem hast du telefoniert?«

»Ich wollte Baci anrufen. Aber er war nicht da. Und was hast du mit den Männern an der Bar geredet?«

»Ich hab sie nur was gefragt.«

»Und was?«

»Ob sie Gras dabeihaben.«

»Gras? Du meinst Marihuana?«

»Klar. Ich rauche manchmal was. Aber nur selten.«

»Und?« Mir wollte nicht sofort in den Sinn, dass eine angehende Juristin Joints drehte. »Konnten dir die Typen behilflich sein?«

»Ja.« Sie klopfte auf ihre Hosentasche. »Ein Gramm vom besten.«

»Na, toll. Ich jage einen Mörder und eine Drogenabhängige hilft mir dabei.«

»Du bist wie meine Mutter«, rief Kati ärgerlich aus. »Es ist nur Spaß und ich mach's nur ganz selten. Alle jungen Leute nehmen ab und zu mal einen Joint.«

»Und warum musst du es gerade jetzt haben? Wir müssen einen klaren Kopf behalten.«

»Das ist für morgen, fürs Konzert. Ich rauche vorher was und dann gefällt mir die Musik bestimmt besser.«

Koch, Kirche und Konzert

Natürlich rief ich Baci an diesem Abend nicht mehr an. Nach einer Nacht voller Grübeln auf dem schmalen Bett wachte ich sehr früh auf. Eine gute Gelegenheit, endlich den Artikel zu schreiben, der die Leser des *Bierstädter Tageblattes* in Sachen Vierermord auf den neuesten Stand bringen würde. Na ja, viel hatte ich nicht zusammen, doch für vierzig Zeilen würde es reichen.

Mein Laptop lag einstöpselbereit auf einem Tisch, der kaum größer war als das Gerät.

Spur des Mörders führt nach Venedig: Was geschah im Palazzo?, titelte ich.

Die vier Opfer des Mörders haben eins gemeinsam: Sie waren Teilnehmer an einem Kreativseminar, das im letzten Sommer in der Lagunenstadt stattgefunden hat. Leiter des Kurses im venezianischen *Palazzo Contarini del Bovolo* waren der getötete Hobby-Maler und DGB-Chef Ansgar Hunze, der ebenfalls ermordete Mundartdichter Karl Krawottki und der spurlos verschwundene Komponist Ben Wiesengrundel. Die beiden weiblichen Opfer, Puppa und Rosi Ischenko, in der Rotlichtszene als ›Sexy-Doppelpack‹ bekannt, standen auch auf der Teilnehmerliste. Die Kreativität der Zwillinge, so ergaben Recherchen unserer Zeitung in Venedig, lag allerdings eher im Bereich sexueller Dienstleistungen. Beide Frauen waren mit Hunze und Krawottki eng befreundet. Die Stimmung im Seminar sei von Anfang an schlecht gewesen – so ein Zeuge gegenüber unserer Zeitung. Was sich genau im Seminar abgespielt hat, ist noch nicht bekannt. Vielleicht liegt aber hier das Motiv für die schrecklichen Morde in Bierstadt?

Danach fasste ich noch einmal die bekannten Fakten zusammen, erwähnte auch, dass sich Wiesengrundel wohl in Venedig aufhalten und verstecken würde. Und zum Schluss des Artikels hatte ich doch noch eine Neuigkeit für die Leser des *Bierstädter Tageblattes* bereit:

Eine weitere Merkwürdigkeit in diesem Fall: Was treibt den vom Dienst suspendierten Oberstaatsanwalt Bob Rabatt nach Venedig? Auch er war nach Zeugenaussagen Kunde der Ischenko-Schwestern – und wurde deshalb gezwungen, die Ermittlungen abzugeben. In einem Gespräch mit unserer Zeitung behauptete Rabatt, Opfer einer Lüge geworden zu sein. Sein Besuch in Venedig gelte allein seiner Rehabilitierung.

Ich speicherte den Artikel auf eine Diskette, duschte mich, zog mich an und ging in den Frühstücksraum. Seit acht Uhr stand hier Kaffee bereit und ich brauchte dringend eine Tasse.

Mit dem Becher in der Hand ging ich zur Rezeption. Dort gab es einen Internetzugang und ich überzeugte den Mann, mich mal an das Gerät zu lassen. Dann sendete ich den Text an Peter Jansen.

Kati schlief wohl noch, denn der Frühstücksraum war immer noch leer. Ich nahm das Übliche vom Buffet, der Orangensaft war übersüßt, die Croissants ließen sich biegen und es gab Butter und zwei Sorten Marmelade – abgefüllt in jenen kleinen Behältern, die das Müllproblem entscheidend verschärften.

Missmutig kaute ich an dem Croissant herum, hatte Visionen von knackigen Körnerbrötchen mit frischem Ricotta – da klingelte das Handy.

Jansen, dachte ich, er hat wohl meinen Artikel bekommen. Er kam manchmal früh in die Redaktion, um bis zur Konferenz alle wichtigen Zeitungen gelesen zu haben.

Doch ich irrte. Die dunkle Stimme von Michelangelo Baci drang an mein Ohr: »Madonna?«

»Ja«, piepste ich.

»Wie geht es Ihnen?«, fragte er.

»Es geht so«, blieb ich bei der Wahrheit. »Ich habe gerade einen Artikel nach Hause geschickt. Immerhin bin ich ja zum Arbeiten hier und nicht zum Spaß.«

»Man kann doch beides miteinander verbinden. Was haben Sie heute vor?«

»Ich suche nach dem Mörder«, antwortete ich. »Und heute Abend gehe ich ins Konzert.«

»Also doch ein bisschen Unterhaltung?«

»Mal sehen.«

»Und was wird gespielt? Vivaldi?«

»Nein, zum Glück nicht«, sagte ich. »Monteverdi. *Madrigali erotici e spirituali.*«

»*Que bello!* Eine sehr schöne Musik. Mögen Sie Monteverdi?«

»Weiß noch nicht. Ich bin zu dem Konzert eingeladen worden«, antwortete ich.

»Ja, in unserer Stadt schließt man schnell Freundschaften.«

»Nein, so ist es nicht.« Ich überlegte, wie ich es formulieren sollte, und entschied mich für die Wahrheit.

»Gestern Abend gab eine Frau einen Zettel für mich im Hotel ab«, erklärte ich. »Es ist wie eine Einladung zu dem Konzert heute Abend in der Frari-Kirche.«

»Wer steckt dahinter?«

»Wenn ich das wüsste! Eigentlich weiß ja niemand, in welchem Hotel ich abgestiegen bin. Ich glaube aber, dass das Ganze mit den Morden zu tun hat. In der Programmankündigung ist nämlich ein Name markiert. Veronica Franco.«

»Sie war eine Kurtisane …«

»… und eine Dichterin. Und sie ist seit fünfhundert Jahren tot. Und die Mezzosopranistin, die heute Abend auftritt, trägt denselben Namen.«

»Das ist in Italien nichts Besonderes«, wandte Baci ein. »Viele Frauen heißen und hießen so.«

»Bei einem der Bierstädter Opfer wurde ein Gedicht der Franco gefunden. Das ist mehr als ein Zufall. Ich habe Sie übrigens gestern versucht anzurufen, um Ihnen von dem Konzert zu erzählen.«

»Oh, Madonna! Das tut mir Leid! Ich war in meiner Küche und habe an einer neuen Kreation experimentiert. Dann höre ich das Handy nicht.«

»Es ging aber jemand dran. Eine Frau.«

»Barbara.«

»Kann sein. Ich habe den Namen nicht verstanden. Ihre liebe Gattin?« Ich sprach das Wort ›Gattin‹ aus, als hätte ich eine Kröte im Hals.

Baci lachte. »Barbara ist meine Schwester. Sie ist Witwe und führt mein Haus.«

Sollte ich ihm glauben? Meine Laune besserte sich jedenfalls.

»Vielleicht könnten Sie ja heute Abend mitkommen ins Konzert?«, fragte ich. »Der Hinweis muss etwas zu bedeuten haben. Vielleicht taucht Wiesengrundel auf. Sie könnten mir helfen, ihn zu identifizieren, denn ich habe ihn niemals persönlich gesehen.«

»Ich bin Ihnen gerne behilflich, Madonna.«

»Also sehen wir uns heute Abend?« In meinem Magen grummelte es. »Es würde mich endlich ein bisschen weiterbringen.«

»Aber mit Vergnügen«, meinte er. »Und anschließend würde ich gern mit Ihnen noch ein paar Augenblicke verbringen und den Abend mit einem schönen Essen ausklingen lassen – falls Ihre strenge Berufsauffassung das erlaubt.«

»Ich werde die Ethik-Vorschriften im bürgerlichen Journalismus auf dieses Problem hin abklopfen«, versprach ich. »Aber ich bin da recht optimistisch.«

»Dann kommen Sie doch schon um sieben Uhr, bitte. Dann zeige ich Ihnen noch die Kunstschätze dieser schönen Kirche.«

Stutenbissig

Noch immer war der Frühstücksraum fast leer, lediglich eine alte Frau hatte sich in einer Ecke an einem runden Tisch niedergelassen, eine Zeitung in der Hand. Ihrem skurrilen Outfit nach zu urteilen, kam sie wohl von der Insel, auch erkannte ich Englisches im Schriftbild.

Sollte ich mir für das Konzert heute Abend ein schönes Kleid kaufen? Ich hatte nichts Passendes dabei, denn der Besuch einer feierlichen Musikveranstaltung war mir zu Hause nicht in den Sinn gekommen. Vielleicht wäre auch ein Friseurbesuch angebracht? Die roten Haare standen kreuz und quer und der Wind tat sein Übriges, meine Frisur wie einen Besen aussehen zu lassen. Ein bisschen Ganzkörperkosmetik würde mir nicht schaden. Immerhin tummelte sich ein latent paarungswilliges Männchen in meinem Umfeld. Eine Haarkur für den Kopf, eine Peelingmaske für den Teint, Augenbrauen nachzupfen und nach dem Duschen die Beine von überflüssiger Behaarung befreien. Ein Superprogramm für den Tag!

Und schon wieder musste ich an Thomas Mann und seinen Helden denken, jenen verliebten alten Mann, der in Venedig einem geschwätzigen Barbier in die Hände fällt, sich die Haare färben und anschließend schminken lässt, um vor dem Angebeteten ein paar Jahre jünger zu erscheinen. Eine lächerliche und Mitleid erregende Szene, die den Verfall der letzten Reste der Würde schildert. *Aschenbach erblickte mit Herzklopfen einen blühenden Jüngling.*

Beim Lesen dieser Stelle der Novelle philosophierten Literaturwissenschaftler gewöhnlich über die Qualität des Verliebtseins in den verschiedenen Lebensaltern. Der verliebte Alte hatte wenigstens Anspruch auf Mitleid, die verliebte Alte war dagegen nur eine Lachnummer.

Ich beschloss, das anvisierte operative Gesichtslifting noch um ein paar Jahre zu verschieben. Wenn mich kein Mann mehr will, dachte ich, lese ich eben das Gesamtwerk von Thomas Mann.

Die Tür ging auf und Kati trottete zum Tisch. Sie sah ziemlich verschlafen aus und ihr Gesicht trug noch die Spuren des Kopfkissens.

»Na, wieder fit?«, fragte ich forsch.

»Wie du das aushältst, Grappa«, grummelte sie. »Wenn ich in deinem Alter noch so viel Wein trinken kann und danach wieder so drauf bin, lasse ich mich einrahmen!«

»Alles eine Frage des Trainings«, entgegnete ich. »Und die Aspirin vor dem Schlafengehen wirkt auch Wunder.«

Kati stellte sich das Frühstück am Buffet zusammen und war wenig begeistert, als sie mit dem Teller zurückkam.

»Es gibt Croissants, Marmelade und Butter, morgen gibt es wahrscheinlich zur Abwechslung Butter, Marmelade und Croissants«, murrte sie. »Und sonst? Wie hast du dir den Tag heute vorgestellt, Boss?«

»Der Koch begleitet uns heute Abend ins Konzert«, begann ich. »Und danach hat er mich noch zum Essen eingeladen.«

»O schön, kocht er für uns?«, fragte Kati und biss mutig in das Croissant. »Nach dem Touristenfraß hier wäre das ein echter Lichtblick.«

»Er sprach von einem Abendessen zu zweit«, meinte ich sachte.

»Und was ist mit mir?« Sie hatte es wohl begriffen, aber noch nicht verarbeitet.

»Du gehst schön brav in dein Bettchen«, schlug ich vor. »Du fühlst dich doch heute gar nicht so gut. Denk an deine Gesundheit.«

»Aha. Ich verstehe!« Kati war eingeschnappt.

»Baci hat mich eingeladen und nicht uns beide. Punkt!«

»Er kennt mich ja noch nicht«, meinte sie.

»Ein Grund, ihn zu beneiden!«

»Schon gut«, winkte sie großzügig ab. »In deinem Alter musst du eben jede Chance nutzen.«

»Genau. Danke für dein Verständnis.«

»Du solltest vielleicht vorher zum Friseur gehen«, sagte sie in betont herzlichem Ton. »Um die Ecke ist so ein kleiner Salon. Die geben dir bestimmt kurzfristig einen Termin, wenn sie dich sehen. Erste Hilfe gibt es ja sicher auch in Italien.«

Miller angelt doch nicht

Ich gönnte der frechen Kati das Kater-Kopfweh, doch im Laufe des Morgens wurde es schlimmer statt besser, wuchs sich zu einer üblen Migräne aus. Gegen Mittag steckte ich sie für ein paar Stunden ins Bett. Sie musste am Abend ja wieder brauchbar sein.

Ich verzog mich in ein Bistro ums Eck und schickte Peter Jansen eine SMS mit der Frage, ob mein Artikel angekommen sei. Merkwürdig, dass er sich überhaupt noch nicht gemeldet hatte.

Jetzt aber reagierte er und entschuldigte sich. »Tut mir Leid, Grappa. Aber hier ist die Hölle los. Dr. Körner hat die Witwe Hunze festgenommen. Sie haben die Mordwaffe in einem Schließfach gefunden, das sie gemietet hat.«

»Nicht zu fassen! Hat sie die Morde denn gestanden?«

»Nein, wo denkst du hin.«

»Die Waffe hat ihr jemand untergeschoben. Ziemlich plumper Versuch.«

»Das sagt die Witwe auch. Sie habe kein Schließfach gemietet und kann sich nicht erklären, wie der Schlüssel dazu in ihre Wohnung gekommen ist.«

»Komische Sache! Die Polizei hatte ihre Bude doch schon früher auf den Kopf gestellt.«

»Eben. Dr. Körner wirft der Kripo schlampige Arbeit vor.«

»Das wird Brinkhoff aber gar nicht gern hören«, meinte ich. »Und wieso hat Körner überhaupt nochmal gesucht?«

»Ein anonymer Hinweis«, erklärte Jansen.

»Das stinkt gewaltig zum Himmel!«

»Allerdings«, stimmte er mir zu.

»Welches Motiv soll sie denn gehabt haben?«

»Das älteste Motiv der Welt«, antwortete Jansen. »Eifersucht.«

»Niemals! Sie hatte sich schon längst damit abgefunden, dass ihr Mann andere Frauen hatte.«

»Aber sie ist jetzt ziemlich flüssig«, berichtete mein Chef. »Die Bilder ihres Mannes gehen weg wie Brot. Und sie nimmt gepfefferte Preise. Die *Serie in Blau* ist sogar von der Stadt gekauft worden.«

»Dafür wirft der Oberbürgermeister Geld raus?«

»Der Wirtschaftsminister hat es ihm wohl nahe gelegt.«

»Solch eine Männerfreundschaft lob ich mir«, höhnte ich. »Sozusagen über den Tod hinaus.«

»Körner wird irgendwann einsehen, dass er falsch liegt«, prophezeite Jansen. »Kann uns aber egal sein. Wir haben wenigstens was zu schreiben. Von dir kommt ja nichts Vernünftiges.«

»Mach dir mal keine Sorgen, Peter«, beschwichtigte ich ihn. »Bald werde ich dir den Mörder auf einem Silbertablett servieren.«

Ich berichtete von der mysteriösen Einladung zum Monteverdi-Konzert. Das überzeugte ihn.

»Und sonst? Wie läuft es denn so bei euch?«

»Eigentlich ganz gut. Nur Miller dreht langsam durch mit seinen blöden Internetersteigerungen. Neulich brachte der Bote ein riesiges Paket in die Redaktion. Miller war nicht da. Und du kennst ja unsere Räume, Grappa! Die sind schon voll gestellt genug.«

»Lass mich raten, was drin war«, bat ich. »Hunderttausend Paar schwarze Herrensocken mit Extraverkettelung an den Problemzonen.«

»Wieso Socken? Nein, da waren so Angelsachen drin. Eine Komplettausrüstung. Der Typ spinnt total. Das Paket passte noch nicht mal in seinen Zweisitzer.«

»Und? Wie habt ihr das Problem gelöst?«, lachte ich.

»Na, wie wohl?«, seufzte Jansen. »Ich hab ihm das Zeug abends mit meiner Familienkutsche nach Hause gefahren. Und weißt du, was Miller mir dann noch erzählt hat?«

»Dass er gar nicht angelt.«

»Genau! Woher weißt du das denn schon wieder?«

»Harte Recherche.«

»Er sagt, dass er einem Fisch niemals eins über die Rübe geben könnte – aus moralischen Gründen.«

»Und jetzt?«, fragte ich.

»Ich hab ihm die Sachen abgekauft. Für einen Spottpreis. Meine Ausrüstung ist sowieso veraltet und im Sommer geht's ja nach Irland in die Ferien.«

Treue und Verrat

Wieder zurück im Hotel, sah ich nach Kati. Ihr ging es besser und sie kündigte an, unbedingt mit ins Konzert gehen zu wollen. Ich sollte ihr nur noch ein Weile Zeit geben, sich zu sammeln und schön zu machen.

Genau das hatte ich auch vor, doch vorher war noch eine halbe Stunde Lesen angesagt.

Da ich nicht allzu dumm dastehen wollte, bemühte ich meinen Kulturreiseführer und erfuhr, dass die *Chiesa di Santa Maria Gloriosa dei Frari* weniger wegen ihrer Musikveranstaltungen oder heiligen Messen berühmt war als wegen der so genannten *Assunta,* eines großen Altargemäldes des Malers Tizian. Es zeigte Marias Auffahrt zum Himmel und die Darstellung war deshalb so berühmt, weil sie wild und temperamentvoll war.

Conrad Ferdinand Meyer hatte ein schönes Gedicht über gerade dieses Bild geschrieben und er war nur einer von vielen berühmten Menschen, die im Laufe der Jahrhunderte vor dem Altar gestanden hatten.

Venedig, einen Winter lebt ich dort –
Paläste, Brücken, der Lagune Duft!
Doch hier im harten Licht der Gegenwart
Verdämmert mählich mir die Märchenwelt.
Vielleicht vergaß ich einen Tizian.
Ein Frevel! Jenen doch vergaß ich nicht,
Wo über einem Sturm von Armen sich
Die Jungfrau feurig in die Himmel hebt,
So wenig als den andern Tizian –
Doch kein gemalter war's – die Wirklichkeit:
Am Kai, dem nächtgen, der Slavonen war's,
Im Dunkel stand ich. Fenster schimmerten.
Zwei dürftge Frauen kamen hergerannt.
Hart an die Scheibe preßt' das junge Weib

Die bleiche Stirn. Was drinnen sie erblickt,
Das sie erstarren machte, weiß ich nicht.
(Vielleicht den Herzgeliebten, welcher sie
An eines andern Weibes Brust verriet.)
Ich aber sah den feinsten Mädchenkopf
Vom Tod entfärbt. Ein Antlitz voller Tod!
Die Mutter führte weg die Schwankende …
Die beiden Tiziane blieben mir
Stets gegenwärtig; löschen sie, so lischt
Die Göttin vor dem armen Menschenkind.

Mich schauderte und meine Aufregung wuchs. Ich ahnte, dass an diesem Abend etwas Entscheidendes geschehen würde – alle Zeichen deuteten darauf hin: der Hinweis auf das Konzert mit einer Sängerin namens Veronica Franco, deren Namensgleiche vor knapp fünfhundert Jahren ein Gedicht über Verrat geschrieben hatte, dann das berühmte Tizian-Bild, das auch aus dieser Zeit stammte, das Venedig-Gedicht von Meyer, das das Leid einer betrogenen Frau zum Thema hatte.

Alles Einbildung, Grappa, sagte meine Vernunft, Verrat in Liebesbeziehungen ist so alt wie die Menschheit und immer wieder haben sich Dichter, Musiker und Maler damit beschäftigt.

Ich drosselte meine Aufgeregtheit, widmete mich meinem Outfit für heute Abend. Da ich doch nicht mehr shoppen gewesen war und nur ein kleines Sortiment meiner Garderobe mitgenommen hatte, fiel die Wahl nicht schwer: schwarzer Hosenanzug, tomatenrote Bluse, flache Lackschuhe und ein kornblumenblaues Seidentuch für den Hals. Das Rot meiner Haare kollidierte arg mit der Tomatenfarbe. Egal, Baci war Künstler und würde das Exzentrische bestimmt goutieren, außerdem hatten Kirchen genug dunkle Ecken, in denen ich mich notfalls verstecken konnte. Ich schminkte mich etwas dramatischer als sonst und sah anschließend leicht lungenkrank aus, aber es passte zu der morbiden Stadt.

Kati dagegen war blendend blond, wieder einigermaßen fit und hübsch angezogen. Bevor ich über die Vorteile der Jugend und die Schwermut des Alterns philosophieren konnte, sagte Kati: »Du siehst echt geil aus, Grappa!«

Ob das ein Kompliment war? Wohl doch, denn sie schloss sofort den Satz an: »In diesem Outfit legst du jeden Kerl flach.«

»Habe das lange nicht mehr geübt«, wandte ich ein.

»Zerr ihn doch in der Kirche in den Beichtstuhl«, schlug Kati vor. »Da sind Gardinen vor. Hab so was mal in einem Sexfilm gesehen. Müsste klappen.«

»Ich glaub nicht, dass er sich zerren lässt«, grinste ich. »Der will bestimmt selbst zerren. Wenn überhaupt.«

»Hast du schon mal einen Mann verführt, der nicht wollte?«

»Würde ich niemals tun!«, behauptete ich. »Gewalt gegen Männer ist mir ein Gräuel. Solche Attacken verletzen ihre zarten Seelen nur und verschrecken sie auf lange Zeit. Und jetzt los! Ein echt venezianischer Kunstgenuss wartet auf uns.«

Auf dem Weg zur Kirche kaufte ich an einem Blumenstand eine langstielige rote Rose.

»Du willst ihm eine Blume schenken?«, fragte Kati überrascht.

»Alle seine Freunde und Bewunderer tun das«, erklärte ich.

»Ist er denn so bekannt?«

»Natürlich. Seit Generationen werden rote Rosen auf sein Grab gelegt und ich will da keine Ausnahme machen.«

»Von wem redest du eigentlich?« Kati sah mich konsterniert an.

»Von Monteverdi natürlich. Er liegt in der Kirche begraben. Und zwar seit dreihundertsechzig Jahren.«

Sie begann zu glucksen. »Ich dachte, du meintest Baci, den Koch.«

»Ich hoffe, der ist noch etwas lebendiger«, lachte ich.

Von außen sah die Kirche nicht besonders aufregend aus, ihr Reiz für Kunstliebhaber verbarg sich wohl in ihrem Inneren.

»Ist er schon da?«, fragte Kati.

»Ich sehe ihn noch nicht.«

»Komischer Bau«, meinte sie – der Frari einen flüchtigen Blick gönnend. »Die deutschen Kirchen gefallen mir besser. Wie alt ist die denn?«

»1445 war sie fertig«, klärte ich sie auf. »Etwa hundert Jahre haben sie dran gebaut.«

»Deshalb sieht sie so zusammengestückelt aus.«

»Es gibt sicher schönere«, räumte ich ein. »Ich würde lieber wissen, wo Baci bleibt!«

»Ich schlage übrigens vor, dass wir uns voneinander getrennt setzen«, sagte Kati.

»Warum denn das?«

»Ist doch besser, wenn wir uns verteilen«, erklärte sie. »Ihr setzt euch nach vorne, ich nach hinten. So können wir die ganze Kirche im Blick behalten.«

Die Idee war gar nicht so dumm.

»Dann solltest du dich jetzt verziehen«, schlug ich vor. »Baci weiß sowieso nicht, dass ich dich mitbringe.«

»Vielleicht ist er ja der Mörder. Du solltest ihm nicht zu sehr vertrauen, Grappa.«

»Dann müsste er ein Motiv haben.«

»Vielleicht hat er sie umgebracht, weil sie sein Essen kritisiert haben.«

»Sehr witzig!«

»Mensch, Grappa! Wir wissen viel zu wenig, um wirklich was beurteilen zu können. Von Rabatt habe ich zwar nicht viel gelernt, aber in einem hat er bestimmt Recht – nämlich, dass erst mal jeder verdächtig ist, egal ob er einem sympathisch ist oder nicht. Lass dich also nicht einwickeln!«

»Ich werde aufpassen«, versprach ich. »Ich melde mich nach dem Konzert bei dir. Kann ja mal aufs Klo verschwinden und dich kurz anrufen«

»Ciao, Grappa! Viel Spaß. Pass auf dich auf.«

Ich versprach es und sie schlenderte zum Kirchenportal. Mit der langstieligen Rose in der Hand überquerte ich den kleinen Platz vor der Kirche, der von einem Kanal begrenzt wurde. Ob Wiesengrundel tatsächlich erscheinen würde? Ich hatte mir seine Fotos eingeprägt, aber es war ja so einfach, das Äußere eines Menschen zu verändern. Ich wusste, dass er ziemlich groß und schwer war. Also starrte ich alle Männer dieses Kalibers an –

unmerklich, wie ich glaubte, doch manche hoben ihre Blicke und stierten zurück. Was sie wohl dachten? Warum erlöste mich niemand?

»Madonna!« Baci stand plötzlich hinter mir, war aus einer anderen Richtung gekommen, als ich vermutet hatte. Ich drehte mich um, er griff nach meiner Hand und küsste sie.

Gleich sagt er bestimmt, dass ich bezaubernd aussehe, dachte ich.

»Sie sehen bezaubernd aus, Madonna. Wunderschön.«

Und jetzt sagt er, dass er sich total freut, mich zu sehen.

»Ich bin glücklich, Sie zu sehen, Madonna!«

»Freut mich.«

»Ich habe den ganzen Tag an Sie gedacht«, sülzte er weiter. »In meinem Labor habe ich eine neue Eissorte erfunden und sie Madonna Grappa genannt. In der kommenden Saison werden Millionen Menschen Sie mit ihren Zungen streicheln.«

O je, es staubte.

»Wenn die richtige Dosis Grappa in dem Eis ist, fallen die wohl eher ins Koma«, versuchte ich, witzig zu sein.

»Ich habe Peperoni und Grappa kombiniert mit einem Hauch Kardamom und ein wenig Honig. Scharf und süß zugleich. Sie müssen es unbedingt probieren!«

»Ich mag eigentlich nur Himbeereis. Wenn überhaupt. Eis ist ungesund und ein gesundheitliches Risiko. Darin sammeln sich die schlimmsten Keime. Manche Leute sind schon an schlechtem Eis gestorben.«

»Ich werde Sie von meiner Kunst überzeugen, Madonna«, meinte Baci unbeeindruckt von meinen Einwänden. »Gehen wir?« Er reichte mir seinen Arm, ich hakte mich ein, roch Leder und Zimt, spürte die glatte Wolle seines teuren Anzuges.

In der Kirche kaufte Baci zwei Karten. Unauffällig suchte ich Kati, ja, da saß sie, ihre blonden Haare machten es nicht schwer, sie zu finden.

»Wo ist Monteverdis Grab?«, fragte ich.

Er schaute auf die Rose in meiner Hand und verstand. »Wir müssen ganz nach vorn gehen.«

Ganz vorn – da war auch Tizians *Assunta.* Die Farben sahen so frisch aus wie gestern gemalt. *Wo über einem Sturm von Armen sich / die Jungfrau feurig in die Himmel hebt* … Ja, das war eine treffende Schilderung. Sturm und Feuer und viel Bewegung – ein dramatisches Bild!

»Es ist das Rot Ihrer Bluse«, raunte mir Baci ins Ohr. Dann ließ er mich den Altar betrachten. Mir schien, dass er verstohlen nach etwas oder jemandem Ausschau hielt. Ich erinnerte mich an Katis Warnung und beschloss, sie zu beherzigen.

Nach einigen Augenblicken schob er mich nach links. Wir standen vor einem Gitter, das eine Kapellennische abgrenzte.

»Monteverdis Grab. Sie müssen die Rose da durchwerfen«, erklärte Baci.

Der Meister lag hier seit 1643 im Boden versenkt. Ich nahm die Blume, zielte und gab ihr Schwung. Sie landete genau in der Mitte der verzierten Grabplatte und war die frischeste und schönste aller roten Rosen, die dort hingeworfen worden waren. Gerührt betrachtete ich meine Gabe an den Maestro.

»Sie werden jeden Tag weggeräumt«, erklärte Baci. »In der Hauptsaison sogar drei Mal am Tag. Kein Musikfreund, der Venedig besucht, lässt es aus.«

»Ist doch eine nette Geste, oder?«

»Ja, sicher. Aber wir Venezianer lachen darüber. Noch schlimmer ist es auf San Michele.«

»Die Friedhofsinsel?«

»Ja. Dort liegt nämlich Strawinsky begraben. Und auf dessen Grab landen die kaputtgetanzten Ballettschuhe von Möchtegernballerinen aus der ganzen Welt.«

»Stellt euch nicht so an wegen der paar Blumen und ein paar Schühchen«, frotzelte ich. »Dafür bringen wir doofe Touristen eine Menge Geld in eure kaputte Stadt. Da dürfen wir auch schon mal die Gräber eurer Künstler mit netten Sachen bewerfen.«

»Klar, ohne euch wäre die Stadt wahrscheinlich schon im Meer versunken«, grinste Baci. »Aber Ihre Rose ist wirklich sehr schön. Wie sie dort liegt! Willig hingegeben und noch voller Leben, aber bald wird auch sie den Weg alles Irdischen gegangen und zu Staub zerfallen sein. Wie der Meister unter der Platte hier.«

»Wie er wohl gewesen sein mag?«, fragte ich. »Was hat er am liebsten gegessen? Welche Cantina hat er am liebsten besucht? War er nett zu seiner Frau? Merkwürdig, dass immer nur das Werk bleibt und nie der Mensch.«

»Sie wären bestimmt enttäuscht, Madonna«, sagte Baci. »Vielleicht war er ein griesgrämiger Mann mit Verdauungsproblemen, ein Ekel, der seine Diener schlecht behandelt hat. Es ist deshalb gut, dass nur das Werk bleibt.«

»Ich würde es trotzdem gern wissen. Schade, dass es noch keine Zeitmaschinen gibt. Ich würde mir sofort eine zulegen und jeden Tag eine kleine Reise unternehmen.«

Baci lachte und drückte zärtlich meinen Arm. »Wir müssen uns jetzt einen Platz suchen«, meinte er dann. »Einen Platz, von dem wir alles überblicken können. Kommen Sie!«

Ich folgte ihm, er ging nach rechts, dort standen die Stühle, die extra für das Konzert hineingetragen worden waren, in einem halben Rund. Es war ideal. Wir hatten einen guten Blick auf das Orchester und konnten die ersten zehn Stuhlreihen überblicken. Kati war von hier aus allerdings nicht mehr zu sehen.

Die Stuhlreihen füllten sich und es kehrte langsam Ruhe ein. Im Hintergrund hörte ich, dass das Portal geschlossen wurde. Dann kamen die Musiker. Es waren weniger, als ich gedacht hatte, ein paar Streicher und Flöten und die Sänger.

»Sehen Sie schon jemanden, den Sie kennen?«, raunte ich Baci zu. »Wiesengrundel vielleicht?«

»Nein, er wird sich auch bestimmt nicht in die erste Reihe setzen.«

»Vielleicht doch. Ich bin sicher, dass er mich hier treffen will. Sonst hätte er mir nicht den Zettel schicken lassen.«

»Sind Sie sich Ihrer Sache immer so sicher?«, fragte Baci.

»Er muss es gewesen sein!«

Hinter uns zischte jemand und wir beendeten die Diskussion. Ich widmete mich dem Programm.

Die Künstler würden Teile aus verschiedenen Monteverdi-Madrigalbüchern singen, die als *Madrigali erotici e spirituali* bezeichnet wurden. Und noch ein Stück, das *Lamento d'Arianna* hieß. Und dieses würde von Veronica Franco gesungen werden.

Inzwischen waren sechs Sänger auf der Bühne, nach Plan zwei Sopranistinnen, ein Alt, zwei Tenöre und ein Bass. Hinzu kamen sechs Violinen, vier Violen, zwei Gambas, eine Violone und die Truhenorgel.

»Da ist er! In der zweiten Reihe ganz rechts«, flüsterte Baci mir plötzlich zu, »da sitzt Wiesengrundel.«

Angestrengt starrte ich in die angegebene Richtung. Das Dunkel der Kirche verschluckte die Einzelheiten, einige Lichtspots waren auf die Musiker gerichtet, was die Sicht in den Publikumsraum noch zusätzlich behinderte.

Nur zögerlich konnte ich in dem Dunkel Konturen erkennen und wunderte mich, dass Baci jemanden identifiziert haben wollte.

»Wie komm ich denn da jetzt hin?«, fragte ich.

»Gar nicht. Sie bleiben hier!«, kam es prompt und unmissverständlich zurück. »Wir warten, bis das Konzert zu Ende ist.«

Ich fügte mich und beschloss, die Musik zu genießen. Wiesengrundel war ja extra hierher gekommen, um sich zu zeigen – zumindest, wenn meine These zutraf.

Si, ch'io vorrei morire, ch'io vorrei morire: Hora, ch'io bacio amore la bella bocca del mio amato core …

Ich verstand nicht viel von dem Text, aber es ging ums Sterben aus oder vor Liebe, einen schönen Mund und Liebesküsse.

Ahi, bocca! Ahi, baci! Ahi, lingua!, schallte es mehrstimmig durch die Kirche. *Oh, Mund! Oh, Küsse! Oh, Zunge!*

Es schien, als ob die Sängerin nach Baci rief. Ob er wohl seinem Namen, der ja ›Küsse‹ bedeutete, Ehre machte?

Der Schatten in der zweiten Reihe, der Wiesengrundel sein sollte, war noch immer da. Der Mann, der links neben mir saß, hielt ein Opernglas in der Hand und ich veranlasste ihn mit Gesten, es mir zu leihen.

Ja, jetzt sah ich den dunklen Mann etwas besser, konnte die Gesichtszüge erahnen. Der Mann hörte konzentriert zu, hatte die Augen geschlossen. Er wirkte erschöpft, aber konnte ich das wirklich beurteilen? Meine Fantasie und meine Vorurteile hatten mich schon oft hinters Licht geführt und meine mangelnde Menschenkenntnis wurde nur noch von meiner räumlichen Orientierungslosigkeit übertroffen. Trotzdem: Der schwere Schatten dort war mir sofort sympathisch.

Du lernst nie was dazu, Grappa, schalt ich mich. Der küssende Koch ist bestimmt der schlimmste Casanova seit Giacomo selbst und der Komponist hat vielleicht vier Menschen mit einer Pumpgun erledigt, deren einziger Ton ein heftiger Knall war.

Ich reichte meinem Nachbarn das Fernglas zurück. Baci hatte die Augen geschlossen und gab sich der Musik hin.

Parlo, miser, o taccio? S'io taccio, che soccorso havrà il morire? S'io parlo, che perdono havrà l'ardire?

Ich verstand immer noch kein Wort, aber Italienisch hörte sich einfach gut an, wenn es gesungen wurde.

Die Madrigali waren zu Ende und gleich musste der Auftritt der Mezzosopranistin folgen, die das Klagelied der Ariadne vortragen sollte.

»Da kommt sie«, flüsterte ich. »Veronica Franco.«

Nein, sie kam nicht einfach, sondern sie schwebte, mit einer Hand das lange rubinrote Samtkleid raffend. Sie war groß und nicht besonders mager, hatte dickes blondes Haar, das gelockt und hochgesteckt war. Der Lichtspot verlieh ihrer Haut die rosig frische Farbe, mit der die Maler des Manierismus ihre weiblichen Modelle ausgestattet hatten. Sie schien wie aus einem Gemälde gestiegen.

»Es ist tatsächlich die Frau, die beim Seminar dabei war«, informierte mich Baci. »Sie hatten Recht.«

Die Musiker begannen.

O Teseo, Teseo mio si che mio ti vo' dir, che mio pur sei, benchè t' involi, ahi crudo! A gli occhi miei …

Veronica Franco hatte eine wunderbar volle Stimme. Warm und sinnlich.

Sie wurde von einer Gitarrone und den Klängen der Truhenorgel begleitet und sie interpretierte die Musik mit einem entrückten Ausdruck, an manchen Stellen wütend und leidend.

Der Schatten, der wahrscheinlich Wiesengrundel war, hatte sich jetzt zurückgelehnt, lauschte wohl andächtig.

Der *terza parte* begann und ich saß noch immer wie festgenagelt.

Dove, dove è la fede che tanto mi guiravi? Così ne l' alta sede tu mi ripon de gl' avi?

Son queste le corone onde m' adorni il crine? Questi gli scetri sono? Questi le gemme e gl' ori? Lasciarmi in abandono a fera che mi stracci e mi divori ...

Nach dem Ausbruch von maßloser Wut über Theseus versank Ariadne nun in tiefe Mutlosigkeit und Resignation. Die Gesten der Sängerin wurden verhaltener, sie senkte den Kopf, sogar Tränen schimmerten in ihren Augen und plötzlich war da ein Ton, der nicht hierher gehörte: Ein scharfer Knall peitschte durch die Kirche, Menschen sprangen auf und einige schrien. Da schoss jemand!

Es knallte noch einmal. Veronica Franco war beim ersten störenden Geräusch verstummt, auch die Musiker hatten aufgehört zu spielen. Beim zweiten Schuss fiel die Sängerin auf die Knie und sank dann ganz zusammen. Menschen verließen den Publikumsraum, andere duckten sich hinter den Stühlen, ein großes Durcheinander brach aus.

Baci riss mich hoch und wir versteckten uns hinter einer Säule. Er hatte seinen Körper an mich gedrückt, schützte mein Gesicht mit seiner Hand, ich roch Zimt, Leder und Haut, hatte plötzlich Angst – so hatte ich mir den Abend nicht vorgestellt.

Wo war Kati? Wo war Wiesengrundel? Was war mit der Sängerin?

Ich lugte um den Koch und die Säule herum. Veronica Franco lag auf dem Boden, die Musiker beugten sich über sie, redeten auf sie ein. Wenigstens schien sie noch zu leben.

»Kommen Sie«, sagte ich zu Baci. »Ich muss mit ihr reden.«

Wir liefen nach vorn zur Bühne, doch es war unmöglich, an

die Sängerin heranzukommen. Zu viele Leute standen um die Franco herum. Ihr Fragen zu stellen oder etwas zuzurufen, ohne Italienisch zu können, war sinnlos. Baci ging auf einen Mann zu und sprach mit ihm.

»Was ist?«, fragte ich.

»Sie hat nur einen Schock. Der Mann ist Arzt und war zufällig im Publikum. Gleich kommt ein Krankenwagen.«

Jetzt rannten zwei Sanitäter in die Kirche, gefolgt von einem Notarzt.

»Die Carabinieri kommen mal wieder zuletzt«, stellte Baci fest. »Vermutlich hat das Polizeiboot keinen Sprit mehr. Kommen Sie, wir haben hier nichts mehr verloren.«

Venezianische Beletage

Michelangelo Baci hatte mich untergehakt und durch breite und enge Gassen und über kleine und große Brücken geführt, war schließlich vor einem Haus stehen geblieben, das sich von den anderen in dieser Straße unterschied. Es war nämlich restauriert – mit viel Aufwand, aber dezent. Der Aufschrift auf dem Klingelknopf entnahm ich, dass es Bacis Haus war. Er schloss auf und ließ mich vor sich eintreten. Das Gebäude war ein kleiner Palazzo, mit gekacheltem Entree, Holztreppe und gedrechseltem Handlauf.

»Gehen wir nach oben«, sagte Baci sanft. »Sie sollten sich jetzt entspannen.« Seine Stimme vibrierte leicht.

Die Treppe führte zu einem großen Raum, den ich diesem schmalbrüstigen Palast gar nicht zugetraut hatte. Das war wohl das berühmte *Piano nobile,* das vornehme Stockwerk direkt über dem Erdgeschoss, die Beletage der venezianischen Paläste. Es hatte sich doch gelohnt, den Kulturführer ausführlich zu studieren.

Die hohe Decke bestand genauso aus Holz wie das blank polierte Parkett – an den Wänden klebte eine Ledertapete mit eingestanzten Mustern.

»Welch wunderbares Haus!«, begeisterte ich mich.

»Ich habe den Palazzo vor zehn Jahren gekauft«, erklärte Baci. »Die Restauration war allerdings eine Herausforderung an meine Geduld.«

»Wie alt ist das Haus denn?«

»Es steht hier seit dem 15. Jahrhundert, wurde aber immer wieder der Mode der Zeit angepasst. Im 17. Jahrhundert haben die Besitzer die letzten entscheidenden Veränderungen vorgenommen. Er heißt übrigens *Palazzo Soranzo dell' Angelo.*«

»Allein der Name zergeht auf der Zunge«, geriet ich ins Schwärmen.

»Der Name bezieht sich auf den Engel am linken Flügel der Fassade. Im Innenhof gibt es noch eine Treppe aus der ersten Zeit, ich habe sie noch rechtzeitig vor dem Verfall retten können. Der rechte Flügel ist später gebaut worden – auch die Serliana.«

Baci entnahm meiner Miene, dass ich nicht viel von Architektur verstand, und fuhr fort: »Der Name Serliana kommt von dem Architekten Sebastian Serlio, der Ende des 15. Jahrhunderts gelebt hat. Es ist nichts weiter als ein Tor mit rundem Bogen, neben dem sich zwei schmale rechteckige Öffnungen befinden. Manchmal gibt es auch noch Säulen rechts und links. Sie finden diese Art hier fast an jedem alten Haus – es sollte wohl besonders repräsentativ aussehen.«

Ich setzte mich auf ein Sofa, das mit schwarz-weißem Fell bezogen war – ein gewagter Kontrast zu den Antiquitäten, die sonst hier herumstanden.

»Darf ich Ihnen einen Wein anbieten, Madonna?«

Ich nickte, noch ganz in meinen Betrachtungen gefangen.

Baci ging in einen Nebenraum, der wohl die Küche war. Ich nutzte die Gelegenheit, Kati anzurufen, um ihr mitzuteilen, dass mit mir alles in Ordnung sei, doch sie war unerreichbar, auch die Mailbox war nicht geschaltet. Dann eben später.

Ich wandte mich wieder der Einrichtung zu. Sie war exquisit, Baci hatte einen besonderen Geschmack. Die Kombination von alt und neu war toll! Auch die kühlen, abstrakten Gemälde gefielen mir, die eigentlich gar nicht in ein so antikes Haus zu passen schienen.

Baci kam zurück, in den Händen zwei schöne alte Weingläser, in denen es rubinrot funkelte.

Er prostete mir zu und wir tranken. Heute spürte ich den Alkohol sofort, das leise Frösteln, das mich seit dem Vorfall in der Frari-Kirche befallen hatte, löste sich in einem wohligen Warmgefühl auf.

Michelangelo setzte sich neben mich aufs Sofa und erzählte von dem Haus und der Mühe, es geschmackvoll zu restaurieren und dem venezianischen Pomp der vergangenen Jahrhunderte zu entgehen.

Baci wusste die Auseinandersetzungen mit Architekten und Arbeitern sehr witzig zu schildern. Er gefiel mir immer besser und der Alkohol tat sein Übriges. Es war schön, über etwas anderes zu reden als über Tote und Pumpguns.

Kati fiel mir wieder ein, ich versuchte es erneut, aber sie war noch immer nicht erreichbar. Baci wollte wissen, wer Kati war, und ich erklärte es ihm.

»Hoffentlich ist sie dem Attentäter nicht in die Hände gefallen. Langsam mache ich mir Sorgen um sie.«

»Wir können ja mal in Ihrem Hotel anrufen«, schlug er vor. »Vielleicht ist sie ja schon auf ihrem Zimmer und nur der Akku ihres Handys ist leer.«

Er stand auf, ging zum Telefon und wollte tippen. Woher weiß er die Nummer?, schoss es mir plötzlich durch den Kopf. Ich hatte ihm gegenüber den Namen des Hotels nie erwähnt.

Baci hielt inne, als ob er meine Gedanken erraten hätte. »Welches Hotel ist es denn?«

»Hotel *Falier.* Ich weiß die Nummer nicht aus dem Kopf.«

Während er jetzt tatsächlich tippte, betrachtete ich ihn. Ich hörte ihn leise sprechen, dann notierte er etwas, wahrscheinlich die Nummer des Hotels, wählte erneut und sprach wieder. Lass dich nicht einwickeln, so hatte Kati mich gewarnt. Leichter gesagt als getan, seufzte ich innerlich. Der Mann zog mich an, und zwar sehr.

»Ihre Freundin ist noch nicht im Hotel«, teilte Baci mit.

»Wir müssen etwas unternehmen!« Ich sprang auf. »Sollen wir die Polizei informieren?«

»Madonna! Seit dem Konzert sind erst anderthalb Stunden vergangen!«

Er hatte Recht. Wahrscheinlich würden mich alle für überspannt halten.

»Nehmen Sie noch etwas Wein.« Baci füllte mein Glas und ich setzte mich wieder hin. Als ich nach dem Kelch greifen wollte, fasste ich ihn nicht richtig, er fiel hin und zerschellte auf dem Boden.

Ich ging in die Knie und sammelte Scherben auf, ein schnelles »Pardon« murmelnd. Ich benahm mich wirklich wie ein Dorftrampel.

Baci stürzte zu mir, ging ebenfalls in die Knie, riss meine Hand an sich. »Sie bluten ja!«

Er sah sich nach etwas um, das er auf die Wunde drücken konnte.

»Halb so schlimm«, stammelte ich.

Viel schlimmer waren die Rotweinflecken auf dem Boden und das zerstörte Glas, das sicherlich sehr wertvoll gewesen war.

Plötzlich wurde mir übel. War es der Wein oder waren es die Nachwirkungen des Attentates in der Kirche? Mein Kreislauf machte schlapp, Tränen rannen plötzlich meine Wangen hinunter. Jansen nannte diese Gemütsverfassung neuerdings ›Grappa light‹.

Baci hielt noch immer meine Hand, hatte ein Taschentuch herbeigezaubert, um das Blut zu stillen, mit dem anderen Arm drückte er meinen Kopf an seine Brust, ich schluchzte, schniefte und schnupperte Zimt.

Baci sagte etwas auf Italienisch, das mich wohl trösten sollte. »Vertrau mir, Madonna!«, flüsterte er. »Vertrau mir einfach.« Sein weißes Hemd war rot befleckt von Wein und Blut.

Farben und Tempi

In der Nähe des Palazzo befand sich eine Bootsanlegestelle, zu der Baci ein Taxiboot bestellt hatte. Wir schipperten durch viele kleine Kanäle, die *rii* hießen, und ich wunderte mich, wie viel Verkehr um diese Uhrzeit hier noch herrschte. Ich hatte mich wieder im Griff, der Augenblick der Schwäche war überwunden.

»Irgendwann will ich mal mit einer echten Gondel fahren, wie es jeder Tourist tut«, sagte ich. »Kommt in jedem Film vor und gehört einfach dazu!«

»Gondeln sind sehr langsam«, wandte Baci ein. »Und die Gondoliere ziehen den Touristen viel zu viel Geld aus der Tasche.«

»Es ist aber doch so romantisch«, beharrte ich. »Die Bootsführer reißen sich das Hemd auf und singen ein sanftes Lied. Und im Mondlicht blitzt das Goldkettchen.«

Baci lachte und zog mich an sich, um mich zu wärmen, denn der kleine Kanal mündete in einen großen und heftiger Wind kam auf. Nach ein paar Minuten setzte uns das Taxi an der Piazzale Roma ab, von hier aus waren es nur wenige Schritte bis zum Hotel.

»Darf ich dich ins Hotel begleiten?«, fragte Baci. »Nur zu deinem Schutz.«

»Meinst du, der Mörder wartet im Foyer auf mich?«

»Du scheinst die Unordnung und das Chaos anzuziehen«, meinte er und wusste nicht, wie Recht er hatte.

An der Rezeption saß allerdings nur ein alter Mann, der aus dem Halbschlaf schreckte, als ich den Schlüssel zu meinem Zimmer verlangte. Katis Schlüssel hing immer noch am Brett.

Ich fragte nach einer Nachricht von ihr. Nein, es gab keine.

»Möchtest du für einen Moment mit auf mein Zimmer kommen?«, fragte ich.

»Natürlich. Ich muss doch dafür sorgen, dass du sicher ins Bett gelangst.«

Wir warfen einen Blick auf den Portier, der jedoch zuckte

nicht mit der Wimper. Wir gingen nach oben und ich schloss die Tür auf.

»Setz dich irgendwo hin, wo Platz ist«, bat ich.

»In diesem kleinen Zimmer kann sich wirklich kein Mörder verstecken«, schüttelte er den Kopf. »Diese Venezianer sparen an allem. Gibt es hier wenigstens eine Minibar?«

»Siehst du eine? Ich kann dir nur ein Glas *aqua veneziana* anbieten.«

»Wahrscheinlich schöpfen die Kellner das Wasser aus dem Canal Grande, weil das billiger ist«, unkte er.

»Ich geh mal eben ins Bad. Bin gleich wieder da.«

Im Spiegel überprüfte ich mein Aussehen – ich war etwas zerzaust durch die Bootsfahrt, aber okay. Naturale eben.

Willst du ihn?, fragte mein Kopf den Bauch.

Natürlich, antwortete der.

Und danach?, fragte der Kopf.

Egal, antwortete der Bauch.

Du lernst auch nie dazu, seufzte der Kopf.

Ich komm auch so über die Runden, zuckte der Bauch die Achseln.

Dann dreh ich mal 'ne Runde um den Block, gab der Kopf auf. Du machst ja doch, was du willst.

Eben! Pass auf, dass du nicht in den Kanal fällst, sagte der Bauch aufatmend. Oder dich verläufst.

Ich lächelte mir im Spiegel zu, weil ich mal wieder gegen mich gewonnen hatte, und ging ins Zimmer zurück.

Baci stand am Fenster und sah nach draußen. Ich stellte mich neben ihn. Beide schwiegen wir. Aus irgendeinem Hotelzimmer drangen Fernsehgeräusche zu uns, über uns verrückte ein Gast die Möbel. Die Störungen waren präsent, aber trotzdem unwirklich. Wir waren erotisiert – daran gab es keinen Zweifel.

Er legte seine Hand in meinen Nacken und zog meinen Kopf zu seinem. Die Augen hatte er halb geschlossen und er küsste mich. Erst vorsichtig, ein wenig abwartend. Mein leises Stöhnen deutete er als Erregung und Entgegenkommen, er küsste heftiger, der Griff in meinem Nacken wurde fester.

Jähes Verlangen überkam mich, sein Zimtgeruch machte mich an, ich knöpfte sein Hemd auf und legte meine kühlen Hände auf seine Brust, er zuckte zurück, ich ließ ihn nicht entkommen – wohin auch? Einen Schritt weiter und er wäre ins Bett gefallen.

Noch immer küsste er mich, süß und wild und herb, knabberte an meinen Lippen, leckte meine Ohrmuschel und sein Atem hörte sich an wie Meeresrauschen.

Küsse können kühl oder heiß, monochrom oder lebendig, pastos oder aquarell sein, ihre Farben reichen von eisigem Blau bis zum explodierendem Rot.

Manche Männer küssen gelb, das sind die Unentschlossenen, die Angst vor sich selbst und ihren Sehnsüchten haben, andere küssen orange, das sind die Spielerischen, die erst noch testen wollen, dann gibt es die grünen Küsse, die noch unerfahren und trotzdem gierig sind, und die grauen Küsse der Männer, die es lange nicht mehr getan haben, und die schwarzen Küsser, die es nicht aus Verlangen tun, sondern weil es eben dazugehört und sie eigentlich auf anderes aus sind.

Ich mochte orangefarbene Küsse und manchmal grüne, doch am liebsten waren mir die kräftig roten, die von tomatenrot bis zu rubinrot reichten.

Baci küsste in Tizian – keine wirkliche Überraschung in dieser Stadt und eine neue Rotvariante. Und er küsste ausgiebig in verschiedenen *tempi*, von *adagio temperamente* über *allegretto con passione* bis zu *allegro con fuoco*.

Er drückte mich gegen die Wand neben dem Fenster, nahm meine Arme und zog sie nach oben, seine Hände in meinen. Nun stand ich da wie ans Kreuz geschlagen, hilflos und fast bewegungsunfähig.

Bacis Lippen wanderten meinen Hals hinab zum Dekolletee.

»Da ist jemand an der Tür«, sagte er und ließ mich los.

»Bitte, Grappa, mach auf«, jammerte eine Stimme.

»Kati!«, rief ich. »Das ist Kati!«

Ich legte den Meter zur Tür in olympiareifer Geschwindigkeit zurück und riss die Tür auf.

Da stand sie, sah sich selbst aber nicht mehr sehr ähnlich. Das blonde Haar war verdreckt, die Kleidung nass und ruiniert.

»Was ist denn mit dir passiert?«, fragte ich und zog sie ins Zimmer.

»Ich bin in den Kanal gefallen«, schniefte sie.

Wasserfall

Michelangelo hatte die prekäre Situation erfasst und angeboten, einen Arzt zu holen. Doch Kati lehnte ab. Sie wollte nur eine heiße Dusche nehmen und dann schlafen. Ich merkte, dass sie nichts erzählen wollte, solange Baci noch bei mir war. Er verstand und verabschiedete sich mit der Ankündigung, sich bald melden zu wollen. Ich brachte ihn noch bis nach unten.

»Wir werden da weitermachen, wo wir eben aufgehört haben, Madonna«, raunte er mir ins Ohr, küsste mich auf die Wange und verschwand im Schwarz der Gasse.

Kati war in ihr Zimmer gewechselt, ich hörte nebenan Wasserrauschen. Wenig später kam sie zurück zu mir, in einen dicken Bademantel gewickelt. Sie bibberte noch immer.

»Und jetzt erzähl endlich!«, forderte ich sie auf.

Kati kroch auf mein Bett und ich legte eine Decke über sie.

»Ich habe den Typen verfolgt«, begann sie. »Ich sah, dass er eine Waffe unter seinem Mantel verbarg und dann schnell die Kirche verließ. Niemand außer mir achtete auf ihn, alle schauten nach vorn, kümmerten sich um die Frau oder waren in Panik.«

»Kannst du den Mann beschreiben, den du verfolgt hast?«

»Er war ziemlich klein und unheimlich schnell. Er war in einen schwarzen Umhang gehüllt und hatte einen schwarzen Hut auf dem Kopf. Seine Figur sah irgendwie teuflisch aus.«

»Das Gesicht? Hast du es erkennen können?«

Kati überlegte, schüttelte dann den Kopf. »Nein, es war schon zu dunkel. Ich hatte außerdem Mühe, mit ihm Schritt zu halten.«

»Du sagst, dass er klein war?«

»Ja, klein und zierlich und flink wie ein Wiesel.«

»Dann kann es Wiesengrundel nicht gewesen sein«, sagte ich. »Der ist groß und kräftig. Außerdem hatte ich ihn bis zuletzt im Blick.«

»Er war also da?«

»Ja, er saß ganz vorn. Lauschte dem Gesang.«

»Der Attentäter hat sich auf jeden Fall hinter mir aufgehalten.«

»Erzähl mir den Rest der Geschichte«, bat ich.

»Plötzlich verschwand der Mann in einer Gasse. Ich rannte hinterher und dann war die Straße zu Ende. Da gab es nur noch ein paar Treppen, die in die Lagune führten. Der Typ hatte eine Gondel erwischt und die wollte gerade ablegen. Ich stürzte runter, schrie was, doch die Gondel hatte schon losgemacht und war bereits auf dem Kanal. Und dann sah er zu mir hin.«

»Dann hast du ihn ja doch gesehen?«

»Ja und nein. Er trug eine weiße Maske, die Stirn und Augen bedeckte. Es sah so grauenvoll aus, dass ich auf den Stufen ausrutschte und in diesem dreckigen Wasser landete.«

»Warum hast du mich denn nicht sofort anrufen? Wir hätten dich doch abholen können?«

»Wie denn? Mein Handy ist im Wasser geblieben. Außerdem wusste ich nicht, wo ich war. Ich ging in eine Kneipe in der Nähe und die gaben mir ein paar Handtücher. Danach fragte mich mühsam durch und lief und lief und stand dann irgendwann vor unserem Hotel.«

»Sei froh, dass der Mörder dich nicht erwischt hat. Alles andere spielt keine Rolle.«

Fiebrig

Die Leser des *Bierstädter Tageblattes* mussten bei Laune gehalten und mein Chef Peter Jansen musste im Glauben gelassen werden, dass die Dienstreise nach Venedig Sinn machte. Der Abend gestern taugte jedenfalls dazu, in einem Artikel beschrieben zu werden. Und zwar blumig.

Ich stand früh auf, warf den Laptop an und begann mit dem Artikelschreiben.

SCHÜSSE IN VENEDIG –
SÄNGERIN ÜBERLEBT ATTENTAT

Sie sang ein Lied von Liebe und Verrat, als plötzlich Schüsse auf sie abgegeben wurden: Sängerin Veronica Franco überlebte das Attentat und wurde mit einem Schock ins Krankenhaus gebracht.
Die italienische Künstlerin hat im vergangenen Sommer an einem Kreativseminar im *Palazzo Contarini del Bovolo* teilgenommen.
Mit dabei waren auch die vier Bierstädter Mordopfer: DGB-Chef und Hobbymaler Ansgar Hunze, Mundartdichter Karl Krawottki, die ›Musen‹ Puppa und Rosi Ischenko.
Die Ermittlungsbehörden sind inzwischen überzeugt: Der unbekannte Mörder hat es auf die Seminarteilnehmer abgesehen!
Einer der Zuhörer des Konzertes in der Kirche in Venedig war auch der bislang verschwundene Komponist Ben Wiesengrundel, der ebenfalls Trainer beim Venedig-Seminar war. Was ist während des Seminars geschehen?

Nach dem Anreißer, der auf der Seite eins positioniert werden sollte, schrieb ich eine sehr persönliche Reportage über das Konzert mit angepeilter Todesfolge.

Ich schilderte die Flucht des Attentäters so dramatisch, wie sie mir von Kati geschildert worden war: nachts in einer Gondel durch das Gewirr kleiner und großer Kanäle – die Waffe unter einem schwarzen weiten Umhang verborgen und das Gesicht mit der geheimnisvollen Maske unkenntlich gemacht.

Ich hatte sie mir en détail beschreiben lassen, in meinem Buch geblättert. Das Outfit des Attentäters wurde *maschera nobile* genannt, die weiße Gesichtsmaske *volto* und der mutmaßliche Mörder hatte die ursprünglichste der venezianischen Verkleidungen gewählt. In den Geschäften gehörten die schwarzen Mäntel und die merkwürdigen *volti* zum Standard.

Jetzt würde ich erst einmal frühstücken und dann den Hotelier überreden, mich an den Rechner zu lassen, um Jansen den Artikel zu schicken.

Das Buffet bot heute eine nette Überraschung: Statt der schlappen Croissants gab es knackiges Weißbrot. Der Kaffee war gerade frisch gekocht worden und ich war allein im Frühstücksraum, sodass ich mit Jansen telefonieren konnte, ohne jemanden zu stören.

»Was gibt es bei euch Neues?«, fragte ich.

»Die müssen Frau Hunze wohl wieder freilassen«, berichtete mein Chef. »Sie bleibt dabei, dass sie nicht weiß, wie der Schlüssel fürs Schließfach in ihre Wohnung gekommen ist. Tatsächlich konnte sie nachweisen, dass ziemlich viele Leute in den letzten Tagen bei ihr waren – jeder von ihnen hätte das Ding hineinschmuggeln können. Jetzt überprüft Dr. Körner die Gäste einer Party, die Frau Hunze gegeben hat. Die Witwe behauptet, dass es an diesem Abend passiert sein muss. Du siehst, Grappa-Baby, dass wir noch kein Stückchen weitergekommen sind. Alle unsere Hoffnungen ruhen auf dir.«

Ich berichtete ihm kurz von den neuesten Entwicklungen und schickte ihm meinen Artikel per E-Mail. Ein wenig später und wieder oben klopfte ich an Katis Zimmertür. Erst sachte, dann lauter.

Nach einer Weile öffnete sie.

»Ich bin völlig fertig«, jammerte sie. »Die ganze Nacht hatte ich schreckliche Träume. Und ich fühle mich total schlapp.«

Ich legte meine Hand auf ihre Stirn – sie glühte.

»Du hast Fieber«, stellte ich fest. »Ab ins Bett mit dir.«

»Ich habe den Eindruck, dass ich noch immer stinke«, krächzte Kati.

»Ich werde dir das Frühstück hochbringen und dir in der Küche einen heißen Tee bestellen. Und dann schwitzt du bis heute Abend durch!«

Zucker im Espresso

Kati lag im Bett, die Besitzerin des Hotels sagte zu, ihren Tee regelmäßig zu erneuern und ihr ein leichtes Essen aufs Zimmer zu bringen. In einer Apotheke um die Ecke besorgte ich ein paar Pillen gegen Grippe und Erkältung.

Ich musste den Tag planen. Einen Teil der Arbeit nahm mir Michelangelo ab. Er meldete sich und lud mich zum Abendessen in seinen Palazzo ein, schnurrte dabei wie ein Kater.

Wie sollte ich weiter vorgehen? Ich überlegte hin und her und kam zu dem Schluss, dass es wohl doch nicht ganz ohne die Hilfe der venezianischen Polizei ging.

Ich musste endlich wissen, was letzten Sommer in Venedig los gewesen war. Ob es irgendein Ereignis – ob Unfall, Selbstmord oder Verbrechen – gegeben hatte, mit dem ein oder mehrere Teilnehmer des Seminars im *Palazzo Contarini del Bovolo* zu tun gehabt haben könnten. Das bedeutete: Aktenstudium im Archiv der Polizei. Und an die Polizeiakten kam ich nur über diesen widerlichen Rabatt heran.

Der Oberstaatsanwalt meldete sich knapp: »Ja?«

»Hier Grappa. Haben Sie noch Ihren Kontakt zur Polizei?«

»Sicher. Warum?«

»Ich brauche Ihre Hilfe.«

»Ach was?« Der Spott in seiner Stimme war nicht zu überhören.

»Gestern Abend ist etwas vorgefallen.«

»Ich weiß. Der Anschlag in der Frari-Kirche.«

»Woher wissen Sie das denn schon wieder?«, fragte ich.

»Ich war in der Kirche«, lautete die einfache Antwort. »Außerdem steht eine Meldung in den Zeitungen.«

»Und wie kamen Sie ausgerechnet in dieses Konzert?«

»Ich bin seit Tagen hinter der Franco her«, erklärte er. »Ohne Erfolg allerdings. Bis mir ihre Haushälterin sagte, dass sie in der Kirche auftreten würde.«

»Was wollen Sie denn von ihr?«, klopfte ich auf den Busch.

»Das Gleiche wie Sie, Verehrteste. Wissen, was im Sommer im *Palazzo Contarini* geschehen ist.«

»Also, was ist nun? Treffen wir uns oder lassen wir es?«

»Einverstanden. Aber nur, weil Sie mich so charmant bitten, Frau Grappa.«

»Sie mich auch!«

Wir verabredeten uns für eine halbe Stunde später vor dem Dogen-Palast am Markusplatz. Die Zeit brauchte ich auch, um dorthin zu gelangen. Am schnellsten ging es mit dem Wasserbus. Langsam hatte ich die Routen raus, die ich nehmen musste, und die Fahrten mit den Schiffchen waren weitaus angenehmer, als sich mit Bussen, Straßenbahnen oder U-Bahnen fortzubewegen.

Die Piazza San Marco gehörte zurzeit noch mehr den Tauben als den Touristen. In der Hauptsaison musste es hier wirklich unerträglich voll sein. Im Moment herrschte eine merkwürdig klare Stimmung. Die Sonne schien schon wie verrückt, kam aber gegen die feuchte Kühle vom Meer nicht ganz an, ihre Strahlen ließen das Gold in den Mosaiken von San Marco glänzen. Ja, die Stadt besaß außergewöhnliches Flair. Trotzdem fühlte ich mich nicht richtig wohl.

Rabatt war noch nicht da; ich setzte mich in dasselbe Café wie neulich, in der Hoffnung, vom Kellner übersehen zu werden. Doch hier wurde niemand ignoriert, der Euros im Portmonee hatte, und ich bestellte notgedrungen einen Espresso. Vielleicht war der ja preiswerter als der Café Latte von neulich, weil weniger drin war.

Der Espresso war kalt, als er vor mir auf den Tisch gestellt wurde, und im Tässchen höchstens ein Fingerhut Flüssigkeit. Und wieder: neun Euro! Ich legte einen Zehner hin und winkte generös ab. Der Kellner fummelte ohnehin nur pro forma in seiner Geldtasche herum.

Reg dich ab, Grappa, dachte ich, dafür hast du einen Blick, der einmalig ist. Ich tat, was ich mir riet, wollte zum Espresso greifen, bevor sich das letzte Nass verflüchtigte, doch ich hatte nicht mit den Tauben von San Marco gerechnet. Die Lippen schon am Tässchenrand und es machte blubb. Die Attacke kam eindeutig von oben, das Flugobjekt war aber nicht mehr auszumachen. Dafür hatte sich der Inhalt der Tasse verdoppelt.

Wie um mein Elend noch zu potenzieren, kam Rabatt über den Platz auf mich zu. Natürlich hatte er die Pfeife im Mund und den üblichen bärbeißigen Ausdruck im Gesicht. Er trug eine abgewetzte Wildlederjacke mit Hirschhornknöpfen.

»Liebe gnädige Frau«, näselte er. »Es ist mir ein echtes Vergnügen.«

»Das ist wirklich nur Ihr Problem«, meinte ich.

»Lassen Sie uns woanders hingehen«, sagte er. »Sie sitzen im teuersten Café der Welt.«

»Ist mir gar nicht aufgefallen.«

»Wollen Sie Ihren Espresso nicht austrinken?«, fragte er mit Blick auf meine Tasse.

»Nein. Ich überlasse ihn gern Ihnen. Wollen Sie? Er ist schon bezahlt.«

»Wie großzügig, Verehrteste, aber ich trinke lieber deutschen Kaffee. Und jetzt zeige ich Ihnen mal ein wirklich nettes Café. Es liegt ganz in der Nähe.«

Er ging mit eiligen Schritten voran und ich folgte ihm zu einem Haus direkt an einer kleineren Wasserstraße. Im Erdgeschoss befand sich ein winziger Raum mit Bistrotischen.

Rabatt war wohl hier bekannt, denn der Kellner begrüßte ihn. Der Oberstaatsanwalt parlierte in fließendem Italienisch.

Wir setzten uns, Rabatt kramte aus seiner Jacke einen Beutel mit Tabak und begann die Pfeife zu stopfen. Für alle Fälle rümpfte ich schon mal die Nase: »Müssen Sie die Luft hier verpesten?«

»Ja«, antwortete er mit provozierender Schlichtheit.

Das läuft nicht gut, dachte ich.

Er grinste, hielt das Streichholz an den Tabak und zog die Luft durch die Pfeife. Er sah aus wie ein Fisch, der nach Insekten schnappt. Jetzt blies er den Qualm auch noch genau in meine Richtung! Sofort wedelte ich ihn weg.

»Meine Güte! Sie sind vielleicht eine Zicke«, brabbelte er – das Holz zwischen den Zähnen. »Ich dachte, das gibt sich, wenn man sich näher kennen lernt.«

»Damit sollten Sie nicht rechnen!«

»Sie tun wirklich alles, um mich zu ärgern«, wunderte sich Rabatt.

»Sie doch auch!«

Der Kellner trabte an und stellte zwei große Milchkaffee auf den Tisch.

»Es war ein Fehler, Sie um Hilfe zu bitten. Ich geh dann mal wieder.«

»Lassen Sie uns wie erwachsene Menschen reden«, lenkte er plötzlich ein. »Ich brauche Ihre Unterstützung genauso wie Sie meine. Bitte!«

Er lächelte unbeholfen und legte die Pfeife beiseite – vermutlich eine Art vertrauensbildende Maßnahme. »Was erwarten Sie von mir?«, fragte Rabatt.

»Ich brauche Kontakt zu diesem Kommissar Brunetti. Mir allein wird er nichts sagen, weil ich hier keine offizielle Funktion habe. Außerdem kann ich kein Italienisch. Und Sie kennen ihn ja schon … Ich dachte, dass er mal nachsieht, ob aus dem vergangenen Sommer irgendein Ereignis aktenkundig ist, das mit den Leuten im *Palazzo Contarini* zu tun haben könnte.«

»Das habe ich schon längst veranlasst. Was bekomme ich dafür, wenn ich Sie über das Ergebnis informiere?«

»Was wollen Sie denn?«

»Sie schreiben meine Weste wieder weiß.«

»Vielleicht sind Sie der Mörder!«, rief ich aus. »So eine Zusage kann ich nicht geben.«

»Hören Sie jetzt mal gut zu.« Rabatt beugte sich vor und war plötzlich ernst. »Ich bin kein Mörder und ich kenne diese beiden Huren nicht, wegen derer man mich beurlaubt hat. Warum kapieren Sie nicht, dass wir im selben Boot sitzen? Ich will den Mörder genauso finden wie Sie, will genauso wie Sie wissen, wo das Motiv zu den Morden liegt. Geht das endlich in Ihren bornierten Schädel?«

Muscheln und Schnecken

Rabatt hatte schließlich doch versprochen, mich sofort zu informieren, wenn sich der Polizeimann mit Ergebnissen meldete, Kati lag krank und schwitzend im Bett – also zwei gute Gründe, um zum Lido, dem Seebad der Stadt, zu fahren und Touristin zu spielen.

Hier hatte Thomas Manns Held Gustav von Aschenbach seine letzten Atemzüge getan, nachdem er dem Jungen Tadzio ein letztes Mal beim Herumtollen zugesehen hatte.

Ich hatte nicht vor, am Lido zu entschlummern, wollte aber wenigstens mal dort gewesen sein. Auf dem Weg dahin ging es ein Stück übers offene Meer. Dafür wurden größere Schiffe eingesetzt, die ab San Marco fuhren. Das offene Deck des Bootes war mit Bänken ausgestattet, die von der Sonne leicht angewärmt waren. Langsam behauptete sich der Frühling. Auch die Bäume und Sträucher waren schon mit einem grünen Schimmer überzogen – ich konnte es vom Deck aus beobachten.

Erst jetzt fiel mir auf, was mir in der Innenstadt Venedigs fehlte: etwas Grünes, Natürliches. Dort gab es nur Stein, Wände, Glas, Wasser und ab und zu mal einen Blumentopf auf dem Balkon oder Lorbeerbäume in Keramikbehältern, die die Türen flankierten.

Ich verließ das Boot und lief Richtung Sandstrand. Die Utensilien fürs Badevergnügen im Sommer waren noch zusammengerückt und mit Planen überdeckt, manche angekettet an Betonpfosten. Der Sand war überraschend sauber, nur ab und zu ein wenig Seetang, einige zerknautschte Plastikflaschen und die Gräten verstorbener Fische, Muscheln und auseinander gerissene Krebsverschalungen.

Ein Hocker mit Klappbeinen war zum Meer gerückt worden; ich setzte mich und schaute aufs Wasser.

Ich kramte den Mann aus der Tasche. Wie hatte er den Lido beschrieben?

Es war unwirtlich dort. Über das weite, flache Gewässer, das den Strand von der ersten gestreckten Sandbank trennte, liefen kräuselnde Schauer von vorn nach hinten. Herbstlichkeit, Überlebtheit schien über dem einst so farbig belebten, nun fast verlassenen Lustorte zu liegen, dessen Strand nicht mehr reinlich gehalten wurde …

Ja, das war die Beschreibung des letzten Tages im Leben des verliebten Dichters. Aschenbach bildet sich noch ein, den schönen Jungen Tadzio winkend zu sehen – wie den griechischen Gott Hermes, der die Seelen der Toten in die Unterwelt führt –, dann fällt sein Kopf auf die Brust und er stirbt. Ich las die letzten Sätze der berühmten Novelle: *Minuten vergingen, bis man dem seitlich im Stuhl Hinabgesunkenen zur Hilfe eilte. Man brachte ihn auf sein Zimmer. Und noch desselben Tages empfing eine respektvoll erschütterte Welt die Nachricht von seinem Tode.*

Wie sich die Sprache seit Mann verändert hatte. Aber verbessert hatte sie sich wohl nicht gerade.

Ich zog meine Schuhe aus und befreite mich von den Strümpfen – wollte Wasser spüren und Sand zwischen den Zehen. Kräuselnde Schauer, die von vorne nach hinten liefen – ja, das Wasser verhielt sich genau so, wie es Mann beschrieben hatte, es kam an, umrundete meine Füße, ließ sie ein wenig im weichen unterspülten Sand versinken und gab sie wieder frei.

Plötzlich Kindergeschrei – wie in der Novelle!

Da waren drei Kinder, zwei der Jungen balgten sich, einer von ihnen größer und stärker als der andere. Sie kamen näher und ich bemerkte, dass eines der Kinder, das zarteste nämlich, blauschwarzes Haar hatte und der große Junge es ziemlich ärgerte. Der dritte grölte und feuerte die Ringkämpfer an. Der schwächere kniete angeschlagen im Sand.

Dann rappelte sich der Kleine nochmal auf, wurde von den anderen beiden aber schnell wieder niedergeworfen. Die Gruppe hatte sich etwa auf drei Meter an mich herangespielt und die Kinderbalgerei nahm an Schärfe zu. Ich schaute genauer hin.

Der Junge am Boden war ein kleines Mädchen; es guckte mich an, rief etwas und begann zu weinen. Wut packte mich,

ich eilte zu den Kindern, brüllte etwas auf Deutsch. Die beiden Jungen ließen von dem Mädchen ab und machten sich aus dem Sand.

Ich half der Kleinen auf. Ihre Wangen waren sandig, die Nase verrotzt und die Haare dreckig. Sie hatte mandelförmige Augen und war eindeutig asiatischer Abstammung. Ich fand das beruhigend; die Rettung eines blonden Tadzios hätte mich kurzzeitig an meinem Verstand zweifeln lassen.

Das Mädchen hatte sich inzwischen beruhigt, blickte plötzlich an mir vorbei zu den Häusern. Dort stand eine Frau, noch weit entfernt, und suchte mit den Augen den Strand ab.

»Mama?«, fragte ich die Kleine. Sie nickte, wollte schon losstürmen, verharrte dann doch und zog etwas aus der Tasche ihrer Jeans. Es war eine graue Muschel, die innen schillerte. Sie gab sie mir und rannte ihrer Mutter entgegen. Ich sah noch, wie die beiden hinter der erhöhten Strandpromenade verschwanden.

Das Boot zurück in die Stadt würde in etwa fünfzehn Minuten ablegen. Im Sommer würde es hier ganz anders aussehen; ich versuchte, es mir vorzustellen: belebte Strände, planschende Menschen, Eisverkäufer und mobile Buden, die Erfrischungen anboten.

Ich setzte mich auf eine Bank an der Anlegestelle und schaute zum Meer hin. Wenn man immer geradeaus übers Meer fuhr, würde man auf der griechischen Insel Korfu stranden.

Am Horizont erschien der Wasserbus. Kinder liefen nach vorn und betrachteten plappernd und aufgeregt das Anlegemanöver des großen Schiffes. Ich erhob mich von der Bank und stolperte, denn mein Fuß war eingeschlafen. Jemand fing mich auf und ich sah nach oben. Es war ein Mann, groß und schwer, mit dunklem Haar, das an der Stirn zurückwich, bleichem Teint und blauen Augen. Er sagte etwas zu mir, ich murmelte ein italienisches Danke, was ja nicht schädlich sein konnte.

Das ist Wiesengrundel, schoss es mir durch den Kopf. Der Mann hier hatte die gleiche leicht vornübergebeugte Kopfhaltung, die ich bei dem Schatten in der Kirche bemerkt hatte. Ich stieg nach ihm ins Vaporetto, schaute mich verstohlen um. Er hatte sich nicht auf eine der Holzbänke gesetzt, sondern stand mit dem Rücken zu mir an die Reling gelehnt.

In meiner Tasche hatte ich ein Foto des Komponisten, das Kati mitgebracht hatte. Ich kramte danach und betrachtete es. Ja, er könnte es sein.

Ich stellte mich neben den Mann. »Kennen wir uns?«, fragte ich auf Deutsch.

Er antwortete: »Nicht dass ich wüsste!« Er drehte sich wieder weg – mir deutlich signalisierend, dass er auf eine Unterhaltung überhaupt keinen Wert legte.

Wenigstens wusste ich nun, dass er Deutsch verstand, und als das Boot bei San Marco anlegte und er ausstieg, beschloss ich, den Mann zu verfolgen.

Er ging schnell und zielstrebig vom Wasser fort, schaute sich nicht um, blieb nirgendwo stehen. Es war einfach, ihn nicht aus den Augen zu verlieren, denn er ragte über die Köpfe der Menschen auf den Straßen hinweg.

Natürlich wusste ich bald schon nicht mehr, wo ich war, aber das störte mich dieses Mal nicht. Ich hatte begriffen, dass man sich in Venedig zwar verlaufen konnte, aber immer irgendwo am Wasser rauskam und dann nur noch den Ufern folgen musste – man hatte nur darauf zu achten, in welche Richtung man ging.

Dennoch war ich überrascht, als ich den *Palazzo Contarini del Bovolo* von Ferne erkannte.

Der verfolgte Mann blieb plötzlich stehen und sah sich um, als würde er jemanden suchen – ich verschwand in einem Hauseingang.

Der Mann, den ich für Wiesengrundel hielt, schien auf jemanden zu warten. Er schaute auf die Uhr, wandte sich dann aber dem Palazzo zu.

Ich lugte um die Ecke und stutzte. Im Augenwinkel hatte ich eine Bewegung auf der Wendeltreppe gegenüber gesehen. War es eine Taube, die sich in den Steinbögen verirrt hatte?

Nein, zwei Beine kamen die Stufen herunter. Zu wem sie gehörten, konnte ich noch nicht erkennen, aber gleich würde der

Kopf des Treppensteigers sichtbar werden. Eine vage Ahnung, zu wem dieser federnde Gang gehörte, beschlich mich und die Ahnung wurde bestätigt: Die Beine gehörten zu Michelangelo Baci.

Wut und Wahrheit?

Damokles hatte sein Schwert ausgepackt und es schwebte fallbereit über meinem Kopf! Zuerst hatte ich die Absicht, versteckt zu bleiben, doch dann packte mich die Wut. War ich etwa nach Venedig gekommen, um mich von allen foppen zu lassen?

Ich verließ meine sichere Deckung und ging auf die beiden Männer zu. Sie standen mit dem Rücken zu mir und der Überraschungseffekt würde ausnahmsweise mal auf meiner Seite sein. Den wollte ich auskosten; die Konsequenzen waren mir egal. Für einen guten Auftritt hatte ich schon oft was riskiert.

»Guten Tag, die Herren!«, rief ich, noch etwa drei Meter entfernt. »Wie schön, Sie beide zu treffen!«

Baci und Wiesengrundel drehten sich fast synchron zu mir um.

»Madonna!« Mehr fiel Baci nicht ein.

»Darf ich mich vorstellen? Ich bin Maria Grappa. Und Sie sind Ben Wiesengrundel, wenn ich mich nicht täusche?«

»Die Frau vom Boot«, kam es entgeistert.

»Du kennst sie?«, fragte Baci.

Ich warf ihm einen giftigen Blick zu.

»Sie war auf dem Vaporetto und hat mich wohl bis hierher verfolgt«, antwortete der Komponist.

»Was bedeutet das alles?«

»Ich werde dir alles erklären, Madonna«, versprach Baci. »Sind wir nicht heute Abend zum Essen verabredet?«

»Lass mich bloß in Ruhe, du Verräter«, zickte ich ihn an.

»Ich erwarte dich – wie verabredet – heute Abend in meinem Palazzo zum Abendessen«, meinte Baci völlig cool. »Ich schicke dir ein Taxiboot zum Piazzale Roma.«

»Dein Essen kannst du dir in die Haare schmieren!«

»Um acht Uhr, *bellezza!* Und jetzt red mit ihr, Ben! Erzähl ihr alles – sie ist auf unserer Seite.« Er warf mir eine Kusshand zu und zog lachend ab.

»Kommen Sie«, sagte Wiesengrundel. »Gehen wir irgendwo hin, wo wir uns in Ruhe unterhalten können.«

Schwimmender Sarg

Das seltsame Fahrzeug, aus balladesken Zeiten ganz unverändert überkommen und so eigentümlich schwarz, wie sonst unter allen Dingen nur Särge es sind …

Manns Held will zum Markusplatz, doch sein Gondoliere, ein Mann von brutaler Physiognomie, rudert zum Lido.

»Sie wollen zum Lido.«

»Aber nicht mit Ihnen.«

»Ich fahre Sie gut.«

Unser Gondoliere sah harmlos aus, wenn man von den Eurozeichen in seinen Augen absah, und sein Boot hatte den Vorteil, dass wir uns in einer Art Kabine verbergen konnten, deren Inneres ausgestattet war wie ein Boudoir aus Tausendundeiner Nacht. Dicke Kissenrollen mit Samt bezogen, Brokatdeckchen und rote Bommeln, die vor unseren Augen hin und her baumelten. Neben mir Wiesengrundel, der mehr als die Hälfte der Bank einnahm.

»Warum kippen diese schmalen Boote eigentlich nicht um?«, fragte ich, um den Dialog mit etwas Belanglosem in Schwung zu bringen. »Diese Gondeln sind ja krumm wie Bananen!«

»Das muss so sein«, antwortete Wiesengrundel. »Die linke Hälfte einer Gondel ist etwa sechzehn Zentimeter länger und vierundzwanzig Zentimeter breiter als die rechte. So wird das Gewicht des Gondoliere ausgeglichen, der ja, wie Sie sehen, hinten auf der linken Seite steht. Das Ruder taucht immer rechts ins Wasser. So ist die Gondel wendig, kann sich um die eigene Achse drehen und mit wenigen Ruderschlägen beschleunigt werden. Nur so werden Zusammenstöße zwischen den Booten vermieden.«

»Warum sind Sie aus Bierstadt geflüchtet?«, kam ich zur Sache.

Der Gondoliere ruderte uns in einen schmalen Kanal, das Wasser war ruhig und schwarz glänzend, rechts und links erschienen die Fassaden wie glatte Felswände. »Als Hunze und die beiden Mädchen umgebracht wurden, bekam ich Angst. Ich hatte keine Lust, mir auch das Hirn wegschießen zu lassen!«

»Sie sind aber erst nach Krawottkis Tod geflüchtet«, hielt ich fest.

»Bis dahin hätte ja auch alles Zufall sein können. Erst als Krawottki tot war, schwante mir, dass die Sache mit Venedig zu tun haben könnte.«

»Wer sagt mir, dass nicht Sie die vier getötet haben?«

Wiesengrundel lachte. »Wenn Sie glauben, dass ich ein Mörder bin, warum fahren Sie dann mit mir? Wer sagt Ihnen, dass ich Sie nicht auch erschieße?«

»Was ist im Sommer in der Villa vorgefallen?«

»Warten Sie bitte noch einen Augenblick«, sagte der Komponist. »Wir sind gleich da. Dann erfahren Sie alles.«

»Was haben Sie am Lido gemacht?«

»Ich war in einem Tonstudio. Sie wissen doch, dass ich Musiker bin.«

»Ich habe die Premiere Ihrer *Verklärten Nacht* im Konzerthaus gehört.«

»Und? Hat Ihnen die Musik gefallen?«

»Nachdem ich mich an die schrägen Töne gewöhnt hatte, schon.«

Er lachte wieder.

Die Gondel hielt wenige Minuten später an einer Anlegestelle. Wiesengrundel stand zuerst auf und half mir beim Aussteigen. Ein paar Stufen führten vom Wasser zu einer Gasse hoch, die noch enger zu sein schien als die von mir bereits abspazierten. Die Häuser waren alt, aber überhaupt nicht prächtig.

Wiesengrundel hatte meinen Ellenbogen gepackt, als fürchtete er, dass ich ihm verloren ginge.

»Wir sind da.« Das Haus hatte eine graubraune Farbe, die an einigen Stellen abgeblättert war und Ziegel zeigte. Die Holztür schien auf den beiläufigen Blick morsch zu sein, besaß aber hinter einer Metallblende ein modernes Sicherheitsschloss. Wiesengrundel öffnete, schob mich hinein und schloss wieder ab.

Ich betrat einen kleinen Innenhof mit einem Brunnen in der Mitte, gepflastertem Boden und Holzbänken, flankiert von großen Zitrusbäumen in ziegelroten Töpfen. Die Pflanzen trugen gelbe Früchte und blühten zugleich. Ihr Duft war angenehm-betörend.

Wiesengrundel führte mich in das Haus. Der Grundriss schien quadratisch zu sein und der Raum war zweckmäßig möbliert. Ich sah einen Flügel, ein Cembalo und einige weitere Instrumente – auch einen Computer, um den herum viele Papiere lagen.

»Nehmen Sie doch irgendwo Platz«, sagte der Meister. »Ich mache uns erst mal einen Kaffee.«

Er verschwand und ich ließ mich auf einen verschlissenen Fauteuil fallen. Wiesengrundel schien nicht der geschickteste Kaffeezubereiter zu sein, denn in der Küche schepperte es und ich hörte leises Fluchen. Ich musste an Bacis Soufflee-Story denken und konnte mir nun gut vorstellen, dass der Komponist mit seinen Aktivitäten nicht nur Eierschaum zur Verzweiflung treiben konnte.

»Der Mörder muss gefunden werden«, begann der Komponist leise, als er die Tassen brachte. »Es ist nicht schön, Angst zu haben, vor Angst gelähmt zu sein. Ich habe seit den Morden keine vernünftige Note mehr zu Papier gebracht.«

»An was arbeiten Sie denn gerade?«

»An einer Kammeroper«, antwortete er. *»Die Hochzeit von Bacchus und Ariadne.«*

»Das gleiche Motiv wie im *Lamento d'Arianna* in der Frari-Kirche«, sagte ich. »Sie haben gestern im Monteverdi-Konzert ziemlich weit vorn gesessen. Zufall?«

»Ich kenne Veronica Franco. Ich liebe sie und wollte sie beschützen«, antwortete Wiesengrundel schlicht.

»Wer hat den Anschlag auf sie verübt? Haben Sie eine Idee?«

»Nein. Es gibt keinen Grund.«

»Sie wurde nicht verletzt. Absicht?«

»Ich weiß es nicht. Ich weiß nur, dass ich glücklich bin, dass sie lebt.«

»Was ist bei dem Seminar passiert?«

»Gleich«, meinte der Komponist. »Ich will Ihnen erst mal schildern, wie der Kurs im Sommer ablief. Hunze und Krawottki haben die Leute zusammengesucht. Irgendwelche harmlosen Menschen mit viel Geld, die nach etwas Höherem strebten, weil ihnen Hunze und Krawottki eingeredet hatten, sie hätten das Talent dazu. Eine tolle Begabung, die angeblich nur darauf wartete, geweckt zu werden. Die beiden fragten mich, ob ich mich an dem Programm beteiligen würde, Hunze sollte die Malerei abdecken, Krawottki die Dichtkunst und ich und Veronica Franco sollten für die musikalischen Übungen zuständig sein.«

Wiesengrundel machte eine Pause. Es schien ihm wohl peinlich, an etwas beteiligt gewesen zu sein, was man nur als widerliche Geldschneiderei bezeichnen konnte.

»Anfangs lief alles harmonisch und die Teilnehmer waren sehr euphorisch.«

»Wer waren diese Leute? Es muss doch irgendwo eine Liste mit Namen geben!«

»Ich kenne ihre wirklichen Namen nicht. Es gab einen Dante, einen Tizian, eine Artemisia und eine Barbara, Monteverdi und Gesualdo waren auch dabei, sowie solche Namen wie Venus und Bacchus, Kalliope und Erata. Alle haben sich den Namen gegeben, der ihnen gefiel und der ihrer Begabung entsprach.«

»Welche Begabung hatten denn die Zwillinge?«, fragte ich.

»Sie waren die Musen der beiden Seminarleiter, wenn man das Wort Musen etwas freizügig interpretiert«, antwortete Ben Wiesengrundel.

»Haben Sie Baci erst im Palazzo kennen gelernt?«

»Ja, er war ja der Küchenchef. Das Essen war auch wirklich hervorragend. Wir haben uns gleich gut verstanden. Baci liebt

Musik genauso wie ich. Seine Menüs sind geniale Kompositionen. Ich habe ihm manchmal beim Kochen zugesehen.«

»Ich hörte davon«, grinste ich. »Sie haben seine Soufflees hingerichtet.«

»Stimmt«, schmunzelte der Komponist. »Das war aber der einzige Unfall, der durch mich in der Küche verursacht wurde.«

Wir lachten und ich merkte wieder, dass ich seine etwas schrullige, ungelenke Art gern mochte.

»Krawottki hat mir kurz vor seinem Tod erzählt, dass es Streit gegeben hat. Wissen Sie, worum es ging?«

»Damals hatte ich noch keine Ahnung. Eines Abends verschwand Baci. Ich habe noch versucht, Kontakt zu ihm aufzunehmen, doch vergeblich. Die Küche hat dann eine der Köchinnen übernommen, die Baci unterstützt hatten. Und jetzt zu Ihrer Frage. Im Palazzo gibt es einen großen Keller, der verschlossen war. Baci hatte versucht, rauszukriegen, was hinter der Tür war, und Hunze hat ihn dabei erwischt. Deshalb der Rauswurf. Und wir dachten jetzt, dass der Inhalt des Kellers vielleicht mit den Morden zusammenhängen könnte. Deshalb habe ich mich mit Baci heute dort getroffen.«

»Und?«

»Baci hat das Schloss nicht aufbekommen.«

»Wir müssen zurück und es nochmal versuchen!«

»Langsam! Das wird schon erledigt.«

»Was wird erledigt?« Ich verstand nur Bahnhof.

»Baci bat mich, Sie mit hierher zu nehmen. In der Zwischenzeit wollte er die Polizei rufen, damit die den Keller öffnet.«

»Dieser verdammte Kerl!«, schimpfte ich. »Der wollte mich tatsächlich loswerden!« Maßloser Zorn stieg in mir auf. »Das wäre die Story für mich gewesen! Reporterin des *Bierstädter Tageblattes* exklusiv bei einer Razzia der venezianischen Polizei dabei.«

Ich zückte mein Handy und rief den Koch an: »Hier Grappa! Du bist echt das Allerletzte! Warum machst du mir meine Story kaputt?«

»Madonna, bitte, schimpf nicht mit mir. Ich schicke dir ein

Taxiboot zu Wiesengrundel und du kommst jetzt schon zu mir. Dann erkläre ich dir alles. Ich hatte meine Gründe, glaub mir!«

»Ich hatte meine Gründe«, äffte ich ihn nach. »Die kannst du dir sonst wo hinstecken.«

»Bitte!« Es klang wirklich bittend. »Es ging nicht anders. Das Taxi wird in zehn Minuten da sein.«

»Das kannst du dir sparen.«

»Du wirst kommen«, behauptete er.

»Wohl wegen deiner schönen Augen?«

»Ja«, lachte Michelangelo. »Nicht nur, aber auch wegen meiner schönen Augen. Doch vor allem wirst du da sein, weil du eine sehr neugierige Frau bist.«

Nicht sehr piano

Das Wassertaxi wartete schon. Nach einer nicht mehr nachvollziehbaren wilden Fahrt durch *rii* und *canali* legte das kleine Schiff schließlich an. Oben auf der Gasse wartete Michelangelo, süffisant lächelnd.

»Madonna, ich habe gebetet, dass du kommst. Und Gott hat mich nicht enttäuscht.«

»Bilde dir bloß nichts ein«, muffelte ich.

Er küsste mich auf die Wange. Er roch immer noch nach Zimt. Er bemerkte, dass ich schnüffelte. »Was hast du?«

»Du riechst nach dem Lieblingsgericht meiner Kindheit«, enthüllte ich. »Milchreis mit Zucker und Zimt.«

»Deshalb bist du so verrückt nach mir. Ich habe vorhin etwas herumexperimentiert. Ein neues Eis. Zimt mit *pomodori secci* und gerösteten Pinienkernen. Aber es ist noch nicht ganz ausgereift. Irgendetwas fehlt noch.«

»Eine Prise deines Achselschweißes«, schlug ich vor. »Pheromone – oder wie die Dinger heißen.«

»Ich brauche nicht noch mehr Erfolg bei den Frauen. Lieber Qualität als Quantität.«

»Verstehe. Deshalb hast du ja auf mich gewartet.«

Ich musste wider Willen lachen. Irgendwie verfügte er über einen hinreißenden Charme. Solche Männer hatten mich schon immer um den Finger wickeln können.

»Ich nenne das Eis *Madonna furiosa!*«

»Geht es nicht etwas weniger theatralisch?«

»Auf keinen Fall«, empörte er sich. »Ich bin doch Venezianer und ein Mann. Mein Leben dreht sich um Lust, Liebe und ...«

»... Lügen«, vervollständigte ich den Satz.

»Aber Madonna!« Wir waren immer noch nicht bei seinem Palazzo angelangt.

»Du kannst mir nicht erzählen, dass du nur ein harmloser Koch bist«, sagte ich. »Oder einer, der seine Kreativität an Eissorten verschwendet. Also, wer bist du?«

»Ein Mann.«

»Was für ein Mann?«

»Ein Mann, der dich will.«

»Warum?«

»Weil du mich auch willst.«

»Quatsch!«

»Kein Quatsch!«

»Es ist nur dieser Zimtgeruch ...«, murmelte ich. »Mehr nicht. Du kannst in jeder sexualbiologischen Untersuchung nachlesen, dass heftiges Begehren durch unglaublich platte und wenig intellektuelle Phänomene ausgelöst wird, die mit einem selbstbestimmten und würdevollen Leben in keiner Weise etwas zu tun haben, und ich habe nicht die geringste Lust, mich wie ein brünstiges Tier zu benehmen, nur weil du nach Zimt riechst und ich deshalb ...«

»Madonna, kannst du nicht mal die Klappe halten?« Er nahm meinen Kopf zwischen die Hände und küsste mich.

Ich verlor die Balance, er hielt mich, drückte mich gegen eine Hauswand, seine Hände glitten unter meinen Pullover und er presste sich an mich. Sein Zustand gab zu den schönsten Hoffnungen Anlass.

»Komm!«, keuchte Michelangelo. »Wir sind gleich da ... nun komm schon! Du willst es doch auch.«

Lamento d' Elvis

Das Abendessen servierte er uns nicht am Tisch, sondern im Bett. Es war mindestens zwei Meter breit und lang und er breitete ein Tischtuch in die Mitte, holte alles, was er vorbereitet hatte, aus der Küche und legte es auf das Tuch.

Ich saß im Schneidersitz auf der Matratze, eingehüllt in einen seidenen roten Kimonomantel, den er mir gegeben hatte. Es war wohl seiner, denn er war viel zu groß für mich.

»So stellte ich mir ein ideales Picknick im Bett vor«, meinte ich und konnte mich gar nicht satt sehen.

Da lagen Käsestücke neben Schinken, Oliven neben gefüllten Pilzen, kleine Tomaten neben rohem Fenchel, er hatte Glasschälchen mit verschiedenen Soßen auf ein Tablett gestellt, Melone gab es und anderes Obst, Gambas, duftendes Brot, verschiedene Säfte und natürlich roten Wein und prickelnden Champagner.

Ich fiel in eine elysische Stimmung, alles war perfekt gelaufen, mein Begehren war durch wilden Sex gestillt worden und jetzt bekam ich noch ein wunderbares Mahl serviert. Die Gedanken an Kati verscheuchte ich, beschloss aber, nicht zu spät ins Hotel zurückzukehren.

Baci war nochmal in die Küche gegangen, um etwas zurückzubringen, und ich hörte Geschirr klappern. Ich räkelte mich und steckte meine Nase in die Stelle des Lakens, auf der er gelegen hatte. Wahrscheinlich war es pure Einbildung: Ich roch eine perfekte Liaison von seinem Zimt, meinem Chanel-Parfum und unser beider Schweiß.

Ich musste verrückt sein! Benahm mich hier wie ein Tier und schnüffelte, während ein Mörder frei herumspazierte, meine Freundin krank im Bett lag und ich weiß Gott was anderes zu tun gehabt hätte. Und dabei wusste ich noch nicht mal, ob ich in Baci verliebt war. Ich scheute dieses Gefühl, das mich immer so verletzbar machte, wie der Teufel das Weihwasser.

Und wieder musste ich an Manns Helden Aschenbach denken, den armen Tropf, der sich wegen Eros' Lächeln zum Narren machte: *Es war das Lächeln des Narziß, der sich über das spiegelnde Wasser neigt, jenes tiefe, bezauberte, hingezogene Lächeln, mit dem er nach dem Widerscheine der eigenen Schönheit die Arme streckt, – ein ganz wenig verzerrtes Lächeln, verzerrt von der Aussichtslosigkeit seines Trachtens, die holden Lippen seines Schattens zu küssen, kokett, neugierig und leise gequält, betört und betörend.*

Wenig später flüstert der Dichter die stehende *Formel der Sehnsucht* und sagt – ohne dass es der Junge hören kann: *Ich liebe dich!* Damit war Aschenbachs endgültiger Untergang besiegelt.

»So. Darf ich zu Tisch bitten?«, fragte Michelangelo und goss Champagner ein. Er ließ sich aufs Bett sinken, mir gegenüber, die Schürze hatte er durch knappe Shorts ersetzt und sich ein Hemdchen übergezogen.

Plötzlich war der Raum mit Musik gefüllt, die aus allen Ecken zu kommen schien. Es war nicht Monteverdi oder Vivaldi, sondern ganz eindeutig etwas Rockiges, und als der Sänger mit seinem Lied begann, erkannte ich ihn: Elvis Presley. Für einen Moment haute mich die Musikauswahl um, doch dann fand ich es lustig.

Michelangelo hatte mein Erstaunen registriert und grinste. »Madonna, das Leben sollte nicht immer vorausschaubar sein! Erst Brüche und Peinlichkeiten machen es lebenswert und originell. Aber ist das Lied nicht schön? Passt es nicht hierher?«

Ich hörte hin. Ja, er hatte Recht.

Maybe I didn't treat you
Quite as good as I should have
Maybe I didn't love you
Quite as often as I could have
Little things I should have said and done
I just never took the time

You were always on my mind
You were always on my mind
…
Maybe I didn't hold you
All those lonely, lonely times
And I guess I never told you
I'm so happy that you're mine
If I make you feel second best
Girl, I'm sorry I was blind

You were always on my mind
You were always on my mind
…

Die Stimme des Sängers war weich und melodisch, ein wenig traurig. Schweigend saßen wir auf dem Bett, pickten ab und zu in den Köstlichkeiten herum und tranken den kühlen Champagner. Warum hatte er diesen Titel gewählt?

Vielleicht, weil das Lied auch ein *Lamento* war, das Klagelied eines Mannes, der merkt, dass er seine Geliebte verliert.

Wir aßen gemächlich und fütterten uns, redeten und neckten uns. Als das Telefon klingelte, ließ Michelangelo von mir ab. Er telefonierte kurz und kehrte dann zurück.

»Das war die Polizei«, erklärte er. »Im Keller des *Palazzo Contarini del Bovolo* ist ein Labor entdeckt worden. Dort wurde in großem Ausmaß Kokain hergestellt.«

Chimärenstadt

Das schnelle Taxiboot hatte mich durch die nächtlichen Kanäle zurück zum Piazzale Roma gebracht und ich hatte die kalte Nachtluft und die Atmosphäre genossen: die Bogenfenster der Palazzi am Wasser, meist mit weißem Stein eingefasst, das Dunkel der Wände, das warme Licht, das durch die Fenster drang und sich im Wasser widerspiegelte.

Kati ging es besser. Sie hatte den ganzen Tag im Bett verbracht und war sicher, morgen wieder aufstehen zu können. Ich erzählte ihr von der Entdeckung des Drogenlabors und sie wunderte sich, dass sich die Sache so entwickelt hatte. Mehr jedoch war sie an meinen Erlebnissen mit Michelangelo interessiert, konnte ihre Neugierde nicht zügeln.

»Du strahlst ja so von innen heraus«, behauptete sie. »Er muss wohl gut im Bett sein, oder?«

Ich antwortete nicht. Eine merkwürdige Scheu hatte mich befallen. Auch wenn wir bisher immer offen über erotische Dinge gesprochen hatten – das ging zu weit. Der Abend gehörte mir allein und ich würde seinen Verlauf nicht mit Kati diskutieren.

Ich verzog mich auf mein Zimmer, überlegte noch kurz, ob ich mir Notizen machen sollte. Nein, heute nicht mehr. Der Tag war so voller neuer Eindrücke gewesen und ich musste sie erst mal in Ruhe sortieren. Außerdem war ich todmüde.

Ich hatte mich gerade bettfertig gemacht, als das Handy klingelte. Es war Rabatt.

»Ich habe die Informationen aus den Polizeiakten«, knatterte er mir ins Ohr. »Wann können wir uns sehen?«

»Mal gucken«, gähnte ich. »Lassen Sie uns morgen nochmal telefonieren, ja? Ich will jetzt schlafen.«

»Wie Sie wollen.« Der Oberstaatsanwalt schien beleidigt. »Erst konnte es Ihnen nicht schnell genug gehen und jetzt haben Sie alle Zeit der Welt! Ich werde Sie morgen früh im Frühstücksraum Ihres Hotels erwarten. Um neun Uhr.«

Ich war viel zu müde zum Streiten und stimmte zu. Als ich kurz darauf im Bett lag, fiel mir auf, dass er offenbar wusste, in welchem Hotel ich logierte. Aber vielleicht hatte ich es auch mal zufällig erwähnt – und es war auch wohl egal.

Mir fielen die Augen zu, doch ich landete nicht in der Entspannung, sondern in einem Traum. Er katapultierte mich geradewegs in auseinander gerissenes dunkles Blauviolett vom Wind gepeitschter Wolken. Die Umrisse der Palazzi ähnelten gebleichten Knochenhaufen. Ich hörte Donnern und die Gondel, in der ich saß, wankte gefährlich. Auf den Spitzen der Wellen sammelte sich weißer Schaum.

Ich versuchte, das Gesicht des Gondoliere zu erkennen, um die Gefährlichkeit der Lage an seiner Miene ablesen zu können, aber er hatte kein Gesicht mehr, sondern trug eine Maske, wie ich sie in den Werkstätten der Stadt gesehen hatte: weiß, mit einer stark verlängerten gebogenen Nase.

Nebel zog auf und die Gondel drehte sich um ihre Achse. Plötzlich eine Stimme im Wasser: Hilfe! Hilfe! Ich beugte mich nach vorn und sah einen Schatten, reckte meinen Arm über den Rand des Bootes in die Richtung, aus der ich die Rufe zu vernehmen glaubte. Da griff plötzlich eine Hand durch den Nebel und berührte meine Finger. Ich packte zu und zog und zog ... Doch der Mensch im Wasser rührte sich nicht vom Fleck, auch nicht, als ich ihm den zweiten Arm bot und wieder zog.

Jetzt war ich ungesichert in der Gondel und merkte, dass ich bereits mit dem Oberkörper über der gekrausten Wasserfläche hing. Ich wollte den Schwimmer loslassen, um eine andere Möglichkeit der Rettung zu erkunden – es lagen bestimmt irgendwelche Seile oder Ähnliches in der Gondel –, aber er ließ meine Hände nicht los.

Und dann kam es, wie es kommen musste, ich wurde aus dem Boot gezogen und versank im Wasser. Es ging gleich in die Tiefe und ich strampelte mit den Beinen – meine Hände waren ja noch immer gefangen. Plötzlich verschwand der Nebel und es wurde hell, und je lichter das Wasser wurde, umso mehr konnte ich erkennen.

Alle Geräusche verschwanden, kein Rufen und kein Geräusch von Wasser an Holz klatschend mehr und ich sah den Menschen, der meine Hände gegriffen hatte – es war Betty Blue, die kleine Thailänderin mit dem Baby. Sie lächelte mich merkwürdig an, die schmalen Augenschlitze weit geöffnet, die Lippen geschlossen. Ihre Haare umzüngelten sie wie schwarzes Feuer. Sie zog mich zu sich hin und ich bekam Angst. Du bist doch tot, schrie ich, lass mich los!

Ihre Arme hatten viel Kraft und ich zog die Beine an, um

mich von ihrem Körper abzustoßen, doch sie wich mir aus. Dann beobachtete ich uns beide, wie wir miteinander rangen – noch immer unter Wasser. Ich bin bestimmt schon längst ertrunken, schoss es mir durch den Kopf.

Schwaches Motiv

Es war Peter Jansen, der mich aus dem Traum befreite. Ich brauchte einige Zeit, bis ich wieder denken konnte.

Er berichtete, dass die Staatsanwaltschaft in Bierstadt eine Pressemitteilung herausgegeben hatte. In ihr stellte der Staatsanwalt Dr. Körner fest, dass das Motiv für den Vierfachmord im internationalen Drogenhandel zu suchen sei. Die Kommunikation zwischen der Polizei in Venedig und Bierstadt funktionierte also.

»Damit hättest du wohl nicht gerechnet, Grappa?«, foppte mich mein Chef. »Diese Auflösung ist dir doch bestimmt nicht dramatisch genug. Keine Story von Liebe, Eifersucht und Rache.«

»Körner spinnt«, stellte ich fest. »Die haben zwar Kokain hergestellt, aber wo ist das Motiv für die Morde? So einfach ist die Sache nicht.«

»Warum stand in unserer Zeitung eigentlich noch nichts von dem Labor? Wieso muss ich davon durch die Staatsanwaltschaft erfahren?«

»Die haben es doch gestern Nachmittag erst ausgehoben!«, verteidigte ich mich. »Und ich war leider nicht dabei und habe es erst abends mitbekommen. Zu spät für euch. Ich wollte heute Kontakt mit der venezianischen Polizei aufnehmen und dann den Artikel schreiben.«

»Okay, dann mach das bitte so bald wie möglich.« Er schien besänftigt zu sein. »Ich gehe gleich zur Staatsanwaltschaft und höre mir mal die Argumentation von Körner an. Und die stellen wir dann deinem Bericht gegenüber. Unsere Leser jedenfalls mögen deine Artikel, der Verkauf am Kiosk geht wie geschmiert.«

»Dann habt ihr doch die Kosten für meine Reise längst wieder drin.«

»Stimmt. Aber Geld ist ja nicht alles. Hauptsache, du fühlst dich wohl, Grappa-Baby.«

»Na, siehst du. So kenne ich dich«, meinte ich zufrieden. »Dann könnte ich ja noch eine Woche Urlaub dranhängen, wenn hier alles erledigt ist, oder nicht?«

»Darüber reden wir, wenn der Fall wirklich abgeschlossen ist«, schoss Jansen meine Gedanken nach Utopia.

Ich weiß nicht, warum, aber ich musste plötzlich an meinen Traum denken. Und in dem war eine Person aufgetaucht, an die ich schon lange nicht mehr gedacht hatte. »Kannst du für mich mal was überprüfen?«

»Sicher.«

»Erinnerst du dich an die junge Frau mit dem Baby? Die Thailänderin, die im Haus der Ischenko-Schwestern gewohnt hat?«

»Klar. Deine Zeugin.«

»Ich würde gern wissen, wie es ihr geht. In ihrem Haus hat es ja gebrannt. Kurz bevor ich nach Venedig geflogen bin.«

»Spielt sie denn noch eine Rolle?«, wollte mein Chef wissen.

»Ich weiß nicht. Könnte aber gut sein. Tust du es für mich?«

»Ja. Wie heißt sie denn?«

»Sie nennt sich Betty Blue. Sie hat einen dieser unaussprechlichen asiatischen Namen. Schick irgendeinen Volontär zu ihrer Adresse.«

Er versprach, meine Bitte zu erfüllen.

Ich duschte mich lange und cremte meine Haut ein. Erotische Betätigung hatte sie aufblühen lassen, so schien es mir. Auf dem Nachttisch klingelte das Handy, es war bestimmt Michelangelo. Doch ich wurde enttäuscht, denn Rabatt kündigte an, gleich im Hotel auftauchen zu wollen.

Kati saß im Frühstücksraum und hatte das Buffet schon ordentlich geplündert.

»Wir kriegen gleich Besuch«, begann ich. »Dein Freund Rabatt. Reg dich aber bloß nicht auf!«

»Der will doch nur seine Weste reinwaschen – und du hilfst ihm dabei.«

»Vielleicht ist sie ja wirklich rein«, gab ich zu bedenken. »Außerdem kann er mir nützlich sein. Durch ihn habe ich einen Draht zu den Behörden hier.«

»Soll ich dir einen Orangensaft mitbringen?« Sie war aufgestanden.

»Ja, bitte. Vitamine können nicht schaden.«

Die Tür ging auf. Rabatt trat ein, unter den Arm eine Mappe geklemmt.

»Guten Morgen, die Damen!«, dröhnte er und es hörte sich schon wieder schnippisch an. »Wünsche, wohl geruht zu haben.«

Kati sagte gar nichts.

»Hallo, Herr Rabatt«, bemühte ich mich, freundlich zu sein. »Was gibt es Neues?«

»Holen Sie mir doch erst mal eine Tasse Kaffee, Fräulein Fidibus«, sprach er Kati an. »Mit drei Stück Zucker.«

Kati hob den Kopf und versuchte, Rabatt mit Blicken zu töten. Der grinste frech.

»Ich geh schon«, kündigte ich an. »Ein Croissant oder einen Saft dazu?«

»Schmeiß dem Arsch Zyankali in den Kaffee«, empfahl Kati und wandte sich zur Tür. »Ich warte oben in meinem Zimmer!«

Der Oberstaatsanwalt schaute ihr amüsiert nach. »Leicht empfindlich, die junge Frau, was?«, grinste er.

»Können wir zur Sache kommen?«, fragte ich und stellte eine Tasse vor ihn hin.

»Darf ich rauchen?«

»Nein.« Jetzt war Schluss mit dem Entgegenkommen.

»In dieser Mappe sind Kopien aller Straftaten und Todesfälle vom letzten Sommer und noch bis zwei Monate nach dem Seminar.«

Der Oberstaatsanwalt zog einige Seiten heraus und legte sie auf den Tisch. »Ich habe natürlich schon vorsortiert, um uns die Arbeit zu erleichtern. Messerstechereien unter Banden, Diebstähle und Überfälle, die mit Touristen in Zusammenhang stehen, sowie tödliche Unfälle in der Lagune habe ich schon beiseite gelegt. Und dann habe ich meine Nase aktiviert und etwas entdeckt, bei dem mir mein Gefühl sagt: Es könnte passen!«

»Dann lassen Sie mal hören.«

Rabatt machte es spannend. Er rührte den Zucker in seinem Kaffee und ordnete dabei die Zettel. »Während der Zeit, als das Seminar stattfand, wurde eine junge Frau Opfer einer Entführung. Sie tauchte Wochen später wieder auf – völlig verwahrlost und verwirrt.«

Das hörte sich nicht übel an. »Wer war sie und was hat sie erzählt?«

»Dreißig Jahre alt, Krankenschwester, allein stehend. Sie wurde auf dem Parkplatz des Krankenhauses entführt. Hier ist die Akte.«

Rabatt reichte mir eine beschriebene Seite. Ich überflog das Blatt und verstand, dass es wohl mehrere Täter gewesen sein mussten. Sie hatten ihr Opfer misshandelt und missbraucht und schließlich in einem Sumpfgebiet ausgesetzt.

»Was haben die Ermittlungen denn ergeben?«, wollte ich wissen.

»Der Fall wurde zu den Akten gelegt, es gab zu wenig Spuren. Das Opfer ist noch in psychiatrischer Behandlung. Brunetti glaubt, dass die Männer ihr mit dem Tod gedroht haben, wenn sie etwas aussagt, das zu ihrer Entdeckung und Festnahme führt. Deshalb schweigt sie wohl auch.«

»Das kommt mir nicht plausibel vor. Hunze und Krawottki waren bestimmt Halunken, aber so was? Die hatten doch die beiden Schwestern, um sich auszutoben. Außerdem – die beiden waren schon Mitte fünfzig!«

»Glauben Sie, dass Männer über fünfzig keine Manneskraft mehr haben?«

»Da hab ich noch nicht verschärft drüber nachgedacht«, räumte ich ein. »Ich kenne mich besser mit jüngeren Modellen aus. Was gibt es noch in Ihren Papieren?«

»Ein paar weitere Leichen. Die meisten sind noch nicht identifiziert. Im Kanal oder im Meer ertrunken. Der letzte Sommer in Venedig war sehr heiß – es gab weniger Kapitalverbrechen als sonst. Der Entführungsfall ist das einzig Spektakuläre, was ich zu bieten habe. Vielleicht stecken ja wirklich Drogenbosse hinter allem, die ihren Geschäftsbereich sichern wollten.«

»Und der Anschlag auf die Sängerin? Das Gedicht? Die toten Schwestern?«, wandte ich ein.

»Der Anschlag auf die Sängerin war wahrscheinlich ein schlechter Scherz«, sagte Rabatt. »Die Polizei hat die Geschosse untersucht, die auf die Sängerin gefeuert wurden. Das waren allesamt Platzpatronen. Die knallen zwar laut, dienen aber nicht dazu, jemandem das Leben zu nehmen.«

»Das ist in der Tat merkwürdig.«

»Und die beiden Bierstädter Nutten sind vielleicht nur zufällig Opfer geworden, weil sie am falschen Ort waren. Der *Palazzo Contarini del Bovolo* gehört übrigens diesem Hunze. Nicht dass er viel dafür bezahlt hätte – das Ding ist ziemlich bröckelig. So konnten die beiden in Ruhe das Drogenlabor im Keller betreiben. Und das machten die schon seit einigen Jahren. Aber ich werde mich trotzdem weiter um die entführte Frau kümmern.«

»Kann ich die Unterlagen behalten?«, fragte ich und deutete auf die Papiere. »Ich will sie mir in Ruhe ansehen. Wasserleichen haben ja auch einen gewissen Reiz.«

Bierstadt winkt

In meinem Zimmer startete ich den PC und versuchte, mich zu konzentrieren. Dann machte ich es einfach so wie immer: Fragen stellen, Geschehnisse spannend und blumig schildern und die Fantasie der Leser zu Höhenflügen stimulieren. Sie sollten teilhaben an meinen Gängen durch dunkle venezianische Gassen, die Musik hören, in der ich schwelgte, und mir in einer Gondel auf den Wasserstraßen folgen.

Um mich zu inspirieren, griff ich zum Mann: *Der Platz lag in sonnenloser Schwüle. Unwissende Fremde saßen vor den Cafés oder standen, ganz von Tauben bedeckt, vor der Kirche und sahen zu, wie die Tiere, wimmelnd, flügelschlagend, einander verdrängend, nach den in hohlen Händen dargebotenen Maiskörnern pickten.*

Das war ein wenig ausführlich und umständlich für eine Reportage in einer Tageszeitung.

Seminar als Tarnung für Drogenhandel? Noch hat die Saison in Venedig nicht begonnen. Der Platz vor dem *Palazzo Contarini del Bovolo* liegt in sonniger Kühle. Die Menschen, die hier wohnen, und die zufälligen Spaziergänger wissen nicht, dass der gotische Palast, dessen Wendeltreppe in jedem Reiseführer als Sensation vermerkt ist, ein Geheimnis birgt: Im Keller des alten Gemäuers befindet sich seit Jahren ein modernes Chemielabor, in dem illegale Drogen hergestellt wurden.

Ein großer Teil meines Berichtes bestand aus Wiederholungen von schon Bekanntem. Zum Schluss schilderte ich mein Treffen mit Wiesengrundel, dem Komponisten, der vor dem geheimnisvollen Mörder geflohen war, ausgerechnet nach Venedig.

Der Mann an der Rezeption räumte schon freiwillig den Platz, als ich mit meiner Diskette anrückte. Der Artikel war schnell überspielt.

Peter Jansen meldete sich: Die Staatsanwaltschaft in Bierstadt hatte gerade eine Pressekonferenz beendet.

»Dr. Körner war froh, endlich ein paar Ergebnisse präsentieren zu können. Die Staatsanwaltschaft hat ein paar Nummernkonten in der Schweiz ausgemacht und versucht jetzt, an das Geld heranzukommen. Außerdem gehörten Hunze nicht nur der Palazzo, sondern auch andere Immobilien und Grundstücke. Die Vermögensverhältnisse von Krawottki müssen noch gecheckt werden.«

»Und wer soll der Mörder sein?«

»Körner geht von einem bezahlten Killer aus, der nach der Tat sofort wieder nach Übersee verschwunden ist.«

»Und wer soll ihn angeheuert haben?«

»Na ja, wer schon? Eine Drogenbande, die Hunze und Krawottki aus dem Geschäft drängen wollte.«

»So ein Blödsinn!«

»Jedenfalls erwarte ich dich morgen zurück, Grappa«, sagte mein Chef. »Dann kannst du den innerbierstädtischen Drogenbossen mal auf den Pelz rücken. Die werden bestimmt vor Angst schlottern.«

»Darauf kannst du dich verlassen.« Ich freute mich plötzlich auf zu Hause. »Ich werde dir sofort Bescheid sagen, wenn ich Bierstädter Boden unter meinen Füßen habe. Hast du eigentlich rausgekriegt, ob Betty Blue noch unter ihrer alten Adresse zu erreichen ist?«

»Nein, die Frau wohnt da nicht mehr. Sie ist wohl irgendwo anders hingezogen und hat keine Adresse hinterlassen.«

»Schade! Ich hätte gern mit ihr gesprochen. Mein Gefühl sagt mir ...«

»Was?«

»Keine Ahnung. Wie ist das Wetter bei euch?«

»Es wird schon richtig warm und die Vöglein zwitschern sich die Seele aus dem Körper«, schwärmte er.

»Dann ist das Wetter zu Hause besser als hier.«

»Ciao, bis morgen dann«, verabschiedete sich mein Chef.

Das war sie also gewesen, meine Abenteuerreise nach Venedig. Ich musste Michelangelo sagen, dass ich schon morgen wieder abreisen würde, und ich musste Koffer packen.

Ich tippte Bacis Nummer in mein Handy. »Madonna«, schallte es mir entgegen. »Wo bist du? Was machst du? Können wir uns sehen?«

»Ich habe noch viel zu tun«, wich ich aus. »Ich fliege morgen nach Hause.«

»Ich verzehre mich nach dir!«

»Dann erfinde doch mal wieder ein neues Eis.«

»Habe ich schon. Mir gehen langsam die Ideen aus. Ich hole dich um vier Uhr in deinem Hotel ab.«

Nichts ist nichts

Hotelzimmer, die es mit mir zu tun hatten, veränderten ihr Aussehen während der Dauer meines Aufenthaltes. Sinnlose Gegenstände wie Aschenbecher und Prospekte räumte ich immer als Erstes weg – meist landeten sie in der Nachttischschublade neben dem Neuen Testament. Vasen mit künstlichen Blumen verstaute ich auf dem Kleiderschrankboden und hässliche Gläser wurden – falls vorhanden – in die Minibar bugsiert. Dann begann die Phase der Neuordnung: Ich legte Reiseführer greifbar auf den Nachttisch, stapelte Belletristisches auf einer anderen Ablagemöglichkeit und meine Einkäufe oder Funde platzierte ich so, dass ich sie jederzeit sehen und mich an ihnen erfreuen konnte.

Die kleine Muschel von dem Mädchen am Lido lag neben der Nachttischlampe. Das perlmuttartige Innere leuchtete nach Tageszeit und Art des Lichtes unterschiedlich – mal warmgolden mit irisierenden Regenbogenfarben oder silbergrau mit blaukühlen Schlieren.

Es war schön gewesen so direkt am Wasser.

Er liebte das Meer aus tiefen Gründen …, hatte Mann geschrieben, … *aus einem verbotenen, seiner Aufgabe gerade entgegengesetzten und eben darum verführerischen Hange zum Ungegliederten, Maßlosen, Ewigen, zum Nichts. Am Vollkommenen zu ruhen, ist die Sehnsucht dessen, der sich um das Vortreffliche müht; und ist nicht das Nichts eine Form des Vollkommenen?*

Nein, dachte ich, das Nichts ist nichts und kann weder vollkommen noch unvollkommen sein. Vollkommene Dinge sind langweilig, oder dachte ich das nur, weil ich selbst so unvollkommen war?

Es klopfte an die Zimmertür und gleich darauf trat Kati ein. Sie war wieder ganz die alte – ihr Gesicht hatte eine gesunde Farbe, nur die Haare standen noch etwas wirr. In der Hand hielt sie die Kopien der Polizeiakten, die mir Rabatt gegeben hatte.

»Ich habe etwas gefunden«, sagte sie aufgeregt. »Und damit meine ich nicht die entführte Krankenschwester.«

»Erzähl!«

»Ich habe mir die Liste der Wasserleichen angesehen«, berichtete sie. »Und dabei ist mir etwas aufgefallen, das passen könnte. Einen Monat nach Ende des Seminars wurde eine Frauenleiche aus dem Meer gefischt. Die Behörden gehen eigentlich von einem Unglücksfall aus. Die Tote wurde bis heute nicht identifiziert.«

»Und wie kommst du darauf, dass es eine Verbindung zu unserem Fall gibt?«

»Die Behörden haben eine Obduktion angeordnet. Dabei wurde festgestellt, dass die Frau zwar ertrunken ist, aber voll gepumpt mit Drogen war.«

»Na und? Drogentote gibt es in ganz Europa.«

»Das stimmt. Aber jetzt kommt der Hammer!« Kati war ganz aufgeregt. »Ich habe eben Rabatt angerufen und ihn gebeten, sich diese Akte nochmal genauer anzusehen. Er hing sowieso bei diesem Kommissar rum – wegen der Entführungsgeschichte. Rabatt hat also nachgeguckt und festgestellt, dass jemand da war und sich die Tote angeschaut hat. Die Tote wurde von der Frau aber nicht identifiziert und später auf dem Armenfriedhof auf San Michele begraben.«

»Und?«

»Die Frau, die sich die Wasserleiche angeschaut hat, kam aus Bierstadt.«

»Was? Steht ihr Name in der Akte? Wer war sie?«

»Der Name, den die Frau angegeben hat, ist falsch.«

»Woher weißt du das?«

»Ich habe mit Dr. Körner telefoniert«, antwortete Kati. »Es gibt zwar eine Frau mit dem Namen Brigitte Meier, aber die ist um die siebzig und lebt in einem Altenheim.«

»Brigitte Meier klingt ja wirklich wie schlecht erfunden«, meinte ich. »Hat die Polizei sich denn keinen Ausweis zeigen lassen?«

»Keine Ahnung. Rabatt versucht, das zu klären. Und er besorgt sich die Adresse desjenigen, der die Leiche gefunden hat. Außerdem guckt er nach, ob es Bilder von der toten Frau gibt.«

»Wir fliegen morgen Mittag zurück!«, erinnerte ich Kati.

»Na und? Wir nehmen uns den Zeugen heute Nachmittag vor. Das Kofferpacken ist ja schnell gemacht.«

Katis Entdeckung und Vorschlag machten mir das Treffen mit Baci zunichte.

»Was machst du denn für ein Gesicht?«, fragte Kati. »Endlich haben wir mal ein Packende und du machst schlapp.«

»Ich wollte mich noch einmal mit Michelangelo treffen«, gab ich zu.

»Verstehe. Tut mir Leid.«

»Der Fall ist natürlich wichtiger«, beteuerte ich halbherzig. »Was ist aus der Entführungsstory geworden?«

»Die passt nicht. Rabatt ist nun auch überzeugt. Denn eins steht fest: Die Entführer waren fast noch Kinder – knapp über zwanzig. Jedenfalls ganz junge Kerle und sie sprachen Italienisch.«

Zurück zum Lido

Rabatt hatte die Adresse des Zeugen, der die Leiche der Frau gefunden hatte, herausbekommen. Der Mann wohnte am Lido und wir mussten uns beeilen, um das Vaporetto zu erreichen. Rabatt würde uns an der Schiffsanlegestelle erwarten.

»Ich kann mit dem Zeugen auch allein sprechen, wenn du lieber Baci sehen willst«, schlug Kati vor.

»Kommt gar nicht infrage«, widersprach ich. »Ich werde ihn anrufen und es ihm erklären.«

Ich rief ihn an, doch noch nicht einmal seine Mailbox meldete sich.

Das Boot war ziemlich voll, wir blieben in der Nähe des Ausgangs. So konnten wir auch als Erste wieder raus. Ich blickte aufs Wasser, es war Wind aufgekommen, das Boot bewegte sich rauf und runter und die Wellen tanzten vor meinen Augen.

Mein Magen meldete sich. Nein, bloß nicht seekrank werden und ins Boot kotzen.

Zum Glück dauerte die Fahrt nicht lang. Bob Rabatt blickte uns entgegen.

»Wie sieht der denn wieder aus?«, raunte ich Kati zu. Mein Magen hatte sich wieder beruhigt.

»Grauenhaft!«

Wir gingen auf ihn zu.

»Tollen Mantel haben Sie da an«, konnte ich mir nicht verkneifen zu bemerken.

»Finden Sie?« Er hatte die Ironie nicht kapiert.

»Ich habe ihn vorhin in der Stadt gekauft«, erläuterte er. »Eigentlich tragen die Männer ihn nur zum Karneval. Er heißt *tabarro.*«

Das Teil war eine Art voluminöser schwarzer Umhang, der mit einer Kordel um den Hals gebunden wurde.

»Passt prima zu Ihnen«, sagte ich maliziös. »Unterstreicht Ihre imposante Statur.«

»Wenn man Zelte mag«, kicherte Kati.

Rabatt warf uns einen amüsierten Blick zu. Sollte er sich etwa selbst auf den Arm nehmen können?

»Ich habe ein paar Fotos von der Leiche«, kam er zur Sache. »Sie sind allerdings von schlechter Qualität. Wollen Sie sie sehen?«

Besser im Moment nicht, Fotos von einer von Fischen angeknabberten Wasserleiche würde mir mein Magen doch noch übel nehmen.

»Später«, wehrte ich ab.

»Wie Sie wollen. Dann kommen Sie, ich habe das Haus bereits gefunden. Es ist nicht weit. Wir gehen am besten am Strand entlang.«

Er stapfte voran durch den Sand, wir folgten ihm brav. Heute herrschte hier ziemliche Betriebsamkeit: Leute sammelten den angeschwemmten Müll ein, Hotelmitarbeiter reinigten Liegen und Stühle und an den Stegen, die ins Meer ragten, dümpelten bunte Boote auf dem Wasser.

»Diesen Weg da vorn müssen wir entlang«, sagte Rabatt und deutete nach rechts. Der Wind blähte seinen *tabarro.* Er sah aus wie ein mächtiges schwarzes Gespenst.

Wir trotteten hinter dem Oberstaatsanwalt her. Er führte uns zu einem kleinen Haus, das von einem Café und einem heruntergekommenen Hotel eingeklemmt wurde. Ein Mann öffnete, Rabatt sprach mit ihm und der Italiener bat uns hinein.

Drinnen zeigte ihm der Oberstaatsanwalt die mitgebrachten Fotos.

Der Mann begann heftig und aufgeregt zu reden.

»Was sagt er?«, fragte ich Kati. Sie konnte Italienisch wenigstens etwas verstehen.

»Er erzählt, wie er die Leiche gefunden hat – und zwar ziemlich plastisch.«

Jetzt fragte Rabatt etwas.

»Er sagt, dass schon mal eine Frau aus Deutschland hier war. Sie wollte die genaue Stelle sehen, an der die Tote angeschwemmt worden ist«, übersetzte Kati.

»Brigitte Meier?«

»Ich weiß nicht.«

Rabatt sprach noch einige Minuten mit dem Mann, ließ sich wohl die Frau näher beschreiben. Der Zeuge redete mit Händen und Füßen, deutete an, dass die Frau aus Deutschland langes Haar gehabt hätte, und dann zog er mit den Zeigefingern die Haut neben den Augen nach oben in Schlitzform. Ich begriff, was das bedeuten sollte; Rabatt auch, denn er sagte: »Die Frau war Asiatin.«

Ganz taff!

Betty Blue. Meine Theorien zu dem Fall bekamen eine andere Wendung, wenn ich an sie dachte. Was hatte sie mit den Morden zu tun?

Ich hatte es nie für ungewöhnlich gehalten, dass sie von Anfang an in die Geschichte verwickelt war: Sie hatte bestätigt, dass Krawottki und Hunze engen Kontakt zu den Schwestern gehabt hatten, was ja eine ganz normale Zeugenaussage war. Aber spätestens, als sie Rabatt durch ihre Aussage aus dem Fall katapultierte, hätte ich vielleicht doch misstrauischer werden sollen.

Kati befreite mich aus meinen Gedanken. Sie war zurück vom Andenken-Einkauf, ihre Beute war nicht besonders reichlich – ein Bildband über Venedig, ein paar grelle Pastasorten und eine sehr schöne venezianische Maske, der alten Form der *volto* nachempfunden, jener weißen wachsartigen halben Gesichtsbedeckung.

»Die Preise in dieser Stadt erfüllen den Tatbestand des Wuchers«, erklärte Kati ihre wenigen Einkäufe. »Mehr kann ich mir nicht leisten. Trotzdem habe ich dir was mitgebracht, Grappa.«

Sie reichte mir eine Zeitung. Auf dem Deckblatt stand: *La Nuova di Venezia e Mestre.*

»Du musst in den Lokalteil gucken!«

Auf der ersten Seite waren ein fettes Bild von Brunetti und ein dreispaltiger Artikel. Ich überflog den Text, verstand zwar wenig, aber es reichte, um Zusammenhänge zu konstruieren. Die Polizei meldete die Festnahme von zwei Männern, die als Killer eines kolumbianischen Drogenkartells galten. Auch Rabatt wurde erwähnt – als brillanter Ermittler der deutschen Behörden.

»Die sind aber fix«, staunte ich. »Wie haben die denn so schnell zwei Killer aus dem Hut gezaubert?«

»Keine Ahnung«, sagte Kati. »Rabatt ist halt ein supertoller Typ, der jedem zeigt, wo es langgeht.«

»Moment. Das haben wir gleich.« Ich klingelte den Oberstaatsanwalt an und wiederholte meine Frage.

»Die Polizei war wohl schon länger an der Bande dran«, unterrichtete ich Kati wenig später. »Rabatt sagt, dass die Beweise gegen die Männer ausreichen und dass ihr Geständnis nur eine Frage der Zeit sei.«

»Und das glaubst du?«

»Natürlich nicht«, antwortete ich. »Ich habe mich nie mit

schlichten Antworten auf komplizierte Fragen zufrieden gegeben. Aber dazu später. Weißt du, was wir jetzt machen?«

»Nein. Sag's mir!«

»Wir feiern Abschied von Venedig. Und deshalb suchen wir uns ein Restaurant und lassen es so richtig krachen! Und damit uns niemand stört, schalten wir mein Handy ab. Dann können uns alle mal!«

Wir aßen in einem Restaurant, das ich bei meinen Streifzügen entdeckt, aber noch nicht betreten hatte. Es lag nicht weit von unserem Hotel entfernt, ich hatte keine Lust mehr auf endlose Fahrten durch dunkle Kanäle.

»Wirst du ihn wiedersehen?«, fragte Kati. Der Kellner hatte ein paar Kerzen auf dem Tisch angezündet und es kam so etwas wie eine gemütliche Stimmung auf. Hätte mir ein Mann gegenübergesessen, wäre die Stimmung romantisch gewesen.

»Ich weiß es nicht«, gab ich zu. »Meistens gehen solche Abenteuer ja den Bach runter, wenn der Urlaub zu Ende ist.«

»Es liegt doch ganz an dir. Ruf ihn an, wenn du in Bierstadt bist. Lade ihn ein. Es sind doch nur anderthalb Stunden mit dem Flugzeug.«

»Ich weiß nicht, ob er mich wiedersehen will.«

»Dann frag ihn!«

»Meinst du?«

»Aber Grappa! Du bist doch sonst so taff!«

»Lass mich erst mal ein bisschen Abstand gewinnen«, zierte ich mich. »Ich habe mehrmals versucht, ihn zu erreichen – aber er hat wohl zur Sicherheit sogar seine Mailbox abgeschaltet.«

Abschied von Venedig

Was er als so schwer erträglich, ja, zuweilen als völlig unleidlich empfand, war offenbar der Gedanke, dass er Venedig nie wiedersehen solle, daß dies ein Abschied für immer sei …

Manns Held nimmt Abschied, um dann doch zu bleiben, und zwar für immer: tot in einem Stuhl am Lido.

Das hatten wir nicht vor. Bierstadt war zwar nicht so schön wie Venedig, aber es war meine Heimat. Ich freute mich schon auf mein erstes Gespräch mit Bäckersfrau Schmitz, auf die Ironismen von Peter Jansen, meinen Kampf gegen Nikotinmissbrauch in der Redaktion, die Frotzeleien zwischen den Knipsern und mir und den täglichen Wettlauf gegen die Öffnungszeiten von Supermärkten.

Ein letztes Mal hetzten Kati und ich brückauf und brückab, die Koffer hinter uns herziehend. Ziemlich abgekämpft kamen wir an der Busstation am Piazzale Roma an.

Die Busse und Boote spuckten gerade Hundertschaften von Touristen aus, die schwätzend an uns vorbei in die Stadt ausschwärmten, mit Stadtplänen, Ferngläsern und Fotokameras ausgerüstet.

Beim Anblick manch farbenfroher Ballonseidenanzüge glaubte ich, den lauwarmen Dunst Bierstädter Kneipen zu schnuppern; und der unkomplizierte Imperativ, den der Revierbürger mit Kurzsätzen wie »Mutta, komma her!« oder »Gehda wech!« kreiert hatte, stimmte mich plötzlich heiter. Bierstadt, ich komme.

Zwei Stunden später flog die Maschine einen weiten Bogen über die Dogenstadt und wieder einmal wunderte ich mich über die Besonderheit des Anblicks. Die goldenen Mosaike von San Marco glänzten, das Meer war graublau, der Himmel produzierte dramatische Wolkengewölbe.

Ich las erneut im Mann, als ich etwas sehr Heißes auf meinen Schenkeln spürte.

Der Flieger hatte sich etwas zu heftig der Stadt abgewandt und Kati über meiner Hose Kaffee gelassen.

»Tut mir Leid«, meinte die Blondine und versuchte, das Nasse mit einer Serviette aufzutupfen. Selbst die Novelle war etwas in Mitleidenschaft geraten.

Ich tupfte den Kaffee vom Papier. Die Brühe hatte folgenden Satz blassbraun markiert: *Denn der Mensch liebt und ehrt den Menschen, solange er ihn nicht zu beurteilen vermag, und die Sehnsucht ist ein Erzeugnis mangelhafter Erkenntnis.*

Kompliment, Maestro, dachte ich, genauso ist es. Nur Unkenntnis erzeugt Verliebtheit. Was wusste ich denn schon von Baci? Fast gar nichts. Nur eins war sicher: Er roch nach Zimt.

»Was hast du, Grappa?«, fragte Kati. »Tut mir wirklich Leid mit dem Kaffee. Ich bin ein Trampel.«

»Mach dir keine Sorgen«, murmelte ich. »Es ist alles okay.«

Brötchen, Bilder und bezahlen

Sie räumte gerade die frisch gebackenen Brötchen ins Regal. Täuschte ich mich oder war ihr Rücken tatsächlich krummer als vor meiner Abreise, machte es ihr mehr Mühe als sonst, das schwere Blech zu hieven und vom Backgut zu befreien?

»Hallo«, sagte ich. »Da sind wir wieder.«

Anneliese Schmitz drehte sich langsam um. Ihre Miene hellte sich auf.

»Die Frau Grappa!«, rief sie. »Wieder im Land. Wie isses denn so?«

»Muss«, sagte ich. »Und selbst?«

»Muss. Ich hab das Blatt gelesen. Wer is denn nu der Mörder? Die beiden Männer?«

Das *Tageblatt* hing – in eine Stange geklemmt – an der Garderobe. Ich guckte nach und entdeckte die knappe Meldung, die von der Festnahme zweier Männer in Venedig berichtete.

»Milchkaffee?«

»Klar. Und wenn Sie mir dann noch ein paar Brötchen einpacken würden? Und ein Roggenbrot.«

Kati war schon in die Wohnung vorgegangen, um die Heizung aufzudrehen und die Post zu sichern, und ich hatte versprochen, etwas Essbares aufzutreiben. Kein Problem, denn es war ja erst früher Nachmittag.

Ich trabte in Schmitzens Bistro und setzte mich.

»Die Witwe macht echt einen drauf«, erzählte Frau Schmitz, als sie mir den dampfenden Milchkaffee vorsetzte. »Kohle scheint ja genuch da zu sein.«

»Woher wissen Sie das?«, fragte ich.

»Hab mir gedacht, dass es nicht schaden kann, die mal im Blick zu behalten«, antwortete sie. »Nussecke?«

»Lieber nicht. Hab wohl zugenommen in Venedig.«

»Ach was!« Sie ging in den Nebenraum und kam mit meinem zweitliebsten Gebäck zurück. Es war frisch und weich und duftete.

»Eima is keima.«

»Wennet so wär«, passte ich mich an und grabschte willenlos nach dem Dreieck. Es zerging, leicht krümelnd, auf meiner Zunge.

»Was macht die Witwe denn nun so?«, fragte ich.

»Auktionen. Sie tut die Bilder von ihrem Alten verscherbeln. Auch für 'n guten Zwech. Steht inner Zeitung.«

»Mit Erfolg?«

»Scheint so.«

»Ist doch okay«, sagte ich. »Sie ist lange genug von ihrem Kerl beschissen worden. Jetzt ist sie dran.«

Anneliese Schmitz nickte. »Ist die Blonde noch bei Ihnen?«

»Ja. Sie wartet oben. Hat bestimmt ordentlich Appetit auf deutsches Brot.«

»Männermäßig was passiert?« Mit dieser Frage hatte ich gerechnet.

»Nicht viel und schon wieder vorbei.«

»Ach, Frau Grappa«, seufzte die Bäckerin. »Sie sollten sich wieder 'n Kater in die Wohnung holen. Der passt wenichstens ein bisschen auf Sie auf.«

»Und wer passt auf den Kater auf, wenn ich nicht da bin? So wie in den letzten Tagen?«

»Den Schwatten hätte ich schon genommen.«

»Ich bin froh, dass er weg ist«, log ich. »Endlich keine Katzenhaare mehr im Bett, keine Attacken auf meine Einkaufstüte und ich kann wieder die Musik hören, die mir gefällt.«

»Aber schnurren tut auch keiner mehr, oder?«, meinte sie zweideutig.

»Ach, wissen Sie.« Ich nahm die Brötchentüte und ging zur

Tür. »Anfangs schnurren sie alle, aber das lässt schnell nach, wenn man nicht nach ihrer Pfeife tanzt.«

»Ja, so sind se.« Endlich war die Bäckersfrau mal meiner Meinung.

Als ich schon die Klinke in der Hand hielt, fiel mir ein, dass ich noch gar nicht bezahlt hatte.

»Warum sagen Sie denn nichts?«, fragte ich und griff nach meinem Portmonee. »Ich bin noch ganz durcheinander.«

»Macht doch nichts«, lächelte sie und nahm das Geld. »Sie werden bezahlen.«

Ne me quitte pas!

Sie werden bezahlen. Der Satz der Bäckersfrau hatte mir einen heftigen Schauer über den Rücken getrieben. Es war einer der Schlüsselsätze in Manns Roman, der ziemlich früh auf das Ende des Dichters in Venedig hindeutet. Bezahlen mit dem Leben. Wurde ich langsam hysterisch?

Schneller als nötig hastete ich in meine Wohnung, um die Stelle nachzulesen. Kati hatte es sich schon gemütlich gemacht, Kaffee aufgebrüht und Jacques Brel in den CD-Player gequetscht: *Ne me quitte pas …*

Ich dachte an den Elvis-Song: *You were always on my mind.*

Die Themen der Lieder und Geschichten der Welt sind immer gleich, überlegte ich, Sehnsucht, Missverständnis, Liebe, Verrat und Tod.

»Ich komme sofort«, rief ich Kati zu und suchte die Novelle. Sie hatte schwer gelitten während der Reise, aber das gehörte sich auch so, unberührte Bücher hatten null Charme für mich. Ich kaufte Bücher oft antiquarisch und besonders gern die, die vom vormaligen Besitzer mit feinen Bleistiftanmerkungen und Unterstreichungen versehen worden waren. Oft fantasierte ich mir durch die Art der Markierungen die früheren Leser zusammen.

In meinem einst unberührten Mann hatte nur ich herumgestrichen und niemand würde dieses Exemplar mehr kaufen wollen, denn ich schrieb manchmal ganze Sätze aufs Papier; Gedanken, die mich anflogen während des Lesens.

Da war die gesuchte Stelle: *Ein Bann der Trägheit schien auszugehen von seinem Sitz, von diesem niedrigen, schwarz gepolsterten Armstuhl, so sanft gewiegt von den Ruderschlägen des eigenmächtigen Gondoliers in seinem Rücken …*

Und wenig später fragt Aschenbach:

»Was fordern Sie für die Fahrt?«

Und über ihn hinsehend antwortete der Gondolier: »Sie werden bezahlen.«

»Wir müssen Betty Blue finden«, murmelte ich, während ich zum Kaffeebecher griff. »Sie hält den Schlüssel zum Motiv in den Händen.«

»Wieso?«

»Es gibt mir zu viel mandeläugiges Personal in dieser Geschichte.«

»Wie willst du sie denn finden?«, wandte Kati ein. »Es gibt viele Frauen mit Mandelaugen in Bierstadt und Umgebung.«

»Mir fällt schon noch was ein.«

»Gut. Machen wir uns also morgen an die Arbeit«, willigte Kati ein. »Wie sollen wir vorgehen?«

»Morgen früh fahre ich zu dem Haus, in dem sie gewohnt hat. Irgendeine Spur muss sie hinterlassen haben. Sie hat doch immerhin ein kleines Kind bei sich.«

Nur nicht mehr denken müssen. Jedenfalls heute Abend nicht mehr. Wir zauberten ein Abendessen aus den Konserven, die sich in meinen Vorräten fanden. Immerhin gelang uns Pasta mit Tomatensugo aus dem Glas, den ich mit geriebenen Chilischoten und Kräutern vom Balkon aufpeppte.

Gegen Mitternacht hatten wir die zwei Flaschen Wein geleert, die Kati von der Tankstelle in der Straße geholt hatte – grässliches Zeug, Massenware, die vermutlich aus den Resten aller weinproduzierenden Länder zusammengegossen worden war – kurz bevor die Tanks gereinigt werden mussten.

Auf dem Etikett stand protzig: *Blanc de Blancs* und es war noch vermerkt, dass 11,5 Prozent Alkohol garantiert wurden, was Katis Kaufentscheidung wohl positiv beeinflusst hatte.

»Die Plörre schreit nach Aspirin«, stellte ich fest, als wir uns bettfertig machten, und warf zwei Tabletten ein. Kati tat es mir nach.

O je, fiel mir ein, du solltest sorgfältiger mit deiner Gesundheit umgehen, Grappa, sonst wirst du bezahlen.

Schon wieder dieses Wort, aber jetzt hatte es keinen Schrecken mehr. Bezahlen war das Natürlichste der Welt – nehmen und geben ... In unserer kapitalistischen Welt nannte man diesen Akt halt: bezahlen.

Schon im Nachthemd versuchte ich noch, die Dinge aus dem Koffer in eine gewisse Ordnung zu bringen, und hielt plötzlich die Muschel vom Lido-Mädchen in der Hand.

Obwohl erst ein paar Tage seit der Begegnung vergangen waren, kam mir alles so weit weg vor, fast traumhaft verschleiert. Ich hielt die Muschel ins Licht der Lampe und erfreute mich am Schimmern des Perlmutts.

Die Muschel würde einen schönen Platz in meiner Wohnung bekommen, genauso wie die Maske, die ich in Dorsoduro bei der Kettenraucherin gekauft hatte. Ich packte sie aus, sie stank noch nach Nikotin.

Die Kombination von Müdigkeit und Alkohol ließ mich ins Bett fallen und den Rest der Nacht tief und traumlos schlafen.

Mein Hirn war noch lahm gelegt beim Erwachen am anderen Morgen. Ich schleppte mich in die Küche, holte die Gelmaske aus dem Kühlschrank, drückte sie aufs Gesicht und brachte mich wieder in die Horizontale. Kurz darauf hörte ich, wie Kati in der Wohnung rumorte.

»Kannst du heute das Frühstück machen, bitte?«, rief ich. »Ich brauch noch eine Viertelstunde.«

Die Blonde trat in mein Zimmer.

»Ach, du hast die Maske«, kam es enttäuscht. »Ich wollte sie mir gerade holen.«

»Ich war eben schneller. Leg dir ein feuchtes Handtuch aufs Gesicht«, riet ich. »Das hilft auch.«

»Gute Idee!«

Wasser rauschte, dann ließ sie sich neben mich aufs Bett fallen. »Darf ich dich mal was fragen, Grappa?«

»Klar.«

»Denkst du manchmal über das Alter nach?«

»Ich denke oft darüber nach und frage mich, was wohl sein wird mit mir in zwanzig oder dreißig Jahren.«

»Ich habe schreckliche Angst davor«, gab sie zu.

»Diese Angst ist auch begründet und ich habe sie auch«, sagte ich. »In den Semesterferien habe ich mal in einem Pflegeheim für demenzkranke Leute gejobbt. Ist zwar schon tausend Jahre her, aber ich erinnere mich noch immer mit Schrecken daran. Es war schrecklich zu sehen, wie sich das Leben an den Menschen festgeklammert hat. Sie wussten nicht mehr, wer sie sind oder gewesen waren. Und manchmal hatten einige lichte Momente, erkannten ihre Lage und fingen an, bitterlich zu weinen.«

»Wie grauenhaft!«

»Ja, das war es. Es ist nicht menschlich. Die Eskimos setzen ihre Alten auf eine Eisscholle, geben der Scholle einen Schubs und überlassen die Oldies ihrem Schicksal. Finde ich irgendwie besser.«

»Bei denen gibt es keine Pflegeversicherung«, wandte Kati ein. »Und wenn ein Eisbär kommt und so einen Alten verspeist – findest du das wirklich besser?«

Ich überlegte. »Jedenfalls geht es schneller, als noch jahrelang in einem Heim dahinzudämmern, die Betten voll zu scheißen und dem Personal auf die Nerven zu gehen.«

»Findet der Eisbär bestimmt auch«, meinte Kati.

Wir mussten lachen.

»Ich werde mir im Alter ein Haus im Süden kaufen«, kündigte ich an. »Dort werde ich leben. Wenn Geld genug da ist, werde ich einen durchtrainierten jungen Gärtner einstellen, der für mich mit nacktem Oberkörper Thymian und Oregano aus der Garrigue zupft.«

»Du als Lustgreisin?«, lachte Kati.

»Warum nicht? Gucken ist ja nicht verboten. Die schönste Liebe ist sowieso die unerfüllte und das heftigste Begehren das unausgelebte. *Solang die Flamme brannte und das Nagen der Liebeswürmer mir das Herz verzehrte, sucht ich ein holdes Wild auf karger Fährte auf einsam öden Höhen zu erjagen …*«

»Von dir?«, fragte sie.

»Aber nein«, seufzte ich. »Wenn's von mir wäre, hätte ich schon längst alles hinter mir. Besonders das Sehnen.«

Verzogen und vermisst

Das Haus sah so aus, wie ich es von meinem ersten Besuch im Gedächtnis hatte, an den Brand erinnerten nur ein paar Verfärbungen an der Hausfront. Ich klingelte unten. Niemand rührte sich. Ich versuchte es eine Etage höher.

Der Türöffner surrte, ich nahm den Aufzug zu der Wohnung, in der Betty Blue gewohnt hatte. Das Klingelschild war neu beschriftet.

Eine alte Frau öffnete die Tür, sie trug einen Morgenmantel, der vor hundert Jahren einmal pink gewesen sein mochte. Ich fragte nach Betty Blue, die Frau starrte mich nur wortlos an. Dann schüttelte sie den Kopf und machte mir die Tür vor der Nase zu.

Ich versuchte es an den anderen Türen, doch ohne Erfolg. Entweder schlugen mir sofort Ablehnung und Feindschaft entgegen oder die Türen blieben zu. Der Besuch in diesem Haus war ein Flop.

Wieder auf der Straße rief ich Hauptkommissar Brinkhoff an und fragte, ob ich ihn besuchen könnte. Ich wollte ihm von meiner Theorie erzählen. Die Kriminalpolizei hatte andere Möglichkeiten, eine verschwundene Frau und ihr Baby ausfindig zu machen.

»Sie haben ja wohl einiges erlebt, Frau Grappa«, begrüßte mich der Kripomann. »Habe Ihre Artikel mit Spannung gelesen. Aber jetzt ist ja wohl alles aufgeklärt – dank der segensreichen Tätigkeit des neuen Staatsanwaltes.«

»Also glauben Sie auch an einen Krieg zwischen konkurrierenden Drogenkartellen?«

»Wäre die einfachste Lösung«, wich er meiner Frage aus. »Die Umstände sehen tatsächlich nach Hinrichtung aus. Und nach einem Profikiller. Wollen Sie Kaffee? Habe ihn gerade frisch gekocht.«

»Klar.«

Er kannte meine Passion für die schwarze Brühe und hatte wohl extra für mich die kleine Kaffeemaschine in seinem Büro angeworfen. Ich nahm eine Tasse und erläuterte ihm meine Theorie. Während ich erzählte, beobachtete ich Brinkhoffs Gesicht. Er hörte interessiert zu.

»Moment«, sagte er. »Ich hole mal eben die Aussage, die Betty Blue damals gemacht hat.«

Er ging zu einem Rollschrank und zog einen Ordner hervor. »Hier haben wir es doch schon. Haben Sie nicht gesagt, dass die Frau aus Thailand kommt?«

»Ja, klar«, antwortete ich.

»Sie hat aber einen deutschen Personalausweis vorgelegt.«

»Na gut, dann kam sie eben ursprünglich aus Thailand.«

»Nein. Ich habe sie gefragt. Sie sagte, dass ihre Familie aus Vietnam kommt und dass sie dort noch viele Verwandte habe. Auch der richtige Name ist ja vietnamesisch: To Dinh Huong.«

»Ich dachte immer, sie käme aus Thailand.«

»Ich habe die Passnummer notiert. Moment.«

Der Hauptkommissar ging zu seinem Computer und ich beobachtete, wie er sich in eine amtlich aussehende Seite einloggte. Vermutlich in ein Melderegister.

»Es dauert einen kleinen Moment«, entschuldigte er sich. »Das Ding ist heute verdammt langsam. Die lieben Kollegen surfen mal wieder, was das Zeug hält.«

»Kein Problem.«

»Der Personalausweis ist jedenfalls echt«, murmelte Brinkhoff. »Ich versuche nochmal was anderes.«

Wieder tippte er irgendwelche Adressen ein und auf dem Monitor öffneten sich andere Seiten.

»Aber ... na so was! Das ist aber interessant!«

Er drehte sich zu mir um: »Ich bin jetzt in der Vermisstenkartei. Eine To Dinh Huong ist vor sechs Monaten spurlos verschwunden. Ihr letzter Wohnort war Berlin.«

»Und wer hat sie als vermisst gemeldet?«

»Eine Frau. Sie heißt Brigitte Meier.«

»Brigitte Meier? So nannte sich die Frau, die in Venedig war und sich die Wasserleiche angesehen hat!«

»Welche Wasserleiche?«

Ich erklärte es ihm.

»Da ist eine Telefonnummer angegeben. Ich drucke die Seite aus.«

»Was bedeutet das nur?« Ich blickte Brinkhoff fassungslos an, konnte mir keinen Reim auf die Sache machen, falls sich da überhaupt etwas reimte.

Der Hauptkommissar holte das Blatt aus dem Drucker und griff zum Telefonhörer.

»Das werden wir gleich wissen«, sagte er entschlossen und tippte die Nummer ein.

Denken? – Keine Chance

Die Beobachtungen und Begegnisse des Einsam-Stummen sind zugleich verschwommener und eindringlicher als die des Geselligen, seine Gedanken schwerer, wunderlicher und nie ohne einen Anflug von Traurigkeit. Bilder und Wahrnehmungen, die mit einem Blick, einem Lachen, einem Urteilsaustausch leichthin abzutun wären, beschäftigen ihn über Gebühr, vertiefen sich im Schweigen, werden bedeutsam, Erlebnis, Abenteuer, Gefühl. Einsamkeit zeitigt das Originale, das gewagt und befremdend Schöne, das Gedicht. Einsamkeit zeitigt aber auch das Verkehrte, das Unverhältnismäßige, das Absurde und Unerlaubte ...

Ja, das war es. Ich dachte nicht *straight* genug, war zu gesellig, um klar zu sehen und das Absurde und Falsche vom Originalen unterscheiden zu können.

Brinkhoff hatte Brigitte Meier erreicht. Sie kam nicht aus Bierstadt, sondern aus Berlin, war keine junge Asiatin, sondern eine Frau von fast siebzig Jahren, die vormals Leiterin eines SOS-Kinderdorfes in Berlin gewesen war. Sie wurde die ›Mutter‹ von To Dinh Huong, nachdem jene als kleines Mädchen aus Vietnam ins Dorf gebracht wurde. Die kleine Vietnamesin war krank gewesen, eine Knochenentzündung im Bein war hier in einer Klinik behandelt worden. Später erhielt sie eine Ausbildung als Köchin.

»Die beiden hatten noch lockeren Kontakt«, berichtete Brinkhoff. »Dann bekam To einen Job als Köchin und ging aus Berlin fort.«

Spätestens bei dem Wort ›Köchin‹ explodierten neue Theorien in mir: Wiesengrundel hatte von Köchinnen gesprochen, die Baci unterstützt hatten, die Essenswünsche der Seminarteilnehmer in Venedig zu befriedigen. Vielleicht war eine dieser Köchinnen Betty Blue gewesen? Aber wo kam dann die Wasserleiche her? Und wer war sie? Eine Seminarteilnehmerin, die noch niemand kannte?

Ich rechnete nach. Betty Blue konnte nicht die Köchin gewesen sein. Ich schätzte, dass der kleine Prinz mindestens ein halbes Jahr alt war, also war er im September, als das Seminar stattgefunden hatte, schon auf der Welt gewesen. Es passte hinten und vorne nicht.

Ich nahm mir vor, später selbst mit Frau Meier zu sprechen, denn ich hatte noch so viele Fragen.

Nach dem Termin bei Brinkhoff fuhr ich in die Redaktion. Es war schön, wieder hier zu sein. Beim Pförtner griff ich die aktuelle Zeitung ab und überflog die Inhalte, während ich zu meinem Büro ging. Nichts Besonderes auf den ersten Blick.

Miller stürzte aus der Tür und wäre fast mit mir zusammengeprallt.

»Hallo, Grappa! Lustreise beendet? Auch mal wieder Bock auf Arbeit?«, machte er mich an.

»Nein, eigentlich nicht. Was macht der Handel mit Socken und Angelzeug?«

»Läuft prima«, grinste er. »Verscherbele jetzt meine alten Platten. Und mein Alfa steht morgen im Netz. Sogar Frauen werden da zurzeit versteigert.«

»Kaufst du dir eine?«

»Das habe ich nicht nötig. Aber wie wär's denn mit dir?«

»Ich steh nicht auf Frauen.«

»Das meine ich doch nicht! Ich könnte dich versteigern.«

»Mit mir kannst du kein Geschäft machen«, vermutete ich. »Mich nimmt keiner.«

»Glaub ich nicht! Es gibt nichts, was die Leute nicht brauchen können. Wir setzen den Startpreis bei einem Euro an. Was kannst du denn?«

»Denken!«

Miller überlegte kurz, schüttelte dann energisch den Kopf: »Nee, dann null Chance, Grappa!« Er schob ab.

Jansens Bürotür stand auf, also war er schon da.

»Du siehst nicht gerade erholt aus, Grappa-Baby«, begrüßte mich mein Chef charmant. »War wohl doch anstrengend, was?«

»Ach, Peter«, seufzte ich. »Der Lack ist eben ab. Auch bei mir. Dafür kriegst du eine schöne Fortsetzung der Geschichte. Ich komme gerade von Brinkhoff.«

»Was willst du denn da weiterdrehen? Für die Staatsanwaltschaft ist die Sache doch erledigt«, zweifelte er.

»Die liegen falsch«, meinte ich cool.

»Und was ist, wenn die beiden Festgenommenen gestehen?«

»Das tun die nicht«, beruhigte ich ihn und mich. »Ich bin an einer superheißen Spur dran.«

»Okay, dann mach mal.«

»Wie viele Zeilen kriege ich?«

»Hundert auf der Eins. Und ein kurzer Anreißer im Mantel.«

Das ließ sich hören. Meine Laune besserte sich.

»Aber lass uns erst mal zum Italiener gehen«, schlug Jansen vor. »Du hast doch bestimmt Hunger. Und dann erzählst du mir von der neuen Spur.«

»So neu ist die gar nicht«, entgegnete ich. »Sie war von Anfang an da – ich habe sie nur nicht beachtet.«

»Gut, dann los.«

»Ja, aber nicht zum Italiener. Mir ist asiatisch zu Mute. Gibt es eigentlich ein vietnamesisches Restaurant in Bierstadt?«, fragte ich.

»Ja. Direkt am Alten Markt. Soll ganz gut sein.«

»Gut. Vietnamesisch passt prima. Und ich hab die passende Story zum Essen.«

Nein, ich hatte nicht wirklich damit gerechnet, dass To Dinh Huong alias Betty Blue uns die Frühlingsröllchen an den Tisch brachte. Solche Zufälle kamen nur in schlechten Romanen vor – wenn der Autor nicht weiß, wie er die Fädchen am Schluss ›vernähen‹ soll und dann in seiner Not zu abstrusen Zufällen greift.

Da das Leben aber manchmal dümmer spielt als unsere Fantasie, fragte ich trotzdem im Restaurant nach To Dinh Huong, doch niemand kannte sie.

Also konnten wir in Ruhe essen. Ich erzählte meinem Chef von Betty Blue und Brigitte Meier und dem SOS-Kinderdorf. Er versprach mir mitzuziehen, selbst wenn die Staatsanwaltschaft auf ihrer Version beharren würde.

»Rabatt ist übrigens wieder in sein Amt eingesetzt worden und hat den Fall übernommen«, teilte er mir mit. »Ihr habt euch wohl in Venedig zusammengerauft, was? Oder ist da mehr zwischen euch gelaufen?«

»Um Gottes willen!«, meinte ich entsetzt und goss vor Schreck zu viel Sojasoße über das gedünstete Gemüse.

»Aha!« Jansen grinste. »Dann war es dieser Koch, den du mal am Telefon erwähnt hast. Der mit dem tollen Namen.«

»Was du immer gleich denkst«, wehrte ich ab, spürte allerdings, wie ich mal wieder rot wurde. »Es war schließlich eine Dienstreise. Meinst du, da fange ich eine Affäre an?«

»Ja, das meine ich. Allerdings guckst du so, als sei sie schon wieder vorbei.«

»Es kann nicht vorbei sein, was erst gar nicht angefangen hat. Kann ich nicht mal in Ruhe essen?«, grummelte ich.

»Ist ja gut, Grappa-Baby! Du hattest nur gerade diesen waidwunden Blick aufgesetzt, als ich den Typen erwähnte. Finde ich gut, dass du in Venedig nur recherchiert hast. So richtig hart am Mann.«

»Sehr witzig«, giftete ich. »Hauptsache, du hast deinen Spaß.«

»Habe ich«, kicherte Jansen albern. »Ich sehe es gern, wenn du rot wirst. Und weil du mir so viel Freude gemacht hast, bezahle ich auch die Rechnung.«

Narben und Namen

Die Beschreibung, die mir die ehemalige SOS-Kinderdorf-Mutter Brigitte Meier von ihrem Schützling gab, passte nicht auf die junge Frau mit dem Baby, die ich als Betty Blue kannte.

To Dinh Huong war kurz nach ihrer Ankunft in Deutschland am Bein operiert worden. Die Ärzte hatten es komplett aufschneiden müssen, um die akute Knochenentzündung in den Griff zu bekommen. Das Bein war gerettet worden, doch es blieben auffällige Narben zurück und es war wesentlich dünner als das andere. Betty Blue hatte solche Narben nicht – ich hatte sie ja leicht bekleidet und mit nackten Beinen in ihrer Wohnung gesehen, ein solcher ›Makel‹ wäre mir bestimmt aufgefallen.

Brigitte Meier sagte zu, mir ein Foto von To Dinh Huong zu schicken. Die alte Frau war erleichtert und glaubte, dass To Dinh Huong wieder aufgetaucht sei. Ich hatte nicht den Mut, ihr diese Illusion zu nehmen.

Dann meldete sich Bob Rabatt.

»Brinkhoff hat mich über alles informiert. Hört sich alles sehr plausibel an. Wir ziehen jetzt wohl an einem Strang«, sagte er.

»Solange ich nicht mit Ihnen unter einer Decke liegen muss.«

»Meinem Charme hat noch kaum eine Frau mittleren Alters widerstanden.«

»Ein Glück, dass ich zu jung für Sie bin«, atmete ich auf. »Was wollen Sie?«

»Ich hatte den Kollegen Brunetti in Venedig gebeten, den Körper der Wasserleiche vom Lido exhumieren zu lassen. Das Ergebnis liegt jetzt vor. Die Tote ist asiatischer Abstammung und als Kind am rechten Bein operiert worden.«

»To Dinh Huong!«

»Genau die. Und jetzt frage ich Sie, Frau Grappa – weil Sie doch so schlau sind: Wer ist denn nun diese Betty Blue?«

»Ich bin gerade dabei, es herauszufinden. Sie sind der Zweite, der es erfahren wird ... nach den Lesern des *Bierstädter Tageblattes* natürlich.«

Rabatt murmelte etwas von Undankbarkeit und Arroganz, doch das störte mich nicht. Gegenseitiges Angiften war zum Ritual zwischen uns geworden.

Ich ging zu Jansen und erzählte ihm von der Wasserleiche, deren Identität festzustehen schien.

»Wunderbare Geschichte!«, jubelte er. »Jetzt musst du nur noch diese Frau finden und ihr Motiv natürlich auch.«

»Stimmt«, sagte ich. »Ich werde gleich mit meinem Artikel beginnen. Kannst du einen der Volontäre bitten, mir ein Mandelhörnchen zu holen? Ich kann besser schreiben, wenn mein Blutzuckerspiegel leicht erhöht ist.«

»Wird gemacht, Grappa. Ich werde dir sogar selbst eins holen. Wollte sowieso mal eine Runde drehen. Die Volontäre sind auch nicht mehr das, was sie früher mal waren. Dein vorletztes Mandelhörnchen hat mir einen Anschiss vom Betriebsrat eingebracht – wegen ausbildungsfremder Tätigkeiten.«

»Du bist der Beste«, strahlte ich ihn an. »Dafür schreibe ich einen spannenden Artikel.«

»Dann ran«, lächelte er. »Übrigens schön, dass du wieder da bist, Grappa. Ohne dich ist die Welt echt öde.«

»Dann bring mir zwei Mandelhörnchen mit.«

Eine Viertelstunde später legte Jansen die Kalorienbomben auf meinen Schreibtisch. Ich merkte es kaum, denn ich war vertieft in die Geschichte, die nur scheinbar einer Lösung näher gekommen war. Heute Abend würde ich versuchen, Baci ans Telefon zu bekommen, denn ich musste wissen, ob To Dinh

Huong wirklich im Sommer im *Palazzo Contarini del Bovolo* an seiner Seite gearbeitet hatte.

Ich tippte:

WELCHE ROLLE SPIELT DIE UNBEKANNTE FRAUENLEICHE AM LIDO IN VENEDIG?

Bis heute ist die Leiche einer jungen Frau, die im Herbst letzten Jahres am Lido-Strand in Venedig angespült worden war, offiziell nicht identifiziert. Fest steht nur, dass die Frau unter Drogen stand und ertrunken ist. Durch die Recherchen unserer Zeitung wurde jetzt eine Verbindung zu Bierstadt und den vier Morden bekannt. Anfang März wurden DGB-Chef Ansgar Hunze, der Dichter Karl Krawottki und deren beiden ›Musen‹ Puppa und Rosi Ischenko brutal hingerichtet. Die vier hatten ein Kreativseminar in Venedig veranstaltet beziehungsweise an ihm teilgenommen.

Nach Informationen unserer Zeitung könnte die tote Frau vom Lido während dieser Zeit im *Palazzo Contarini* als Köchin gearbeitet haben. Auch die Identität der Frau könnte geklärt sein: To Dinh Huong, eine junge Frau aus Berlin, die ursprünglich aus Vietnam stammt und in einem SOS-Kinderdorf aufgewachsen ist.

Ich überlegte. Verriet ich zu viel? Ja, eigentlich schon. Wenn Betty Blue die Mörderin war, würde sie wissen, dass ich ihr auf den Fersen war.

Ich löschte den letzten Satz wieder, schrieb auch nichts über die asiatische Abstammung der Toten. Und ich verabschiedete mich von dem Wort ›Köchin‹. Das konnte ich ja nur wissen, wenn ich mit Brigitte Meier gesprochen hatte, und diesen Kontakt wollte ich zunächst verschweigen.

Zum Schluss blieb nur übrig, dass die unbekannte tote Frau vom Strand im Palazzo gearbeitet haben könnte. Das gab dem Artikel leider nicht die Brisanz, die nötig war, um unsere geneigten Leser zu elektrisieren.

Ist die Tote am Lido Opfer des Kampfes zwischen zwei Drogenbanden geworden? Oder steckt ein persönlicheres Motiv hinter den Morden? Dieser Frage gehen jetzt die venezianische und die deutsche Polizei in enger Zusammenarbeit nach. Jedenfalls scheint es wichtige Fakten zu geben, die an eine Verbindung glauben lassen.

Ich überlegte, wie ich die kargen Infos mit ein paar ausschmückenden Floskeln aufpeppen konnte, als mein Handy klingelte. Sekundenlang hoffte ich, dass es Baci sein möge, doch Kati meldete sich.

»Ich habe nochmal mit der Witwe gesprochen«, berichtete sie. »Sie hatte mal für eine Woche eine Putzfrau. Und kurz danach ist dieser Schließfachschlüssel in ihrem Haus gefunden worden. Und – jetzt kommt der Hammer! – die Putze hatte Mandelaugen!«

Der Nebel reißt auf

Zu Hause angekommen tippte ich Bacis Telefonnummer. Die Automatenstimme sagte mir, dass der Teilnehmer nicht erreichbar sei. Wiesengrundel fiel mir ein, er war noch in Venedig und hatte Kontakt zu Michelangelo. Vielleicht konnte er mir auch sagen, ob es während des Sommers eine asiatische Köchin im Palazzo gegeben hatte.

Ich erreichte den Komponisten und stellte ihm die Frage.

»Ich kann mich wirklich nicht erinnern. Ich war nicht oft in der Küche.«

Merkwürdig! Was war mit den Soufflees gewesen, die prompt zusammenfielen, als Wiesengrundel die Topfdeckel zusammenschlug?

»Sie haben niemals eine asiatische Frau im Palazzo gesehen?«, gab ich ihm noch einmal eine Chance. Aber er änderte seine Aussage nicht.

So kam ich nicht weiter.

Bevor ich neue Pläne machen konnte, trudelte Kati ein. »Guck dir mal das Foto hier an.« Sie reichte mir einen Umschlag. »Ich war bei Rabatt. Er hat die Kollegen in Berlin aufgescheucht und sie haben dieses Foto von dieser Frau Meier bekommen.«

Auf dem Bild waren zwei asiatische Mädchen abgebildet. Die deutlich ältere von beiden erkannte ich sofort: Betty Blue in jüngeren Jahren. Die Kleine neben ihr musste dann wohl To Dinh Huong sein.

»Rabatt hat eine Großfahndung nach Duong Thu Huong ausgelöst – so heißt sie nämlich wirklich, deine Betty Blue.«

»Sind die beiden verwandt oder hört sich das nur so an?«

»Ja. Cousinen oder so was in der Richtung. Jedenfalls sind beide in dem Kinderdorf aufgewachsen und Betty Blue hat immer auf die kleine To aufgepasst – so erzählt es Frau Meier. Dieses Berliner Dorf verfügt über eine angegliederte Ausbildungswerkstatt. To lernte dort Kochen und Betty Blue machte Abitur und studierte.«

»Was denn?« Das klang ja hochinteressant.

»Musik. An der Musikhochschule in Münster. Und rate mal, wer dort genau zu dieser Zeit einen Lehrauftrag hatte.«

»Du meinst?« Vor meinem geistigen Auge tauchte Wiesengrundel auf.

Ja, langsam fügten sich die Fädchen zu einem Teppich zusammen, dessen Muster erkennbar wurde.

»Wenn er Betty Blue kennt, wusste er vielleicht auch, wer To war«, meinte Kati. »Vielleicht hat Betty ihr ja die Stelle in Venedig vermittelt – über Wiesengrundel. Immerhin war er einer der Seminarleiter.«

»Er hat mir eben erzählt, dass er keine asiatische Frau im Palazzo gesehen hat«, berichtete ich.

»Dann lügt Wiesengrundel«, meinte Kati. »Aber warum?«

»Er wird schon einen Grund haben«, sagte ich. »Und er war in der Frari-Kirche bei dem Monteverdi-Konzert. Jetzt weiß ich wenigstens, warum.«

»Wieso?«

»Er sagte doch, dass er Veronica Franco liebt. Vielleicht hat er geahnt, dass sie in Gefahr ist«, erklärte ich. »Und erinnere dich doch: Der Attentäter war klein und zierlich und flink – vielleicht eine Frau. Das könnte Betty Blue gewesen sein.«

»Und warum sollte Betty Blue es auf Veronica Franco abgesehen haben?«, fragte Kati.

»Es war ja kein echter Anschlag. Vielleicht sollte die Sängerin nur begreifen, dass sie nicht unverwundbar ist?«

Haupt des Eros

»Du hast Besuch, Grappa«, empfing mich mein Chef Peter Jansen am nächsten Morgen. »Ich habe den Herrn in die Kantine geschickt.«

»Und? Wer ist es?«, fragte ich.

»Sieh selbst nach«, grinste er. »Er wollte jedenfalls ausdrücklich zu dir und ließ sich nicht abweisen.«

Eine leise Ahnung beschlich mich. Mit zitternden Knien hastete ich in die Kantine. Dort saß er – eine Zeitung und einen Kaffee vor sich. Ich sah ... *das Haupt des Eros, vom gelblichen Schmelze parischen Marmors, mit feinen und ernsten Brauen, Schläfen und Ohr vom rechtwinklig einspringenden Geringel des Haares dunkel und weich bedeckt.*

»Madonna«, sagte er sanft, sprang auf, kam mir anderthalb Schritte entgegen, griff meine Hand, streichelte sie und drückte einen Kuss drauf.

Wie hatte ich ihn verflucht und der schlimmsten Taten verdächtigt, ihn längst abgehakt und mir schöne Erinnerungen und die Gedanken an ihn verboten.

Bleib cool, Grappa, riet ich mir, noch kein Mann hatte es bisher zu würdigen gewusst, wenn du ehrlich und offen deine Gefühle für ihn gezeigt hast.

»Oh«, sagte ich. »Du hier?«

Michelangelo begann zu lachen. »Du weißt ja gar nicht, wie man ein böses Gesicht macht.«

»Ich schaffe das schon noch«, trotzte ich. »Warum gehst du nicht ans Telefon? Oder hast mich mal angerufen?«

»Madonna! Ich freu mich, dich zu sehen, und werde dir erklären, warum ich mich nicht mehr gemeldet habe.« Zum Glück war die Kantine fast leer.

»Dann bin ich aber mal gespannt, du treuloser Heuchler, du verdammter Lügner, du venezianischer Macho, du vermaledeiter Hallodri ...« Ich suchte nach weiteren Bezeichnungen.

»Das habe ich nicht verdient«, lachte Michelangelo. Er nahm mich total ernst.

»Ich hasse dich! Ich verachte dich! Du kannst mich mal!«

»Oh, was siehst du hinreißend aus, wenn du wütend bist! Mein nächstes Eis heißt *Maria fiera*.«

»Dein blödes Eis kannst du dir in die Haare schmieren«, zickte ich.

»Ach ja, du magst ja nur Himbeereis. Ich werde dich heute Abend damit füttern!«

Kollegen kamen in den Raum, sahen zu uns hin und wunderten sich.

Michelangelo senkte die Stimme. »Lass uns woanders hingehen«, raunte er mir zu.

»Geht nicht. Ich bin hier, um zu arbeiten.«

»Dann besuche ich jetzt meinen lieben Freund Rabatt und hole dich heute Abend hier ab. So gegen sieben. Einverstanden?«

»Ist gut.«

»Kannst du mir ein Hotel besorgen? Oder könnte ich vielleicht bei dir ...?«

»Kati wohnt doch bei mir«, erinnerte ich ihn. »Aber ich werde mich um ein Zimmer für uns kümmern. Ich kenne ein nettes Hotel auf dem Land.«

Den Rest des Tages verbrachte ich auf Wattebäuschen, dann war es endlich sieben.

»Bist du mir noch böse?«, fragte er, als er mich mit einer roten Monteverdi-Rose in der Hand abholte.

»Natürlich bin ich sauer auf dich. Du warst nicht mehr erreichbar.«

»Du hattest mich doch versetzt.«

»War deshalb deine Mailbox nicht geschaltet?«, fragte ich.

»Nein, das hatte andere Gründe. Ich werde es dir erklären.«

»Das hoffe ich.«

Wir gingen zu meinem Auto und fuhren zum Hotel. Wir checkten ein und auf dem Weg nach oben zu unserem Zimmer nahm ich mir vor, ihm erst alle wichtigen Fragen zu Betty Blue zu stellen, bevor irgendetwas Erotisches ablief.

Michelangelo verschloss die Zimmertür, legte sein Gepäckstück in einer Ecke ab, zog mit der einen Hand den Überwurf vom Bett, mit der zweiten mir den Pullover aus, ich öffnete derweil die Knöpfe seines Hemdes und streifte es ab, er packte mich, wir drehten uns zum Bett und ließen uns fallen.

Ein paar Augenblicke später war unsere Kleidung im Zimmer verstreut und ich erinnerte mich an mein Vorhaben, erst die Fragen abzuhaken, bevor ich mich ihm hingab, doch irgendwie fiel mir gerade der passende Text nicht ein.

Er küsste mich musikalisch, *tutta la forza,* ich reagierte *con passione* – seine Küsse waren heißer, als sein Eis je werden durfte.

Seine Spielchen waren *con bravura,* einige Male foppte er mich, tat so, als würde es gleich geschehen, ließ mich dann aber mit geöffneten Schenkeln liegen und wandte sich anderen Regionen meines Körpers zu. Das wiederholte er und ich protestierte, doch er lachte nur, dann gelang es mir, ihn auf den Rücken zu werfen und mir das zu holen, was ich haben wollte.

Ich dachte an einen Artikel in einer Frauenzeitschrift, in der gerade von dieser Stellung abgeraten wurde, weil sie – den Gesetzen der Schwerkraft folgend – Gesichtszüge und Körperteile ungünstig verformen würde, doch wir hatten in diesen wilden Augenblicken wohl eine andere Vorstellung von Ästhetik.

Als er kam, drückte er mein Gesicht weg, ich sollte ihn wohl dabei nicht sehen, nicht diese Sekunden völliger Entäußerung, in denen der Mensch nur noch dampfendes Fleisch ist.

Er dagegen ergötzte sich an meinem Stöhnen, verstärkte durch heftige Bewegungen meine beginnende Verkrampfung und ließ nach, als ich schließlich entspannte.

Gleich darauf hatte ich wieder Lust, doch er zierte sich.

»Ich will nicht nur auf meine Triebe reduziert werden, nur ein williges Sexobjekt sein«, maulte er.

»Das würde ich niemals tun«, empörte ich mich. »Ich biete dir einen Job als Gigolo an.«

»Und welche Rechte und Pflichten habe ich?«

»Das halten wir vertraglich fest«, beruhigte ich ihn. »Wir befinden uns ja schließlich im ordentlichen Bierstadt und nicht mehr in deinem schlunzigen Venedig. Du bekommst allerdings einen befristeten Vertrag.«

»Warum das?«

»Wenn du schlappmachst, kann ich dich entlassen, ohne dass du mich vors Arbeitsgericht zerrst.«

»Und bei jedem Orgasmus kriege ich eine Provision?«

»Ja. Aber nur bei meinem. Wenn du einen hast, musst du was zurückzahlen.«

»Du Männerschinderin!«

Wir amüsierten uns köstlich, alberten weiter herum und legten fiktive Preise für sexuelle Dienstleistungen fest, die wir uns gegenseitig angedeihen lassen wollten, klassifizierten sie in verschiedene musikalische Kategorien. Die zarteren eleganten Begegnungen waren die *Nocturnes,* die ungestüm dramatischen die *Balladen,* die venezianischen Liebesspiele sollten *Barcaroli* heißen.

Michelangelo verzog sich irgendwann unter die Dusche, ich lag im Bett und überlegte, wie der Abend und die Nacht wohl weitergehen würden.

Baci kam aus dem Bad zurück, jetzt war endlich Gelegenheit, über den Fall zu reden.

»Ich habe heute lange mit Rabatt gesprochen«, begann er. »Er hat mich auf den aktuellen Stand gebracht.«

»Aber was ist das Motiv?«, fragte ich. »Solange wir das nicht kennen, kommen wir nicht weiter.«

»Ich kenne es«, teilte er mir mit.

»Was?«

»Erinnerst du dich an den Tag, als du mich und Wiesengrundel vor dem *Palazzo Contarini del Bovolo* getroffen hast?«

»Allerdings.«

»Das war der Tag, an dem die Polizei das Drogenlabor im Keller entdeckt hatte. Hast du dich nie gefragt, welche Rolle ich eigentlich in der Sache spiele? Hast du geglaubt, dass mich nur die Neugier eines Kochs umtrieb, der im Sommer seinen Job verloren hat?«

»Ja, natürlich«, sagte ich überrascht. »Nun erzähl mir nicht, dass du der Mörder bist!«

»Nein. Im Gegenteil, ich arbeite für die Polizei«, erklärte er. »Für das Drogendezernat. Und ich habe deshalb als Koch im Palazzo angeheuert. Doch Hunze und Krawottki schöpften bald Verdacht und warfen mich raus.«

»Und die kleine To war deine Küchenhilfe?«

»Ja. Sie hatte aber keine Ahnung, was da ablief. Sie gehörte nicht zur Polizei.«

»Du hast mich ganz schön hinters Licht geführt«, bewertete ich sein Verhalten.

»Tut mir Leid«, tat Baci zerknirscht. »Aber ich hatte keine Wahl.«

»Was ist denn nun geschehen?«

Baci wurde ernst, stand auf und ging durchs Zimmer.

»Ich hätte sie nicht dort lassen sollen, als ich gefeuert wurde. Aber ich kam nicht auf die Idee, dass ihr etwas passieren könnte, denn sie hatte ja keine Ahnung von dem Drogenhandel. Doch das wussten diese Verbrecher nicht – und sie haben To wohl unter Drogen gesetzt, sind aufs Meer gefahren und haben sie dort ins Wasser geworfen. Es sollte aussehen wie der Tod einer drogenabhängigen Touristin, die einen Unfall hatte.«

»Woher weißt du das?«

»Von Veronica Franco. Sie hat Hunze und Krawottki zufällig im Garten des Palazzos belauscht. Aber da hatten die beiden To schon ins Meer geworfen.«

»Warum ist sie nicht zur Polizei gegangen?«

»Sie hatte Angst vor Hunze und Krawottki. Als sie von dem Mord an den beiden erfuhr, wusste sie gar nicht mehr weiter. Sie versteckte sich und tauchte erst zum Konzert wieder auf.«

»Und der Anschlag in der Frari-Kirche?«, fragte ich. »Wer war das?«

»Das war Betty Blue. Sie wollte die Sängerin zwingen, die Wahrheit zu sagen. Es klappte übrigens. Die Franco hat der Polizei alles erzählt. Ich war bei der Vernehmung dabei – die fand an deinem letzten Tag in Venedig statt. Deshalb wollte ich mich an diesem Tag nicht stören lassen. Endlich schloss sich der Kreis und die obduzierte Wasserleiche war keine zufällige Drogentote mehr.«

»Welche Rolle spielt Wiesengrundel?«, fragte ich. »So ganz klar ist mir das noch nicht.«

»Er hat mich Hunze und Krawottki als Koch empfohlen und er hat mich gebeten, To mitzunehmen.«

»Woher kannte er dich und was hatte er mit To zu tun?«

»Schreibst du das alles in deiner Zeitung, was ich dir erzähle?«, fragte Baci.

»Keine Angst, *bellezzo*«, beruhigte ich ihn. »Solange Betty Blue nicht gefunden ist, werde ich nichts veröffentlichen, was die Ermittlungen stört.«

»Gut. Braves Mädchen!« Er setzte sich wieder zu mir aufs Bett, küsste mein Haar und sagte: »Schon in Venedig war ich ständig versucht, dir die Wahrheit zu sagen. Die deutschen Behörden hatten schon lange den Verdacht, dass Hunze und Krawottki mit Drogengeschäften befasst waren, wussten aber nicht, wie sie es anstellten. Beide waren ja recht häufig im Ausland unterwegs. Dass der Deal dann über Venedig lief, haben wir erst im letzten Sommer herausgekriegt. Als die beiden anfingen, das Kokain im Keller des Palazzos selbst herzustellen.«

»Was ist denn jetzt mit Wiesengrundel?«

»Rabatt hat ihn dazu überredet, die beiden im Auge zu behalten. Und als sie für das Seminar einen Koch suchten, wurde ich gefragt. Doch in Wahrheit kann ich nicht besser kochen als jeder Venezianer und brauchte natürlich jemanden, der was vom Kochen versteht. Wiesengrundel machte mich daher auf die kleine To aufmerksam.«

»Woher kannte er sie?«

»Sie hatte in Bierstadt bei einem Nobelitaliener gekocht, war aber arbeitslos geworden. Deshalb wollte ich ihr den Job im Palazzo auch lassen. Niemals hätte ich damit gerechnet, dass To sterben würde.«

Baby Blue

Die Fahndung nach Duong Thu Huong, genannt Betty Blue, lief auf Hochtouren und es gingen viele Hinweise ein – jede Frau mit Mandelaugen, die sich im Land befand, wurde überprüft, nur die Richtige war leider nicht dabei.

Es war Sonntag und wir konnten sowieso nichts anderes tun, als abzuwarten und uns zu erholen. Wir gingen spazieren, Hand in Hand, alberten herum, liebten uns, aßen und tranken. Bis dahin hatte ich gar nicht gewusst, dass man in Bierstadt auch Ferien verbringen konnte.

Immer wieder kam mir Betty Blue in den Sinn. Sie hatte doch das Baby und war deshalb nicht so flexibel wie andere Mörder, die sich auf der Flucht befanden. Ein kleines Kind braucht Ruhe, feste Zeiten fürs Essen und muss mehrmals am Tag gewickelt werden.

»Wir haben etwas übersehen«, murmelte ich. »Das Kind! Wo ist es?«

»Keine Ahnung«, gab Baci zu.

»Wer ist eigentlich der Vater des Babys?«

Wir saßen im Garten des Hotels und wärmten uns in der Sonne.

»Vielleicht weiß Rabatt es.«

Baci rief ihn an, doch ohne Ergebnis. Noch hatte sich niemand um die Abstammung des kleinen Prinzen gekümmert.

»Morgen wissen wir mehr«, stellte Michelangelo in Aussicht. »Auf alle Fälle ist die Existenz eines Kleinkindes jetzt in der Fahndung erwähnt. Das lichtet die Hinweise. Aber es kann natürlich auch sein, dass sie das Kind irgendwo untergebracht hat. Dann sind wir wieder da, wo wir schon waren.«

»Nein, unmöglich!«, widersprach ich. »Ich habe die Augen gesehen, mit denen sie den Jungen angeschaut hat. Die lässt ihr Baby niemals allein.«

Gekrümel

Kati sah fern und mich empfing das Geplapper eines ältlich gewordenen blond gelockten Goldbären, der der Tüte entsprungen sein musste, für deren gesundheitsschädlichen Inhalt er im Fernsehen warb. Die Sendung war Konfektionsware und ich bat Kati, das Zeugs wenigstens leiser zu stellen.

In der Küche stapelte sich schmutziges Geschirr, der Kühlschrank war leer geräumt, sie hatte sich Wein besorgt und ihn ausgetrunken. War wohl ein gemütliches Wochenende gewesen.

Es wurde Zeit, Kati zu sagen, dass sie sich nach einem Zimmer umsehen sollte. Ziemlich genervt ging ich ins Wohnzimmer zurück, sie hatte das Schlafsofa halb ausgezogen, alle Kissen zusammengesucht und es sich richtig schön bequem gemacht: Auf dem schwarzen Stoff waren Krümel verteilt. Auch ein wenig Wein musste wohl auf die Liegefläche geflossen sein, denn ich bemerkte feuchte Flecken. Kati hatte anscheinend versucht, die Nässe mit Zellstofftüchern aufzutupfen, sodass sich Teile des weißen Papiers dekorativ neben den Krümeln positioniert hatten.

Bitte, Grappa, sei sozial kompatibel und schweig, sagte ich mir. Es ist völlig normal, dass deine Sachen verschmutzt werden, dein Geschirr beschmiert und dein Kühlschrank leer gefressen wird, nun stell dich verdammt nochmal nicht so zickig an. Gib ihr nicht das Gefühl, dass sie eine elende Schlampe ist.

Ich seufzte. Bedauerte meine Unzulänglichkeiten, meine fehlende politische Korrektheit, schalt mich Egoistin, bekannte mich endlich dazu, eine spießbürgerliche kapitalistische Spaßbremse zu sein, und sagte leise: »Ich fahre jetzt kurz in die Redaktion und bin in etwa einer Stunde wieder zurück. Bis dahin hast du meine Wohnung gesäubert, das Geschirr gespült und mein Sofa von Essensrückständen befreit. Und falls du keine Lust dazu hast, dann pack deine Sachen und verschwinde! Dann räume ich deinen Dreck weg.«

Mit schlechtem Gewissen saß ich wenig später in der Redaktion, checkte meine E-Mails, arbeitete die Zeitungen durch, die ich wegen meiner Dienstreise nicht hatte lesen können. Ich verbot mir Gedanken an Kati. Mein Auftritt war ein Befreiungsschlag gewesen – und zwar für uns beide. Sie würde damit klarkommen.

Die Stunde, die Kati zum Hausputz nutzen sollte, war verstrichen. Ich verließ die Redaktion wieder, wünschte dem Pförtner noch einen schönen Sonntagabend und fuhr nach Hause.

Als ich die Tür aufschloss, war alles dunkel. Ich machte Licht und ging ins Wohnzimmer, alles war aufgeräumt und sauber, auch die Küche war blitzblank und das Geschirr stand sauber im Schrank, das Gästezimmer war unbewohnt und nichts erinnerte mehr an einen Gast.

Auf dem Tisch lag ein Zettel. *Tut mir Leid. Danke für deine Gastfreundschaft.*

Hektischer Hexameter

Der Kinderarzt – schoss es mir durch den Kopf. Ich hatte Betty Blue und das Baby damals dorthin gefahren, weil der Kleine eine Erkältung hatte. Dass sie hier die neue Adresse angegeben hatte, war unwahrscheinlich, aber trotzdem eine vage Möglichkeit. Wohnungen werden schneller gewechselt als Ärzte, zu denen man Vertrauen aufgebaut hat.

Der Name des Mediziners war mir entfallen, ich wusste aber die Straße noch und bemühte die Gelben Seiten. Es war so früh am Tag, dass ich vor der Arbeit vorbeifahren konnte.

Die Sprechstundenhilfe war noch nicht ganz wach und das Wartezimmer frei von plärrenden Kindern und gestressten Müttern.

»Wissen Sie, es geht um eine junge Frau mit einem Baby ... Ich habe die beiden vor kurzer Zeit mal hierher gefahren. Moment, das war am ...« Ich nannte das Datum, das ich anhand meines Terminkalenders ermittelt hatte. »So eine junge Hübsche mit einem ganz süßen Jungen. Thailänderin«, plapperte ich weiter. »War mal meine Nachbarin. Sie hat was in meinem Auto liegen gelassen, und danach war ich im Ausland unterwegs. Nun komm ich zurück und sie ist umgezogen und ich habe ihre neue Adresse nicht ...«

»Wie war nochmal das Datum?« Die Frau machte ein Gesicht, als würde sie alles tun, nur um mich schnell wieder loszuwerden.

Sie tippte die Ziffern in den PC.

»Ja, die waren an dem Tag bei uns«, teilte sie mir dann mit. »Frau Duong Thu Huong mit Sohn Ho. Die sind umgezogen. Ich schreib Ihnen mal die neue Adresse auf. Aber ...« Sie stutzte.

Mir stockte der Atem. Bekam sie plötzlich doch noch Bedenken?

»Die Frau Huong sollte bald mal wieder kommen. Der Kleine braucht eine Impfung.«

»Warum rufen Sie nicht an?«, fragte ich.

»Ich habe keine Telefonnummer. So ...« Sie reichte mir einen Zettel. »Hier haben Sie die Adresse.«

»Ich werde ihr wegen der Impfung ins Gewissen reden«, versprach ich lächelnd und nahm das Papier. »Vielen Dank und einen schönen Tag.«

Die neue Wohnung von Duong Thu Huong lag nicht weit von ihrer vorherigen entfernt. Die Frau war wirklich clever! Sie hatte sich ein neues Nest in der Nähe des alten gebaut – dort vermutete sie keiner.

Betty Blue kannte meinen Wagen, deshalb parkte ich ihn eine Straße weiter.

Langsam schlenderte ich durch das nördliche Stück Bierstadt. Hier lebten traditionell viele Ausländer und man sah es dem Straßenbild auch an. Die Läden waren klein und voll gestopft mit ausländischen Erzeugnissen und Köstlichkeiten. Ich kaufte gern hier ein, besonders hatten es mir die kleinen Märkte angetan. Es war einiges los, um mich herum Lärm und Geschiebe, ein paar Äpfel hatten einen Korb verlassen und kullerten vor mir her, und fast wäre ich, als ich ausweichen wollte, auf einer zermatschten Paprika ausgerutscht und in eine Auslage mit Meeresfrüchten gefallen.

Ich erinnerte mich, am ersten Tag in Venedig hatte ich Ähnliches gesehen und mich am Mann'schen Hexameter erfreut: *Muscheln, Seepferdchen, Quallen und seitlich laufende Krebse.*

Dem stellte ich *Äpfel, Paprika, Hummer und schon verwelkende Kresse* gegenüber.

Da war das Haus. Ihr Name stand abgekürzt auf einem Klingelschild: *D. T. Huong.*

Ich klingelte, wartete, klingelte länger, wartete ... Wiederholte den Vorgang, doch nichts rührte sich.

Es wäre ja auch zu schön gewesen! In meinem Geiste hatte ich schon die Überschrift für meinen Artikel formuliert: *»Ich klingelte einfach!« – Tageblatt-Reporterin stellt Vierfachmörderin.*

Mist, dachte ich, Fragen an die Nachbarn konnte ich nicht stellen, denn dann würde Betty Blue gewarnt sein. Mir blieb wohl nichts anderes übrig, als der Polizei die Adresse bekannt zu geben.

Die Auslagen hatten meine Lust auf ein zweites Frühstück stimuliert. Anneliese Schmitz war bestimmt schon in ihrem Bistro und konnte mir ein üppiges Frühstück bereiten. Die Bäckersfrau war gerade dabei, die Brötchen zu belegen, als ich den Laden betrat.

»Die Frau Grappa«, wunderte sie sich. »Aussem Bett gefallen?«

»Fast«, antwortete ich. »Wie isses?«

»Muss«, meinte sie bedeutungsvoll. »Frühstück?«

Ich nickte. »Hab ma wieder nix im Haus.«

»Is ja nix Neues«, lächelte sie.

Jetzt müsste die Frage nach Kati kommen, doch das wollte ich verhindern.

»Die Blonde wohnt nicht mehr bei mir«, sagte ich schnell.

»Ich weiß!«

Jetzt war es an mir zu staunen. »Was heißt das?«

»Setzen Se sich ers ma. Käse und Schinken und Rührei?«

»Hat sich Kati bei Ihnen ausgeweint?«, fragte ich.

»Kann ma so sagen. Sie wusste nicht wohin und hat bei mir geklingelt.«

»Was hat sie?«, empörte ich mich. »Warum ist sie nicht in ein Hotel gegangen?«

»Ich hab Ihnen doch gesagt, Frau Grappa, dass ich den Schwatten genommen hätte – damals«, erinnerte mich die Bäckerin. »Da konnte ich bei einer Kati nicht Nein sagen. Hab ihr ein Zimmer unterm Dach vermietet.«

»Na, toll«, sagte ich. »Hoffentlich denken Sie jetzt nicht schlecht vor mir.«

»Aba nein. Sie sind eben besser allein aufgehoben. Ich mach Ihnen dann mal Ihr Frühstück.« Sie wandte sich dem Frühstücksbrettchen zu.

Im Bistro der Bäckerin lagen immer allerhand Zeitschriften herum, die ich meist nicht beachtete. Manche waren bräsig-aristokratisch, andere versuchten, ihre Leser mit Sex and Crime zu locken, noch andere wirkten service- und gesundheitsorientiert mit Hinweisen zu Wunderdiäten, die die Pfunde zum Purzeln bringen sollten.

Na ja, ein wenig abspecken könnte ich auch mal wieder, obwohl ich es noch nie wirklich konsequent durchgehalten hatte.

Ob es am Frühling lag, dass sich alle Welt um Kinder kümmerte? Oder war nur mein Bewusstsein geschärft? Die Palette der Kinderthemen reichte jedenfalls von Ernährungstipps für neurodermitische Säuglinge über den letzten Schrei bei coolen Strampelhosen bis hin zu Vorschlägen, wie das nächtliche Gebrüll der Kleinen reduziert werden konnte, ohne massiv gegen das Strafgesetzbuch zu verstoßen.

Der schreit so laut und jämmerlich wie eine Bande rolliger Katzen! – so wurde ein verzweifelter junger Vater zitiert.

Frau Schmitz brachte den Kaffee, meine beiden Brötchen und das Rührei.

»Darf ich Sie mal was fragen?«

Sie schaute mich an und nickte verwundert.

»Wenn ich statt Kater oder Kati ein kleines Kind hätte und plötzlich dringend wegmüsste – würden Sie auf das Baby aufpassen?«

»Sie haben jetzt ein Baby?« Frau Schmitz war völlig platt.

»Nein, nein!«, beruhigte ich sie. »Ist ja nur Jux. Also, würden Sie es tun?«

»Tut mir Leid, Frau Grappa«, entschuldigte sie sich. »Ein Baby nicht. Wie gesagt, den Kater hätte ich genommen und die Blonde ist ja schon groß, aber ... so ein Kind ist doch was ganz anderes.«

»Sehen Sie!«, sagte ich triumphierend. Die Antwort war gar nicht so schlecht. Der Grad der Vertrautheit zwischen Frau Schmitz und mir war wohl nur durchschnittlich – mehr beabsichtigten wir beide ja auch nicht. Also musste der Mensch, dem Betty Blue ihr Kind anvertraut hatte, ihr wesentlich näher stehen als mir Frau Schmitz und umgekehrt.

»Sind Se jetzt sauer auf mich?«

»Aber nein. Lieber der brutalen Wahrheit ins Gesicht sehen, als Honig um den Bart geschmiert zu bekommen«, meinte ich abwesend.

Ich bezahlte mein Frühstück und fuhr zur Redaktion. Jansen erwartete mich schon, ich bekam meine Zeilenration zugeteilt. Dann schrieb ich meinen Vierspalter runter, in dem ich die passenden Fragen zu meinen späteren Antworten stellte. So was hieß ›auf kleiner Flamme kochen‹.

Der Artikel, in dem ich das Kind nicht erwähnte, endete mit der dramatischen Frage: *Betty Blue, wo bist du?*

Geräusche

Alles hatte wieder aufgehört zu fließen – nur weil Betty Blue nicht in ihrer Wohnung gewesen war. Plötzlich fiel mir wieder Wiesengrundel ein. Er hatte Baci mit To bekannt gemacht, nachdem sie ihren Job im Restaurant verloren hatte, und Betty Blue hatte bei ihm Musik studiert.

Der Ruf ging raus und es dauerte nicht lange, bis der Komponist abhob.

»Hier Grappa«, begann ich, im Hintergrund war Lärm zu hören und er hatte mich wohl nicht verstanden: »Wer ist denn da?«

Ich wiederholte meinen Namen, da erkannte er mich.

»Ich will mit Ihnen über To Dinh Huong reden«, begann ich.

Er sagte etwas, doch es war zu laut. »Was ist das denn für ein Lärm im Hintergrund?«

»Ich bin gerade draußen im Garten«, erklärte er. »Umgeben von wilden Katzen. Können Sie später nochmal anrufen?«

Langsam legte ich den Hörer auf. Rollige Katzen? In Venedig? Nein, das konnte nicht sein, während meines Aufenthalts in der Stadt hatte ich wenig Haustiere gesehen – und Katzen gar nicht.

Mir fiel der Satz in der Zeitschrift wieder ein, die in Anneliese Schmitz' Bistro gelegen hatte: *Der schreit so laut und jämmerlich wie eine Bande rolliger Katzen!*

Das waren keine Katzen, die den Lärm gerade verursacht hatten, sondern ein kleines Kind. Betty Blue war mit ihrem Sohn bei Wiesengrundel in Venedig!

Ich verließ mein Büro und rannte zu Jansen. Erzählte ihm von dem Gespräch in Zeitraffergeschwindigkeit und schloss: »Ich muss wieder nach Venedig. Morgen früh.«

»Nein, Grappa«, entgegnete er. »Nicht weil ein paar Katzen im Hintergrund schreien. Da muss noch mehr zusammenkommen. Außerdem ist die Sache inzwischen zu gefährlich. Was glaubst du, wird Betty Blue machen, wenn du plötzlich vor ihr stehst? Eine Frau, die verdächtigt wird, vier Menschen kaltblütig getötet zu haben?«

»Sie würde mir nichts tun«, meinte ich, war aber selbst nicht hundertprozentig sicher. »Ich will sie auf jeden Fall vor der Polizei finden. Stell dir doch mal diese Story vor!«

Es hatte keinen Sinn, Jansens Nein war in Stein gehauen.

Wenigstens Michelangelo sollte Bescheid wissen, dass ich Betty Blue und das Baby bei Wiesengrundel wähnte. Er hörte mir aufmerksam zu und sagte: »Ich rufe Andrea Brunetti an. Du bist ein cleveres Mädchen, Madonna!«

Wenig später teilte er mir mit, dass die venezianische Polizei die Wohnung von Wiesengrundel so schnell wie möglich überprüfen würde.

Von dem Ergebnis der Aktion berichtete er mir gegen Feierabend: Die venezianische Polizei hatte weder eine Frau namens Duong Thu Huong noch ein Kind gefunden. Aber Katzen hätte es viele gegeben rund um Wiesengrundels Haus.

Fehlfunktion

»Sie funktionieren nicht richtig, deswegen müssen Sie deaktiviert und repariert werden«, sagte die Raumschiffkapitänin der *Voyager* zu einem Hologramm und schaltete dessen Programm ab.

Ich lag auf dem Sofa, krümelte nun meinerseits den Bezug voll und versuchte, meinen Frust mit den schwachsinnigsten Programmen im Äther zu bekämpfen.

O wäre das schön, ein Hologramm zu sein! Wenn ich mein Programm doch auch abschalten könnte. Jemand würde mich in einer Werkstatt wieder auf den neuesten Stand bringen, verschlissene Teile ersetzen, mir eine neue Lackierung verpassen und mich dann wieder reaktivieren – und fortgeblasen wären Alters- und Verschleißspuren! Da ich kein Hologramm war, musste ich ab und zu auf einen Mann zurückgreifen, um mich fit zu halten.

Apropos Mann. Ich hatte ihn noch vor mir liegen und las wieder darin. Da gab es eine Stelle, die beschrieb, wie sich Aschenbach alt und verbraucht vorkam angesichts der jugendlichen Schönheit Tadzios: *Wie irgendein Liebender wünschte er zu gefallen und empfand bittere Angst, daß es nicht möglich sein möchte. Er fügte seinem Anzuge jugendlich aufheiternde Einzelheiten hinzu, er legte Edelsteine an und benutzte Parfums, er brauchte mehrmals am Tag viel Zeit für seine Toilette und kam geschmückt, erregt und gespannt zu Tische. Angesichts der süßen Jugend, die es ihm angetan, ekelte ihn sein alternder Leib, der Anblick seines grauen Haares, seiner scharfen Gesichtszüge stürzte ihn in Scham und Hoffungslosigkeit.*

Ich ließ mir ein Schönheitsbad ein, zupfte mir die Augenbrauen und färbte mir die Haare. Die Maske mit Teebaumöl versprach, meine Haut zu beruhigen und erste Fältchen zu disziplinieren. Vielleicht taugte sie ja auch für die zweiten.

Mandeln zum Wochenende

Am nächsten Morgen verfrühstückte ich weiche Knäckebrotscheiben, quetschte zwei Zentimeter Tomatenmark aus der Tube und bestrich das Brot damit. Meine Laune war noch immer gedämpft, und als ich mein Handy einschaltete, hatte mir Baci eine kurze Nachricht hinterlassen. Er sei nach Venedig zurückgeflogen. Na toll. Schon wieder so ein fluchtartiger Abgang.

Lag es an mir oder war er wirklich dienstlich abberufen worden?

Vielleicht hatte sich unsere Beziehung für ihn zu eng entwickelt. Es ist immer dasselbe, dachte ich, je interessanter und begehrenswerter ein Mann für mich ist, desto gestörter und herzloser verhielt er sich, wenn ich ihm näher kommen wollte.

Irgendwie schien alles schief zu laufen. Noch immer knabberte ich daran, dass die Katzen in Wiesengrundels Garten wirklich Katzen waren und dass mein brillanter Einfall ein peinlicher Reinfall gewesen war.

In meinem Hirn begann eine neue Theorie zu entstehen. Sie war vielleicht noch gewagter als meine bisherigen, aber zur Überprüfung ihres Wahrheitsgehaltes brauchte ich wenigstens keine Polizisten in Gang zu setzen, sondern zunächst nur mein Telefon und mein Auto.

Ich rief beim Flughafen Köln/Bonn an. Ja, gestern Abend war noch eine Maschine aus Venedig gelandet, aber über die

Passagierliste könne man aus Datenschutzgründen keine Auskunft geben.

Ich fragte nach einem ungewöhnlichen Vorfall, einer Verhaftung vielleicht? Nein, da hatte es nichts gegeben, alles sei in schönster Ordnung verlaufen.

Klar, Betty Blue hatte wohl kaum ihren eigenen Pass vorgelegt; andernfalls hätte sie gefasst werden müssen. Interpol hatte alle Flughäfen in die Fahndung miteinbezogen.

Zehn Minuten später saß ich in meinem Auto und nahm den Weg zu Betty Blues neuer Wohnung. Während der Fahrt kam mir eine Idee. Eine kleine Sicherung wollte ich einbauen – für den Fall, dass irgendwo meine Leiche mit weggepustetem Kopf gefunden werden würde.

Ich hielt vor der Bäckerei – Frau Schmitz würde mich bestimmt rächen!

Sie sah mich durch die Glasscheibe, winkte mir zu und begrüßte mich mit: »Tach! Wie imma?«

Aber ich schüttelte diesmal den Kopf. »Bin in Eile! Aber ich schreibe Ihnen jetzt eine Adresse auf. Und die vergessen Sie ganz schnell wieder, wenn ich Sie innerhalb der nächsten zwei Stunden anrufe. Falls ich mich nicht bei Ihnen melde, versuchen Sie, mich auf dem Handy zu erreichen. Die Nummer steht hier. Und dann warten Sie noch eine halbe Stunde und rufen diese Telefonnummer hier an. Sie gehört zu Hauptkommissar Anton Brinkhoff. Nennen Sie ihm diese Adresse da unten und sagen Sie ihm, dass er dorthin fahren und mich da rausholen soll.«

Anneliese Schmitz hatte aufmerksam zugehört.

»Was haben Sie vor, Frau Grappa?«, wollte sie wissen, bestand aber nicht auf einer Antwort, als ich verschwörerisch meinen Zeigefinger über die Lippen legte.

»Legen Sie den Zettel bitte beiseite«, forderte ich sie auf, »damit ihn niemand sieht.«

»Ich hab noch was für Sie, Frau Grappa.« Die Bäckerfrau griff ins Regal und reichte mir ein Mandelhörnchen.

Irritiert schaute ich sie an. »Wow!«

»Die Dinger gibt's jetzt imma hier«, lachte sie stolz. »Die

Blonde hat mir erzählt, dass die Hörnchen ihr Lieblingsgebäck sind. Probieren Sie mal, ob die so in Ordnung sind.«

Gespannt sah sie zu, wie ich hineinbiss, die Masse lange im Mund behielt, sie hin und her bewegte, das Ritual von Weinproben imitierend, die Stirn krauste und dann sagte: »Wunderbar! Die besten, die ich jemals gegessen habe. Endlich welche mit nicht zu viel Zucker! Ich hasse es, wenn die klebrige Süße den leicht bitteren Mandelgeschmack übertönt!«

»Die gibt es ab heute jeden Tag frisch«, kündigte sie an.

»Bitte nicht!«, flehte ich. »Denken Sie an die Kalorien und meine Figur!«

»Gut, dann imma zum Wochenende.«

Das war ein Kompromiss, mit dem ich leben konnte.

»Und jetzt muss ich los.«

»Passen Sie auf sich auf, Frau Grappa«, gab mir Frau Schmitz mit auf den Weg. Ich hatte plötzlich das Gefühl, dass genau das sehr schwer werden würde an diesem Morgen.

Teestunde bei Betty Blue

Duong Thu Huong öffnete die Tür und ließ mich eintreten. »Ich wusste, dass Sie mich finden würden«, sagte sie völlig unverwundert.

Sie schien mir erwachsener zu sein als bei unseren früheren Kontakten, sie hatte es ja auch nicht mehr nötig, das niedliche kleine Mädchen zu spielen.

»Ist Ihr Kind auch hier?«, fragte ich, denn von dem kleinen Prinzen war nichts zu bemerken.

»Es wäre zu anstrengend für Ho gewesen. Er ist in Venedig geblieben.«

»Er ist bei Wiesengrundel?«, fragte ich überflüssigerweise.

»Ja. Ich war gestern im Raum, als Ho schrie und Ben etwas von rolligen Katzen erzählte. Ich wusste, dass Sie das nicht glauben und Ihre Schlüsse ziehen würden. Keine Frau verwechselt Katzen- mit Babygeschrei.«

»Ist Wiesengrundel der Vater von Ho?«

»Nein. Wie kommen Sie darauf? Ben ist nur ein guter Freund.«

Das überraschte mich. »Und wer ist es?«

Sie ignorierte meine Frage.

»Ich mache Tee«, kündigte sie an und ließ mich mit meinem explodierenden Hirn allein. Baci … Vielleicht war er der Vater! Deshalb war er nach Venedig geflogen, um sich um seinen Sohn zu kümmern. Mir wurde heiß und kalt vor schamvoller Enttäuschung.

»Also, wer ist es?«, fragte ich heftiger, als ich wollte. »Ist es Michelangelo Baci?«

Duong Thu Huong stellte das Teegeschirr auf den niedrigen Tisch. Ja, sie war jung und hübsch und hatte von Natur aus jene geschmeidige Beweglichkeit, die sich europäische Frauen antrainieren müssen. Warum also nicht? Baci war ein *homme à femmes,* bestimmt kein Kostverächter und liebte Abwechslung bei seinen Liebschaften – wie jeder Mann.

»Bleiben Sie bitte ruhig«, bat sie. »Es ist nicht so, wie es scheint.«

Mit Mühe atmete ich flach, hatte nichts mehr im Griff, noch nicht einmal mich selbst.

»Ich mag keinen Tee«, stieß ich hervor. »Mir ist heiß.«

»Ich hole Ihnen Saft.«

Wieder stand sie auf, schwebte graziös davon und schwebte auch noch, als sie mit einem Glas voll roter Flüssigkeit zurückkam.

»Granatapfelsaft«, lächelte sie. Natürlich.

In Manns Novelle trinkt der Held auch einen solchen Saft aus der Frucht, die schon in der Antike als Todessymbol galt. Langsam drehte ich durch, hatte die Nase voll von diesem mystischen Mist.

Wir waren in Bierstadt, ich war Maria Grappa, die coole Reporterin, und vor mir saß eine vierfache Mörderin, die ich überreden wollte, sich den Behörden zu stellen.

Der Augenblick der Schwäche war überwunden. Ich trank den Saft in einem Zug aus. Er war lecker und kühl.

»So, jetzt fangen wir mal richtig an«, schlug ich vor. »Und zwar der Reihe nach. Aber zuerst nochmal die Frage: Wer ist Hos Vater?«

»Sie sollten die Frage nach seiner Mutter stellen«, meinte sie. »Ho ist Tos Baby. Ich habe auf ihn aufgepasst, als sie die Stelle in Venedig annahm. Sie brauchte das Geld und war froh, dass Ben sie diesem Baci empfohlen hatte. Ich habe ihr zugeredet. Es konnte ja niemand ahnen, dass To in Venedig ermordet wird.«

»Wer hat Hunze, Krawottki und die Ischenko-Mädchen umgebracht?«, fragte ich.

»Das war ich«, sagte sie, hob die Teeschale mit eleganter Geste und schlürfte ein wenig. »Das glauben Sie doch, oder? Deshalb sind Sie hier!«

»Es gibt kaum eine andere Möglichkeit. Sie haben mit dem Baby im selben Haus wie die Ischenkos gewohnt. Warum?«

»Ho war verschwunden. Ich wusste, dass die beiden an dem Seminar teilgenommen hatten, bei dem Ho Köchin war. Hunze und Krawottki wollte ich nicht fragen und Ben wusste nichts.«

»Und?«

»Die Mädchen haben zuerst nichts erzählt. Aber dann war ich in Venedig und habe die Leiche gesehen ...«

»Es hätte doch auch ein Unfall sein können«, wandte ich ein.

»Nein. Ich wusste, dass Gewalt im Spiel war – sonst hätten sich die beiden Russinnen nicht so verhalten.«

»Also haben sie doch was gesagt?«

»Erst als ich mit der Waffe vor ihm stand, hat Hunze den Mord zugegeben.«

»Das war im DGB-Büro?«

»Ja. Niemand sah mich. Die Waffe hatte ich unter einem Cape verborgen. Ich ging einfach ins Büro, verschloss die Tür und redete mit den dreien.«

»Was ist im Palazzo geschehen?«

»To vertraute den Frauen, fand sie nett und freundlich. Eines Tages machten Hunze, Krawottki und die Schwestern eine Bootsfahrt und To sollte mitfahren. Da war der Koch schon entlassen worden. Sie glaubten, dass auch To eine Spionin der

Polizei sei. Sie spritzten ihr Kokain, warteten, bis sie sich nicht mehr wehren konnte, und warfen sie dann ins Meer.«

»Aber warum sind Sie nicht zur Polizei gegangen?«

»Wer hätte mir denn geglaubt? Wie hätte man das beweisen können?«

»Veronica Franco«, fiel mir ein.

»Sie wollte nichts sagen. Erst nachdem ich in der Kirche ein paar Schüsse auf sie abgegeben habe, hat sie ihre Meinung geändert.«

»Konnte Ben Wiesengrundel sie nicht überzeugen, zur Polizei zu gehen?«

»Nein. Sie hatten beide Angst. Außerdem hatte Frau Franco die vier Mörder nur belauscht, als sie über ihre Tat sprachen. Das hätte für eine Verurteilung nicht gereicht. Ich musste die Sache selbst in die Hand nehmen.«

»Und dann haben Sie die drei einfach so abgeknallt?« Ich konnte es nur schwer fassen. »Das ist auch nicht viel moralischer! Vielleicht hätte die Polizei doch etwas erreichen können.«

»Die venezianische Polizei? Sie machen wohl Scherze!« Duong Thu Huongs Gesichtsausdruck war hart. »Als sie die Leiche fanden, haben sie keine Sekunde daran gedacht, dass es mehr als ein Unfall sein könnte.«

»Wie soll es jetzt weitergehen?«, fragte ich. »Sie haben mir alles freimütig erzählt und Sie wissen doch, dass ich Journalistin bin.«

Langsam kroch Angst in mir hoch. Es war erst eine Stunde vorbei und Anneliese Schmitz würde sich bestimmt genau an meine Anweisungen halten. Ich hatte plötzlich eine Ahnung, dass mich Betty Blue nicht so einfach gehen und meinen Artikel schreiben lassen würde.

Schnell kramte ich nach meinem Handy, doch nicht schnell genug. Sie stand vor mir, in einer Hand eine Teeschale, in der anderen eine Pistole, deren Lauf auf mich gerichtet war.

»Geben Sie mir bitte Ihr Telefon«, sagte Betty Blue.

Ich folgte ihrer Aufforderung.

»Haben Sie etwas dagegen, wenn ich jetzt gehe?«, fragte ich pro forma.

»Werden Sie über das, was ich Ihnen erzählte, in Ihrer Zeitung schreiben?«

»Ja. Sie haben mir gerade vier Morde gestanden. Das ist das Ende der Geschichte, das mir noch fehlte.«

»Ich habe Ihnen vier Morde gestanden. Ihnen, niemandem sonst. Und es könnte ja sein, dass Sie schweigen, weil Sie auch der Meinung sind, dass diese vier Menschen ein unwürdiges und böses Leben geführt haben und deshalb von dieser Erde verschwinden mussten.«

»Glauben Sie nicht, dass die Polizei sowieso alles herausbekommt? Alle Indizien sprechen gegen Sie und es ist nur noch eine Frage der Zeit. Dieser Oberstaatsanwalt ist Ihnen sowieso auf den Fersen. Er wird Ihnen nicht verzeihen, dass Sie gegen ihn ausgesagt haben. Er wird sie jagen bis ans Ende der Welt.«

»Sehr dramatisch. Aber warten wir es ab«, lächelte Betty Blue. »Ich habe nicht vor in Bierstadt zu bleiben.«

»Und das Kind?«

»Das Kind wird bei seinem Vater aufwachsen«, erklärte sie. »Das ist schon alles geklärt. Das bin ich To schuldig.«

»Und wer – verdammt nochmal – ist der Vater?«

Duong Thu Huong schaute auf die Armbanduhr. »Er müsste gleich hier sein. Dann können Sie persönlich mit ihm reden.«

Die Wahrheit ist eine Zwiebel

Die Selbsttäuschung, mit der sich Aschenbach so lange der Erkenntnis widersetzt hat, ins Chaos geraten zu sein, ist erst zu Ende, als er mit der Erkenntnis nichts mehr anfangen kann. Mir ging es ebenso.

Ich war schon lange im Chaos versunken, hatte aber geglaubt, den Überblick zu haben, und es war nichts als eine schreckliche Täuschung gewesen.

Das wurde mir klar, als Oberstaatsanwalt Bob Rabatt vor mir stand. Es waren erst anderthalb Stunden herum, ich hatte die Zeit zu großzügig bemessen, die Hilfe durch Anneliese Schmitz und Hauptkommissar Anton Brinkhoff würde mich zu spät erreichen.

Rabatt war nicht der Mann, der sich von mir bequatschen und von Versprechungen einlullen ließ, die ich sofort brechen würde, wenn ich in Sicherheit wäre.

Es war mir klar, was mich erwartete, und ich war merkwürdig kühl. Es machte keinen Sinn, panisch zu werden.

»Warum müssen Sie immer in meiner Gegenwart rauchen«, blaffte ich ihn an – wie zu alten Zeiten.

»Entweder sind Sie nur dumm oder wirklich eiskalt«, entgegnete Rabatt, steckte die Pfeife aber wieder weg.

»Warum haben Sie ihn beschuldigt und damit seine Suspendierung ausgelöst?«, fragte ich Betty Blue.

»Weil ich es so wollte«, antwortete er. »Nur so konnte ich mich in Venedig herumtreiben und Sie bei Ihren lachhaften Versuchen beobachten, Licht in den Fall zu bringen. Außerdem war mein Sohn dort.«

Rabatt wandte sich an Betty Blue: »Pack die nötigsten Sachen. In einer knappen Stunde bin ich wieder da. Ich erledige das hier eben.« Mit ›das hier‹ war wohl ich gemeint.

Duong Thu Huong nickte, schaute zu mir und fragte: »Gibt es keine andere Möglichkeit?«

»Nein.«

»Aber wenn sie uns schwört …?«

»Ich kenne diese Grappa. Wir sind uns ähnlich. Sie fühlt sich an keinen Schwur gebunden und denkt nur an ihr Käseblatt.«

»Sie kennt die ganze Wahrheit überhaupt noch nicht«, widersprach Duong Thu Huong. »Und ich habe ein Alibi.«

»Welche Wahrheit? Welches Alibi?«, fragte ich, um Zeit zu schinden.

»Glauben Sie wirklich, dass diese winzige kleine Frau in der Lage ist, vier Leute umzubringen?« Rabatt lachte höhnisch.

»Sie?«, rief ich aus. Die Wahrheit war in diesem verdammten Fall wie eine Zwiebel mit immer neuen Schalen!

»Kommen Sie«, sagte Rabatt statt einer Antwort, »wir haben eine kleine Fahrt vor uns.«

Frau Schmitz ruft an

Inzwischen waren zwei Stunden vergangen und ich hatte mich nicht bei Anneliese Schmitz gemeldet. Gleich würde sie versuchen, mich auf dem Handy zu erreichen – wenn sie den Zeitplan einhielt –, und wenn sie keine Antwort bekäme, würde sie Hauptkommissar Brinkhoff anrufen. Der würde seine Beamten zu Duong Thu Huongs Wohnung schicken. Nur – leider war ich nicht mehr anwesend, um mich retten zu lassen. Aber eine kleine Chance gab es doch noch: Vielleicht würde Betty Blue auspacken und der Polizei alles erzählen. Meine Nerven brannten.

Auch Rabatt schien ziemlich nervös zu sein, seine Fahrweise war hektisch und er fluchte ständig, wenn vor ihm ein Autofahrer zu langsam war oder sonst ein ›Vergehen‹ beging.

»Fahren Sie doch nicht so schnell«, giftete ich. »Sie bringen uns beide ja noch um!«

»Schön, dass Sie Ihren Sinn für Humor nicht verloren haben.«

Mein Handy machte sich in Rabatts Jacke bemerkbar. Anneliese Schmitz! Sie ließ es klingeln, bis die Mailbox ansprang.

Wir fuhren schon etwa zehn Minuten auf der Autobahn, Rabatt hatte die Waffe neben sich auf der linken Seite. Aus dem Wagen springen konnte ich nicht, denn er hatte die Zentralverriegelung heruntergedrückt. Außerdem würde ich einen Sprung bei einem solchen Tempo ohnehin kaum überleben.

»Die werden Sie kriegen«, sagte ich. »Nicht heute, nicht morgen, aber irgendwann. Und soll ich Ihnen sagen, wer Sie finden wird?«

»Da bin ich aber mal gespannt!«

»Michelangelo Baci.«

Rabatt lachte höhnisch. Er reduzierte die Geschwindigkeit und wir verließen die Autobahn ab. Ich versuchte, mir die Straßenschilder zu merken, er hatte mich ins nahe gelegene Sauerland kutschiert, dort wo Wälder und Einsamkeit die schnelle Entdeckung meiner Leiche erschweren würden.

Die Straßen wurden immer schmaler, verengten sich schließlich zu Wegen und plötzlich tauchte ein Gebäude vor uns auf, eine Art Hof. Hoffnung keimte in mir, vielleicht wollte er mich hier nur verstecken, bis er und Duong Thu Huong in Sicherheit waren.

»Rein da!« Mit einer Hand schloss Rabatt die Tür auf, in der anderen hielt er wieder die Waffe.

Der Flur war dunkel und endete in einem Raum. Rabatt stieß mich unsanft hinein. Es gab nicht viel Licht, die Fensterläden waren geschlossen. Der Oberstaatsanwalt aktivierte eine Funzel. Vor uns saß ein Mann – gefesselt an einen Stuhl. Es war Michelangelo.

»Da haben Sie Ihren Befreier«, kicherte Rabatt.

»Hab keine Angst, Madonna«, stöhnte Michelangelo. »Wir kommen hier schon raus.«

Er sah bleich und mitgenommen aus, im Gesicht hatte er eine Platzwunde, auf Stirn und Wangen klebte verkrustetes Blut.

»Sie Schwein!«, schrie ich Rabatt an. »Sie werden bezahlen!«

»Jeder bezahlt«, sagte Rabatt kalt und holte ein Seil – die Waffe ständig auf mich gerichtet. »Die einen früher und die anderen später. Ich später, ihr beide in wenigen Minuten. Niemand wird eure Körper finden – es gibt einen schönen tiefen Brunnen in der Nähe. Ist das nicht schön – zusammen ins Jenseits zu gehen? Genau das Richtige für zwei Liebende!«

Er wies mich an, mich auf den zweiten Stuhl zu setzen, damit er mich festbinden konnte.

»Setz dich nicht hin, Madonna!«, befahl Baci.

»Ich setz mich nicht hin«, sagte ich zu Rabatt. »Sie können mich mal! Erschießen Sie mich doch. Ich will aufrecht stehen.«

»Es wird wirklich Zeit, dass die Menschheit von einem Quälgeist wie Ihnen befreit wird«, seufzte Rabatt. »Ich erschieße Sie auch im Stehen. Kein Problem!«

Er hob die Waffe, entsicherte sie und legte an. Im Augenwinkel sah ich noch, wie Baci vom Stuhl aufsprang und sich auf Rabatt stürzte.

Ausklang

Ich haste durch Venedig, verfolgt von einem Mann mit schwarzem Tabarro und einer weißen Maske. Alles Rennen nützt nichts, an jeder Ecke taucht er wieder auf, ist in Hauseingängen verborgen, lauert auf Dachfirsten und, als ich endlich eine Gondel besteigen will, sitzt er schon zwischen roten Kissen und winkt mir zu. Endlich scheine ich ihn abgeschüttelt zu haben, doch jetzt stürzen sich Tauben auf mich, picken auf mich ein. Ich flüchte in eine Kirche. Hier hängen viele Gemälde und alle Menschen darauf sind schön und golden. Die Bilder sind meine Rettung, ich gehe auf das größte von ihnen zu und öffne mit den Händen die Leinwand. Mein Blut ist heiß und pocht in den Adern, es will mich fast zerreißen. Plötzlich schaue ich an mir hinab und sehe, dass ich ein rotes Kleid trage und halb nackt bin. Der Stoff ist zerrissen und meine Haut ist braun. Eine Frau schwebt mir entgegen, sie ist weiß und fett, eine Märtyrerin mit Wunden an Armen und Beinen, ihr Haar ist blond und zwischen Perlenschnüren verdeckt, ihr Blick eine Mischung aus Lüsternheit und Gottesfurcht. Ein Reiter galoppiert an mir vorbei, die Schaumfetzen vom Maul seines Rappen fliegen in mein Haar. Die Landschaft wird arkadisch, Schäferinnen legen sich Lämmer an die Brüste und eine von ihnen hat mandelförmige Augen und singt ein Lied.

Maybe I didn't treat you
Quite as good as I should have
Maybe I didn't love you
Quite as often as I could have
Little things I should have said and done
I just never took the time

You were always on my mind
...

Der Mann mit der Maske ist wieder hinter mir, er ist groß und schwer und kommt auf mich zu. Ich kann nicht weglaufen, meine Füße stecken fest in der Wiese, ich bin eingesunken, sinke, während der Mann sich mir nähert, noch weiter ein. Er nimmt die Maske ab und ich erkenne Baci, er reicht mir die Hand und zieht mich aus dem Sumpf. Um uns herum wird es dunkel und ich habe keine Angst mehr.

Bierstädter Tageblatt – aktuelle Ausgabe

REPORTERIN GRAPPA LEBENSGEFÄHRLICH VERLETZT

Von Peter Jansen

Freunde, Verwandte und Kollegen zittern seit gestern um das Leben unserer Reporterin Maria Grappa. Sie wurde während ihrer Recherchen zum Vierfachmord durch einen Schuss schwer verletzt und ringt in einer Klinik mit dem Tod.

Die Chronologie der Ereignisse:

Am frühen Nachmittag informierte eine Bekannte der Journalistin, A. Schmitz, die Polizei und machte sie auf eine Adresse aufmerksam, wo sich Frau Grappa befinden sollte. Diese habe ihr den Auftrag erteilt, Hilfe zu holen, falls sie sich nicht bis zu einem bestimmten Zeitpunkt bei ihr gemeldet hätte.

In der Wohnung fand die Polizei die international zur Fahndung ausgeschriebene Duong Thu Huong, besser bekannt unter dem Namen ›Betty Blue‹. Die eingebürgerte Vietnamesin wurde beschuldigt, DGB-Chef Ansgar Hunze, den Dichter Karl Krawottki und die beiden Callgirls Puppa und Rosi Ischenko getötet zu haben. Die Frau gab bei der Vernehmung an, dass sich Frau Grappa in Lebensgefahr befinde, und zwar durch Oberstaatsanwalt Bob Rabatt. Rabatt, bislang für die Ermittlungen in dem Mordfall zuständig, sei selbst der Mörder und wolle die Reporterin beseitigen. Betty Blue nannte den Behörden schließlich die Adresse eines Bauernhofes im Sauerland. Eine Stunde später stürmte die Polizei den Hof und fand die schwer verletzte Reporterin. Neben Frau

Grappa lag der venezianische Polizeibeamte M. Baci, der wohl ebenfalls von dem Mörder beseitigt werden sollte. Baci war in einem Handgemenge bewusstlos geschlagen worden.
Er ist außer Lebensgefahr und konnte die Polizei über weitere Zusammenhänge unterrichten. Von Rabatt fehlt noch jede Spur. Ihm ist es gelungen, unmittelbar vor Erstürmung des Hauses die Flucht zu ergreifen.
Wir werden Sie, liebe Leserinnen und Leser des *Tageblattes,* über den Gesundheitszustand von Maria Grappa auf dem Laufenden halten. Wir alle bangen um das Leben der mutigen Journalistin.

Krimis von Gabriella Wollenhaupt

Grappas Versuchung
Der erste Krimi mit Maria Grappa ISBN 3-89425-034-8
Reporterin umkreist charmanten Bösewicht.

Grappas Treibjagd
Der zweite Krimi mit Maria Grappa ISBN 3-89425-038-0
Wer ist der angesehene »Onkel Herbert«?

Grappa macht Theater
Der dritte Krimi mit Maria Grappa ISBN 3-89425-042-9
Geheimbund kontrolliert Kulturleben in Bierstadt.

Grappa dreht durch
Der vierte Krimi mit Maria Grappa ISBN 3-89425-046-1
Nackte Tatsachen in Bierstädter Filmstudio.

Grappa fängt Feuer
Der fünfte Krimi mit Maria Grappa ISBN 3-89425-050-X
Griechische Mythen werden Wirklichkeit.

Grappa und der Wolf
Der sechste Krimi mit Maria Grappa ISBN 3-89425-061-5
Spannendes Duell im Umfeld eines Plutoniumschmuggels

Killt Grappa!
Der siebte Krimi mit Maria Grappa ISBN 3-89425-066-6
Schönheitschirurgie und Satanismus

Grappa und die fantastischen Fünf
Der achte Krimi mit Maria Grappa ISBN 3-89425-076-3
Toter Teppichhändler und Erpresserbande

Grappa-Baby
Der neunte Krimi mit Maria Grappa ISBN 3-89425-207-3
Die menschliche Reproduktion zwischen Himmel und Hölle

Zu bunt für Grappa
Der zehnte Krimi mit Maria Grappa ISBN 3-89425-224-3
Provence: Ein Toter im Melonenfeld und ein unbekannter van Gogh

Grappa und das große Rennen
Der elfte Krimi mit Maria Grappa ISBN 3-89425-232-4
Wer meuchelte die drei prominenten Sozis im Bierstädter Wahlkampf?

Flieg, Grappa, flieg!
Der zwölfte Krimi mit Maria Grappa ISBN 3-89425-256-1
Wilde Tiere, tote Callboys und aggressive Neonazis

Grappa und die acht Todsünden
Der dreizehnte Krimi mit Maria Grappa ISBN 3-89425-267-7
Tödliches Festmahl für sieben Männer und Frauen

Grappa im Netz
Der vierzehnte Krimi mit Maria Grappa ISBN 3-89425-278-2
Bierstadts OB ist verschollen und untreue Ehemanner werden gekillt.

Krimis von Susan Kelly

Tod im Steinkreis

Deutsche Erstausgabe ISBN 3-89425-502-1

Aus dem Englischen von Inge Wehrmann

»Die britische Autorin Susan Kelly setzt sich in ihrem Krimi ›Tod im Steinkreis‹ ebenso einfühlsam wie spannend mit dem Thema Rassismus auseinander. Dabei erfindet sie mit Superintendent Summers eine höchst realistische Ermittlerfigur: in der Arbeit verbissen gründlich, privat aber ebenso beglückt wie zerrissen durch die Liebe zur jungen Frau seines gestorbenen Sohnes.« (Westfalenpost)

»Wie der Held, so die Schreibe: konzentriert, solide, aber trotzdem humorvoll und voller Überraschungen. Wie schön, dass weitere Romane mit dieser Hauptfigur angekündigt sind.«
(Badische Neueste Nachrichten)

»›Tod im Steinkreis‹ ist spannend, menschlich sehr fesselnd, in der Nähe von Colin Dexters Inspector-Morse-Romanen anzusiedeln – und damit unbedingt lesenswert.« (Bergsträßer Anzeiger)

Und schlachtet das gemästete Kalb

Deutsche Erstausgabe ISBN 3-89425-512-9

Aus dem Englischen von Ingrid Krane-Müschen und Michael J. Müschen

»... ein außergewöhnlich gut konstruierter, spannungsgeladener, mit untergründigem Humor gewürzter und zum Teil anrührender Krimi.«
(tip Magazin)

»Diese Serie ist das reinste Vergnügen. ›Und schlachtet das gemästete Kalb‹ ist ein weiteres Beispiel für Susan Kellys Kunst, psychologische Spannung aufzubauen.« (Yorkshire Post)

»Und wieder überzeugt Susan Kelly mit ihrer Darstellung realer Personen in schwierigen Situationen; und all das erzählt in einer kristallklaren Sprache.«
(Deadly Pleasures)

Schwesterkind

Deutsche Erstausgabe ISBN 3-89425-532-3

Aus dem Englischen von Ingrid Krane-Müschen und Michael J. Müschen

Die dreijährige Emilia Troy wird vermisst. Zu viele Personen hatten ein Interesse an dem Mädchen, findet Superintendent Gregory Summers vom Newbury Police Department: der wissenschaftlich brillante, aber nervlich zerrüttete Vater, die einsame Krankenschwester, der übereifrige Sozialarbeiter, das kinderlose Ehepaar. Dann wird eine Leiche gefunden und Summers erkennt, dass er es mit einem Gegner zu tun hat, dem er vielleicht nicht gewachsen ist – clever, gnadenlos und unberechenbar.

»Susan Kelly hat eine einzigartige Fähigkeit, ihre Charaktere in problematischen Bindungen lebendig erscheinen zu lassen. Das macht süchtig nach mehr von ihren Büchern.« (Chicago Tribune)

Krimis von Outi Pakkanen

Macbeth ist tot
Deutsche Erstausgabe
Aus dem Finnischen von Regine Pirschel
ISBN 3-89425-509-9
»Outi Pakkanen erzählt äußerst spannend und temporeich. Stilistisch sicher baut die Autorin den Spannungsbogen und bevölkert die psychologisch dichte Handlung mit lebendigen Charakteren. Spannend und stimmig bis zum Schluss.« (do4u.de)

Party-Killer
Deutsche Erstausgabe
Aus dem Finnischen von Regine Pirschel
ISBN 3-89425-519-6
»Die in Helsinki spielende Geschichte ist sowohl Psychogramm der so genannten besseren Kreise als auch Kriminalroman. Ein sehr solider, lesenswerter Krimi mit überraschendem Plot.« (Buchprofile)

»Die Sprache ist nicht so melancholisch-grüblerisch wie bei Mankell, nicht so minimalistisch und analytisch wie bei Edwardson, nicht so narrativ wie bei Unni Lindell, sondern wirkt ›härter‹ und erinnert eher an den amerikanischen Stil der so genannten Hard-Boild-School.« (schwedenkrimi.de)

Aus dem Spiel
Deutsche Erstausgabe
Aus dem Finnischen von Regine Pirschel
ISBN 3-89425-531-5
Das Leben der vierzigjährigen Ilona Laaksola ist eintönig und trostlos. Ein Lichtblick sind die Besuche der zehnjährigen Sorella. Dann wird Ilona tot aufgefunden. Wer kann ein Interesse daran gehabt haben, die zurückgezogen lebende Frau umzubringen? Während die Polizistin Tanja Ström im Umfeld der Toten auf ein Geflecht von Hass, Neid und Eifersucht stößt, gewinnt Anna Laine, Grafikerin, Hobbyköchin und ehemalige Nachbarin des Opfers, die Freundschaft der kleinen Sorella. Das Mädchen hat offenbar Angst – weiß es etwas über die Tat?

Krimis von Ursula Steck

Alles im Fluss

ISBN 3-89425-219-7

»Genervt vom Familienchaos, will die Kölner Taxifahrerin Toni nur eins: Ruhe. Doch ausgerechnet Weihnachten spült der Rhein ihr die Leiche eines Jungen vor die Füße. Aufgewühlt von dem Erlebnis, erforscht Toni die Geschichte des Toten und stößt auf die Spur eines Kinderporno-Händlers.« (TV Movie)

»Sehr empfehlenswert für Fans von intelligenten Krimis.« (Wir Frauen)

»Steck hält eine spannungsreiche Balance zwischen Härte und Zartheit.« (Emma)

»Ursula Steck versteht es ausgezeichnet, die Spannung mit der nötigen Bedächtigkeit aufzubauen und zu steigern. Ihre Heldin bringt sie dem Leser mit teilweise sehr schönen Lebensphilosophien aus dem Herzen der Großstadt nahe.« (Gießener Anzeiger)

Feuerzeichen

ISBN 3-89425-240-5

»Ursula Steck setzt also wieder ganz auf Frauenpower. Mit den Racheengeln des Hollywood-Kinos haben ihre Heldinnen jedoch nichts gemein. Vielmehr überzeugt die 1964 geborene Wahlkölnerin durch Charakterporträts jenseits der Rollen- und Geschlechterklischees. Sie zeichnet Frauen, die auf ihrer Selbstständigkeit beharren und denen die Notlagen anderer doch nicht gleichgültig sind, Frauen, die sich ihrer Verletzbarkeit bewusst sind und die auch deshalb einen starken Gerechtigkeitswillen entwickelt haben.« (Hartwig Suhrbier/WDR 5)

»Bei diesem Krimi geht es einem wie bei einem Fahrgeschäft auf der Kirmes, es fängt ganz langsam, ganz harmlos an ..., aber dann geht es auf's Ende zu in rasanter Fahrt in einen Strudel von prickelnder Aufregung.« (ekz-Informationsdienst)

Fass!

ISBN 3-89425-286-3

Der Deutsche Jakob Buch wird in San Francisco Zeuge, wie ein Hund zwei Menschen anfällt und zerfleischt. Das Tier kann zwar überwältigt werden, aber der Besitzer ist nicht auszumachen. Gemeinsam mit einer Polizistin rekonstruiert der ehemalige Kripobeamte die Ereignisse und findet Anzeichen, dass es jemanden gibt, der Hunde zu Tötungsmaschinen ausbildet. Jakob lernt eine Seite des sonnigen Kaliforniens kennen, die in keinem Reiseführer erwähnt wird ...